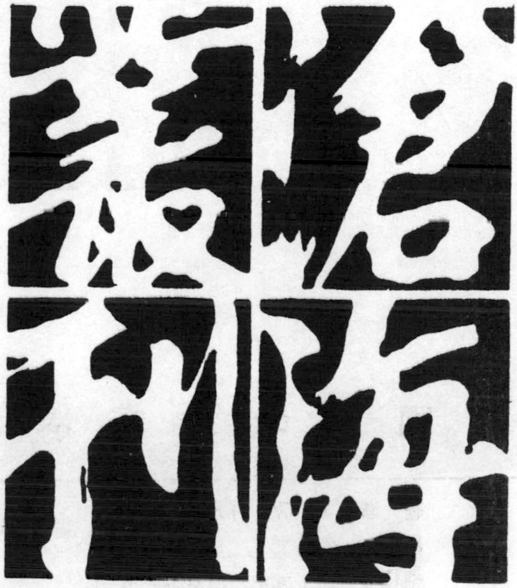

中國文學鑑賞舉隅

黃慶萱
許家鸞 著

東大圖書公司 印行

©中國文學鑑賞舉隅

著　者　黃慶萱　許家鸞

發行人　劉仲文

著作財產權人　東大圖書股份有限公司

總經銷　三民書局股份有限公司

印刷所　東大圖書股份有限公司

地址／臺北市重慶南路一段
六十一號二樓

郵撥／〇一〇七一七五——〇號

初　版　中華民國六十八年四月
四　版　中華民國八十一年八月

編　號　E 82040

基本定價　肆元肆角肆分

行政院新聞局登記證局版臺業字第〇一九七號
著作權執照臺內著字第一二五五五號

ISBN 957-19-0587-9（平裝）

本文曾受行政院國家科學委員會獎助

黃序

一路上，驚異於山之秀，水之清；沉醉於花之芳，果之碩。於是我們不禁發出一些由衷的贊歎。這本小書，就是我和內子家鶯在文學園地裏探幽訪勝的紀錄。其中古文新探、小說析評、新詩測試，由我執筆；散文欣賞則由家鶯執筆。

當這些小文在報刊發表的時候，受到了許多鼓勵；也受到了許多敎正。有來自我們敬愛的師友；也有來自善意的陌生人。在此書的扉頁，請容許我們獻上深摯的謝意。

黃慶萱 六十八年二月於師大

許序

十多年前，我還是綠園的一棵幼苗。我慶幸自己，能在良師的指導下，逐漸培養出對文學的欣賞能力。滿載着對師大國文系四年文學薰陶的感激，我又回到綠園，我高興自己成長爲綠園的園丁了。在昔日老師們的繼續敎導下，分擔着培育學妹們的責任。

這本小書中收集的六篇「散文欣賞」，可以說是我向綠園老師們呈交的讀書心得；也可以說是我和綠園學妹們討論散文的紀錄。如果這本小書對讀者欣賞散文的能力有細微幫助，那應歸功於綠園師生；若是書中有什麼不妥當的地方，那是我這位寫心得作紀錄者的錯誤，請讀者指敎。

許家鸞 六十年八月於北一女

中國文學鑑賞舉隅　目次

一　古文新探

二 散文欣賞

三 小說析評

四 新詩測試

一　古文新探

「興學議」新探

原文

丞相御史言：

制曰：「蓋聞導民以禮，風之以樂。今禮廢樂崩，朕甚愍焉。故詳延天下方聞之士，咸登諸朝。其令禮官勸學、講議、洽聞、舉遺、興禮，以爲天下先。太常其議：予博士弟子，崇鄉里之化，以廣賢材焉。」

謹與太常臧、博士平等議，曰：「聞三代之道，鄉里有教。夏曰校，殷曰序，周曰庠。其勸善也，顯之朝廷；其懲惡也，加之刑罰。故教化之行也，建首善自京師始，由內及外。今陛下昭至德，開大明，配天地，本人倫，勸學，修禮，崇化，厲賢，以風四方，太平之原也。古者政教未洽，不備其禮，請因舊官而興焉。爲博士官置弟子五十人，復其身。太常擇民年十八已上儀狀端正者，補博士弟子。郡國縣道邑，有好文學，敬長上，肅政教，順鄉里，出入不悖，所聞令、相、長、丞，上屬所二千石；二千石謹察可者，當與計偕詣太常，得受業如弟子。一歲皆輒試。能通一藝以上，補文學掌故缺。其高第可以爲郎者，太常籍奏。卽有秀才異等，輒以名聞。其不事學，若下材，及不能通一藝，輒罷之。而請諸不稱者罰。」

臣謹案：詔書律令下者，明天人分際，通古今之變，文章爾雅，訓辭深厚，恩施甚美。小吏淺聞，不能究宣，無以明布諭下。次，治禮掌故以文學禮義爲官，遷留滯。請選擇其秩比二百石以上及吏百石通一藝以上，補左右內史大行卒史。比百石以下，補郡太守卒史。皆各二人，邊郡一人，先用誦多者。若不足，乃擇掌故補中二千石屬；文學掌故補郡屬，備員。請著功令，他如律令。

引　言

我國二千多年來，不論政治與教育，無疑地，都深深受到了儒家思想的影響。可是，作爲儒家開山大師的孔子，生前卻沒有機會實現自己的政治思想，只能退而與弟子們講學論道。到了戰國，儒家的鉅子，如孟子荀子，也未嘗一展抱負。韓愈所謂：「孟軻好辯，孔道以明，轍環天下，卒老於行；荀卿守正，大論是弘，逃讒於楚，廢死蘭陵。」（進學解）充分表現出孟荀二人的不得志來。而儒家最倒楣的日子，要算秦始皇時代了。焚經書、坑儒生，是中國文化一大浩刼。漢高祖馬上得天下，最瞧不起的就是「豎儒」，客人戴儒冠來訪，他總是拿下儒冠撒它一泡尿。文景崇信黃老刑名之術。文帝后竇氏尤好老子書，有一位傳齊詩的儒生叫轅固生的，僅僅因爲批評老子書爲「家人言」，竇氏就叫那七十來歲的老頭子到猪圈裏跟野猪決鬪。一直到了武帝，才對儒術發生興趣。武帝卽位之初，竇太皇太后還在世，一聽說御史大夫趙綰勸武帝蓋「明堂」，火就大了，說：「此欲復爲新垣平也。」新垣平是文帝時的方士，曾游說文帝蓋五帝廟，後因謀反伏誅。原來在竇老太婆的眼中，儒家的明堂，跟方士的五帝廟是相同的玩藝兒。這一下子，迫得趙綰自殺了。武帝建元六年（西元前一三五年），竇太皇太后崩，武帝才大膽地徵用儒生，推行儒敎，爲其後二千多年作爲中國學術主流的儒家思潮掀起第一個浪頭。

幫武帝推行儒敎的儒生是誰？我想，許多人會以爲是董仲舒，其實董仲舒終有生之年，最大只作過江都相和膠西相，跟武帝並不接近。而且董仲舒講災異，武帝才不欣賞呢！有一次，主父偃把董仲舒寫的「災異之記」拿給武帝看，裏面有許多譏刺。武帝故意要董仲舒的學生呂步舒審查，呂步舒不曉得是自己老師的大作，也以爲「下愚」。害得董仲舒差一點下獄論罪。蘄春黃季剛先生最了解董仲舒了，在「漢唐玄學論」中說：「仲舒卽陰陽之流裔，亦讖緯之先驅，蔽固已深，無聞勝義。」可說獨具眞知灼見。

幫武帝推行儒敎的，實在是公孫弘。在中國歷史上，自孔子之後，第一位以儒生得政的，就是公孫弘了。他的「興學議」，更是二千年來太學教育的藍本。可是，對於公孫弘，世人知道的，只是「公孫布被」，只是「曲學阿世」；二千年來，竟沒有一個人睜開眼睛看清他在中國學術史上繼絕開來的地位。他的興學議，載在史記和漢書的儒林傳裏，也很少人注意到。清馬國翰的玉函山房輯佚書，所輯公孫弘書竟不收這篇文章，根本不知公孫弘有此興學議；郭嵩燾、張森楷知道興學議是公孫弘寫的了；但都誤以為是公孫弘拜博士時寫的，竟然不明白是公孫弘當了宰相後制定的興學方案。馬端臨跟李慈銘算是了解此議重要性的二位史家，馬氏作文獻通考時特地把它抄了進去，李氏越縵堂日記也推崇此議為「漢世一大制度」，可是對於此議文字錯誤以及文意矛盾，二人也都只能搖搖腦袋，雙手一攤，一個說「殊不可曉」！一個說「莫能考正」！

下面，我想先敍公孫弘其人，再論公孫弘之學；然後再把興學議全文照錄下來，指出其衍奪，解釋其疑難，分析其內容，考證其作時，敍述其影響。使我們對歷史上第一位儒相以及他所定的教育方案，有最澈底的了解。

公孫弘的為人

公孫弘，字季；一字次卿，菑川（山東壽光縣）人，生於漢高祖七年（西元前二〇〇年）。年輕時家貧，曾作過獄吏；還曾在海邊養過猪。侍奉後母非常孝順。四十歲後，方學春秋雜說。武帝初即位（建元元年，西元前一四〇年），招賢良文學之士，那時公孫弘六十歲，應徵為博士。出使匈奴，返國述職；武帝不滿意，認爲他不够能幹；他就托病辭職回家了。武帝元光五年（西元前一三〇年），復徵賢良文學。菑川人再度推舉公孫弘。弘起初不肯，經不起菑川人的堅持，只好西往長安應徵。這次對策很受武帝欣賞，重新拜爲博士。武帝看他人很敦厚，說話有層次，懂得用儒術修飾吏治，一年內，就升任左內史，成爲京都三行政區之一的首長。元朔三年（西元前一二六年），升任御史大夫。二年之後，就當起丞相，封平津侯。元狩二年（西元前一二一年），公孫弘死在丞相任內，年七十九。

西漢的宰相，一向是由宗室、外戚、功臣擔任；公孫弘以一介平民，自應徵賢良文學，短短六年之內，就由博士而左內史，而御史大夫，而宰相。在漢代來說，是沒有前例的。所謂名滿天下，謗亦隨之，武帝左右寵信的臣子，就常誹謗公孫弘了。加上公孫弘與董仲舒意見不合，而司馬遷又是董仲舒的學生，所以史記上對公孫弘也頗多貶詞。我並不懷疑司馬遷的史德；而是覺得志續春秋意存褒貶的司馬遷，筆下難免有主觀跟感情的成分。現在就試來討論史記作者及其所記並世諸人對公孫弘的批評：

一、公孫弘是否「意忌」

史記公孫弘傳評：「弘爲人意忌，外寬內深。」證據是：「諸嘗與弘有郤者，雖詳與善，陰報其禍。殺主父偃，徙董仲舒於膠西，皆弘之力也。」現在先查史記有關各傳，看看主父偃爲何被殺，董仲舒因何而徙的？先說主父偃，史記主父偃傳明記其人生哲學是：「結髮游學四十餘年，身不能遂。親不以爲子，昆弟不收，賓客棄我，我阨日久矣。且丈夫生不五鼎食，死卽五鼎烹耳。吾日暮途遠，故倒行暴施之！」所以當他獲得漢武帝信任之後，爲了報復燕王齊王以及兄弟朋友當年冷落他的怨恨，首先揭發燕王陰私，弄得燕王論死。大臣們怕他在武帝前說壞話，多以千金來賄賂他。他回到家鄉齊國，召集兄弟朋友數落一頓。又拿齊王與王姊的曖昧關係威脅齊王。齊王怕跟燕王一樣下場，就自殺了。這時，武帝才發現主父偃不是好東西，於是採納御史大夫公孫弘的意見，誅首惡以謝天下。主父偃之死，可說是自己找的。公孫弘身爲御史，職掌監察，除了成全主父偃的「宿願」外，難道還能勸武帝坐看骨肉橫死任由主父偃作威作福不成？再說董仲舒。史記儒林列傳如此描寫他：「以春秋災異之變，推陰陽所以錯行。故求雨，閉諸陽縱諸陰；其止雨，反是。行之一國，未嘗不得所欲。中廢爲中大夫，居舍著災異之記。是時遼東高廟災，主父偃疾之，取其書奏之天子，天子召諸生示其書有刺譏。董仲舒弟子呂步舒不知其師書，以爲下愚。於是下董仲舒吏，當死；詔赦之。於是董仲舒竟不敢復言災異。公孫弘治春秋不如董仲舒，而弘希世用事，位至公卿，董仲舒以弘爲從諛。弘疾之，乃言上曰：『獨董仲舒可使相膠西王。』膠西王素聞董仲舒有行，亦善待之。」從這一段董氏高足司馬遷的記載中，我們撇開那些主觀的判斷詞，仍不難發現事實的眞相是：董仲舒是一位相當迂腐而迷信的人，他那套「閉諸陽縱諸陰」的「求雨」方法，大概也只有司馬遷才會相信「行之一國未嘗不得所欲」。而他與公孫弘交惡，是董仲舒先不服「公孫弘治春秋不如」自己，而「以弘爲從諛」；於是公孫弘覺得像董仲舒這種只唱高調而不諳政務的人，還是讓他管教輔助頑皮出名的膠西王來得合適些。這也是人情之常，無可厚非的。董仲舒駡公孫弘從諛，司馬遷不認爲是「意忌」；公孫弘徙董仲舒，就被認是「意忌」了。其實以公孫弘和董仲舒兩人當時地位來看，只有董仲舒「忌」公孫弘的分，公孫弘用不着忌董仲舒的！

二、公孫弘是否「從諛」

董仲舒旣「以弘爲從諛」，史記也補充說明着：「每朝會議，開陳其端，令人主自擇，不肯面折庭爭。常與公卿約議，至上前，皆倍其約以順上旨。」公孫弘是否從諛，是否不肯面折庭爭，且看司馬遷自己所記的事實。史記公孫弘傳：「是時通西南夷道，置郡，巴蜀民苦之，詔使弘視之。還奏事，盛毀西南夷無所用。上不聽。」「通西南夷，東置滄海，北築朔方之郡。弘數諫，以爲罷敝中國，以奉無用之地，願罷之。於是上乃使朱買臣等難弘置朔方之便，發十策，弘不得一。弘乃謝曰：『山東鄙人，不知其便若是。願罷西南夷、滄海，專奉朔方。』上乃許之。」從這些記載中，可以知道公孫弘在好大喜功的武帝面前，還能想到「民苦」，敢於「盛毀」通西南夷之弊；雖然武帝不聽他的！當武帝向東經略滄海，向北設朔方郡時，公孫弘又能「數諫」。儘管庭爭中辯不過朱買臣，仍能一面謙稱「鄙人」，自承「不知」；一面堅持「願罷西南夷，滄海；而專奉朔方。」使武帝「西南進」「東進」「北進」三大政策，只能實現其一，因而使國家經濟免於由軍費的浩大而致於枯竭！這種謙虛而堅毅的態度，豈是「下吏」之後「竟不敢復言災異」的董仲舒所能及的？寫到這裏，我不能不再一次爲司馬遷在對董仲舒與公孫弘的評論中使用雙重標準而感到遺憾！

三、公孫弘是否「懷詐」

史記又記汲黯向武帝檢舉公孫弘行詐，原文是：「汲黯曰：『弘位在三公，奉祿甚多，然爲布被，此詐也。』」這就是有名的「公孫布被」的典故出處，後世已把它當作權貴矯揉造作裝貧示儉的典型故事。其實，公孫弘這種作風有他的理由在。所以當武帝問他時，他坦然承認「有之」。並加以解釋：「夫以三公爲布被，誠飾詐欲以釣名。且臣聞：管仲相齊，有三歸，侈擬於君；桓公以覇，亦上僭於君。晏嬰相景公，食不重肉，妾不衣絲；齊國亦治，此下比於民。今臣弘位爲御史大夫，而爲布被，自九卿以下至於小吏無差，誠如汲黯言。且無汲黯忠，陛下安得聞此言？」原來，公孫弘不想學管仲侈擬於君；卻要學晏嬰下比於民。希望由此造成自九卿以下至於小吏的節儉風氣。當武帝之世，征伐、封禪、宮室，每件事都是花錢的；世家子弟，也學着鬬雞走狗，弋獵博戲。結果弄得「賦稅既竭，不足以奉戰士」「天下虛耗，人復相食」（漢書食貨志語）。公孫弘以身作則，提倡節約，是值得稱讚的。而且，他的沒錢，是眞的，不是裝的。據漢書弘傳記載：「弘自見爲舉首，起徒步，數年至宰相封侯。於是起客館，開東閣，以延賢人，與參謀議，弘身食一肉，脫粟飯。故人賓客仰衣食，奉祿皆以給之，家無所餘。」自己盡量節省，把奉祿用在故人賓客身上，以致家無所餘，對這種人，還能挑剔什麼？

漢平帝元始二年（西元二年），賜弘後爵關內侯，有詔褒揚公孫弘，略云：「蓋聞治國之道，富民爲始；富民之要，在於節儉。夫三公者，百寮之率，萬民之表也。未有樹直表而得曲影者也。孔子不云乎：『子率以正，孰敢不正。』『舉善而敎不能則勸。』維漢興以來，股肱宰臣，身行節約，輕財重義，較然著明，未有若故丞相平津侯公孫弘者也。位在丞相，而爲布被，脫粟之飯，不過一肉。故人所善賓客，皆分奉祿以給之，無有所餘。誠內自克約而外從制；與內奢泰而外爲詭服以釣虛譽者殊科。」可作公孫弘一生之定論。可惜大家都太相信司馬遷，這段詔文，也多被後人忽略了。

公孫弘的學術

關於公孫弘，還有一段公案，那就是轅固生當面敎訓他「無曲學以阿世」。史記儒林列傳記其事，原文是這樣的：「固之徵也，薛人公孫弘亦徵，側面而視固。固曰：『公孫子，務正學以言，無曲學以阿世！』」

所謂「曲學以阿世」，不僅指公孫弘之學爲「曲學」，其行爲「阿世」；尤指「阿世」之學爲「曲學」，「曲學」作用在「阿世」。公孫之學是否爲阿世的曲學？以及曾否以其所學來阿世？這就要先明瞭公孫弘學術的內容，以及他是否刻意迎合當世的學術風氣。

漢書藝文志諸子略儒家類有「公孫弘十篇」，可惜早已亡佚，無法由其書來了解公孫弘學術思想的全貌。但是，漢書弘傳、儒林傳、吾邱壽王傳、郭解傳，載有公孫弘賢良對策，上疏言治道、對册書問治道、上書乞骸骨、與學議、奏禁民挾弓弩、郭解罪議等文，還能藉以略窺公孫弘學術言論的一斑。再把漢世學術潮流加以比較對照，就不難發現公孫弘學術思想的特色；而其學是否爲阿世的曲學，也就一清二楚了。現在試分三點加以論述：

一、漢儒重章句訓釋，而公孫弘獨講大義

公孫弘學術思想的本質，可以說是儒家的。與「中庸」尤有密切關係。這一點可以從公孫弘七十九歲時，向漢武帝告老請求退休的上書（卽上書乞骸骨）中看出：

臣聞：天下通道五；所以行之者三。君臣、父子、夫婦、長幼、朋友之交，五者，天下之通道也。仁、知、勇，三者，所以行之也。故曰：好問近乎知；力行近乎仁；知恥近乎勇。知此三者，知所以自治；知所以自治，然後知所以治人；未有不能自治而能治人者也。

中庸上有：「天下之達道五，所以行之者三。曰：君臣也、父子也、夫婦也、昆弟也、朋友之交也，五者，天下之達道也。知、仁、勇，三者，天下之達德也；所以行之者也。」又有：「子

曰：好學近乎知；力行近乎仁；知恥近乎勇。知斯三者，則知所以修身；知所以修身，則知所以治人；知所以治人，則知所以治天下國家矣。」很明顯的，上引公孫弘的話，是由中庸這二段話歸納的結果。據朱熹的說法：中庸一書，是「子思子憂道學之失其傳而作」的；代表着自堯授舜，自舜授禹，聖聖相承，以至於孔子的「道統」；子思之後，能推明中庸的，只有孟子；孟子沒，遂失其傳；一直到宋朝二程夫子出，中庸才再度受到重視。朱熹忽略了：孟子之後，二程之前，漢世儒者，像公孫弘，像匡衡，都熟讀中庸，講述中庸道理的。當然，漢代的儒生，當秦焚書之後，治學的重點，每在整理經典的文字而加以訓釋；而對於經義大道，很少有人去講求。因此不免有「章句小儒破碎大道」（夏侯勝評夏侯建語，見漢書勝傳。）之譏。在這樣的學術環境裏，我們讀到公孫弘引述中庸而論道的文字，以及其他許多涉及修齊治平（詳見下條）的言論，對於他卓爾不凡的才識，更不能不作由衷的敬佩。轅固生以爲弘「曲學阿世」，是不是指的就是學孫弘不重章句而講義理，違反了當時的學風呢？

二、漢世好黃老刑名，而公孫弘推崇儒術

公孫弘的思想，既以儒爲本，因此，在政治上，他繼承了孔子修己治人的主張，希望作皇帝的，能以身作則，並且要任用賢能。他「上書乞骸骨」文中接着說：

陛下躬孝弟，監三王，建周道，兼文武，招徠四方之士，任賢序位，量能授官，將以厲百

姓勸賢材也。

表明了公孫弘理想中的政治是：「陛下」先要「躬孝弟」；然後「任賢序位量能授官」；於是方能「厲百姓勸賢材」。這正是論語爲政篇所說：「臨之以莊，則敬；孝慈，則忠；舉善而教不能，則勸。」的意思。

元光五年，公孫弘賢良對策說得更淸楚：

臣聞：上古堯舜之時，不貴爵賞，而民勸善；不重刑罰，而民不犯。躬率以正，而遇民信也。末世貴爵厚賞，而民不勸；深刑重罰，而姦不止。其上不正，遇民不信也。夫厚賞重刑，未足以勸善而禁非，必信而已矣。

這段話的重心在「躬率以正而遇民信」，認爲專靠「厚賞重刑」，不足以爲治的。「躬率以正」，本於論語顏淵篇孔子對季康子之問：「政者，正也，子率以正，孰敢不正？」（顏淵篇又有「子爲政，焉用殺？子欲善而民善矣。君子之德風，小人之德草，草上之風必偃。」子路篇也有：「其身正，不令而行；其身不正，雖令不從。」意並同。）「而遇民信」，本於論語顏淵篇孔子對子貢問政之語。孔子以爲「足食、足兵、民信之」是政治三要點，如必不得已，可「去兵」「去食」，唯「自古皆有死，民無信不立。」「信」是萬萬不可去的。至於「厚賞重刑未足以勸善而禁非」，也本於孔子。論語爲政篇有「道之以政，齊之以刑，民免而無恥；道之以德，齊之以禮，有恥且格。」的話。

公孫弘不主張專用「厚賞重刑」的方法來推行政令，但是也並不完全否定賞罰的功用。他認爲：「法」必須跟「義」配合；「賞」要賞得合「禮」。所以「賢良對策」中，公孫弘又說：

故法不遠義，則民服而不離；利不遠禮，則民親而不暴。故法之所罰，義之所去也；利之所賞，禮之所取也。禮義者，民之所服也；而賞罰順之，則民不犯禁矣。

這種觀點，與論語子路篇所記：「禮樂不興，則刑罰不中；刑罰不中，則民無所措手足。」以及與孟子離婁篇所說：「徒善不足以爲政，徒法不能以自行。」基本觀念都是一致的。而最理想的情形是：「法設而不用」；而用「仁義禮知」之道。公孫弘在賢良對策中又表示：

臣聞之：仁者，愛也；義者，宜也；禮者，所履也；知者，術之原也。致利除害，兼愛無私，謂之仁；明是非，立可否，謂之義；進退有度，尊卑有分，謂之禮；擅殺生之柄，通壅塞之塗，權輕重之數，論得失之道，使遠近情僞必見於王，謂之術：凡此四者，治之本，道之用也。皆當設施，不可廢也。得其要則天下安樂，法設而不用；不得其術，則主蔽於上，官亂於下。此事之情，屬統垂業之本也。

我們知道：孔子喜以仁智對擧。如：仁者安仁，知者利仁；知者樂水，仁者樂山；知者動，仁者靜；知者樂，仁者壽；便是。到了戰國，孟子於仁知之外更加上禮義。孟子公孫丑篇：「惻隱之心，人皆有之；羞惡之心，人皆有之；恭敬之心，人皆有之；是非之心，人皆有之。惻隱之心，仁也；羞惡之心，義也；恭敬之心，禮也；是非之心，知也。」首將仁義禮知四者合擧。漢儒言仁義禮知，大致本於孟子。不過：孟子用惻隱、羞惡、恭敬、是非四種心理現象來解釋仁義禮知，着重點在道德行爲的起源。到了公孫弘，以「致利除害兼愛無私」爲仁；以「明是非立可否」爲義；以「進退有度尊卑有分」爲禮；並以「知」爲「術」的根源：着重點在道德行爲的實踐。公孫弘認爲：作皇帝的如果懂得仁義禮知之要，「則天下安樂，法設而不用。」表明了公孫弘基本上是人治主義者，而不是法治主義者；是儒家，而非法家。

漢世當秦政苛虐之餘，所以初期的皇帝，都喜好黃老之術。以清靜無爲爲主；以刑名法術爲用。儘量使民安居樂業，休養生息，到了武帝，政權已經鞏固，於是進一步求國家民族的發展。這時，消極的黃老哲學就派不上用場；必須改用儒家治國平天下那套大道理。轅固生與公孫弘同是儒家，可是轅固生生在「好刑名不任儒」（史記儒林傳語）的文景時代，又碰上好黃老的竇太后，所以一生不甚得志。公孫弘年紀比轅固生少三十左右，第一次應徵賢良，就趕上武帝卽位的初年。遇與不遇，常使人意不能平。轅固生批評公孫弘曲學阿世，也許是一時憤慨之言吧！

三、漢世講讖緯災異，而公孫弘倡言實際

西漢儒生還有一種風尙，就是喜講讖緯災異，偏好陰陽五行。漢武帝本人雖崇儒學，但也信方士，行封禪，頗爲迷信。他在元光五年策詔諸儒的「制」，便充滿了陰陽家的語氣。一開始，他就問：「蓋聞上古至治，畫衣冠異章服而民不犯，陰陽和，五穀登，六畜蕃，甘露降，風雨

時，嘉禾興，朱屮生，山不童，澤不涸，麟鳳在郊藪，龜龍游於沼，河洛出圖書，父不喪子，兄不哭弟，北發渠搜，南撫交阯，舟車所至，人迹所及，跂行喙息，咸得其宜，今何道而臻乎此？」又問：「天人之道，何所本始？吉凶之效，安所期焉？禹湯水旱，厥咎何由？物鬼變化，天命之符，廢興何如？」公孫弘在賢良對策中的回答，是這樣的：

臣聞之：氣同則從；聲比則應。今人主和德於上；百姓和合於下。故心和則氣和；氣和則形和；形和則聲和；聲和則天地之和應矣。故陰陽和，風雨時，甘露降，五穀登，六畜蕃，嘉禾興，朱草生，山不童，澤不固。故形和則無疾，無疾則不夭，故父不喪子，兄不哭弟。德配天地，明並日月；則麟鳳至，龜龍在郊，河出圖，洛出書，遠方之君，莫不說義奉幣而來朝。此和之極也。

臣聞堯遭鴻水，使禹治之，未聞禹之有水也。若湯之旱，則桀之餘烈也。桀、紂行惡，受天之罰；禹、湯積德，以王天下。因此觀之，天德無私親，順之利起，逆之害生，此天文地理人事之紀。臣弘愚戇，不足以奉大對。

對於武帝所問，公孫弘回答得很簡略。他認爲：一個人心平氣和，表情跟說話便顯得一片和藹，才能跟社會上下同心合力，和平相處；才能導致身心和諧，不易害病夭折。這就算是對武帝自「陰陽和」以至「兄不哭弟」一大堆問題的總答案。對「禹湯水旱」問題，公孫弘用「天德」一筆帶過。至於「吉凶之效」「物鬼變化」「天命之符」等等，更概不置答。因爲這許多問題，都已超出了人事範圍，不是講求人生實際的儒者所願談。公孫弘這種態度，與子不答子路鬼神之問，不談性與天道，不語怪力亂神，道理是一樣的。但是，傳齊詩的轅固生卻相信陰陽五行讖緯災異之說，專講「五際之要」。詩緯裏「推度災」「氾曆樞」「含神霧」，多係齊詩之說。（詳可讀陳喬樅三家詩遺說考）。在轅固生眼中，難道不講陰陽五行讖緯災異的，就是「曲學阿世」不成。

瑞安林先生中國學術思想大綱曾說及漢代經學及黃老術：「吾國學術思想之發展，先秦諸子實已達於高潮。迄至漢代，當秦愚黔首之後，取灰燼之餘；書缺簡脫，禮樂崩壞。雖惠帝詔求經籍，廣開獻書之路；武帝置五經博士，崇尚儒術。然學者大抵以整理舊籍，訓釋文字，為其當前之急務，今古文之爭既起，更黨同伐異，自求其是。加以當時社會風氣，篤信騶衍陰陽之說；災異符瑞之變，五行生尅之理，深迷人心。故儒家者流，為求發揚儒道，廣宣經義；不得不順從社會心理，附會讖緯，極言災異；使儒家之義，易於天下所接受，蓋亦不得已也。借陰陽以宣教，此漢儒之深心，然其志在興廢繼絕，故學術思想，罕有發明。當秦政暴虐之餘，人心思靜；求所以自慰之道，因漸趨於道家清靜無為之教。刑名之家，既自附其說，以施其政；方術之士，又合陰陽家之言，以神仙不死之術，為譁世取寵之方；道家者流，欣其附會，亦樂言之，而宏其業。故黃老之術，遂大盛於當世。漢代儒家之學，既附會讖緯災異，而興廢繼絕；道家之言，又雜糅陰陽法術，得大盛於世。雖曰崇經術好黃老；陰陽家之言，實左右之。」把整個漢代的學術思想，說得清清楚楚。在這樣一種學術空氣裏，公孫弘卻獨能於「整理舊籍訓釋文字」之外，注重大義；於「清靜無爲刑名法術」之外，推崇儒學；於「附會讖緯極言災異」之外，倡言實際：這非但需要高人一等智慧，更要具獨排衆議的勇氣。可是，轅固生卻說他「曲學以阿世」！

關於公孫弘的政治思想，還有三點要附帶說一說：

一、論治道　元光五年公孫弘賢良對策說：

是故因能任官，則分職治；去無用之言，則事情得；不作無用之器，則賦斂省；不奪民時，不妨民力，則百姓富；有德者進，無德者退，則朝廷尊；有功者上，無功者下，則羣臣逡；罰當罪，則姦邪止；賞當賢，則臣下勸：凡此八者，治民之本也。

二、重吏治　元光五年公孫弘上疏說：

陛下有先聖之位，而無先聖之民；有先聖之民，而無先聖之吏：是以勢同而治異。先世之吏正，故其民篤；今世之吏邪，故其民薄。政弊而不行，令倦而不聽。夫使邪吏行弊政，用倦令，治薄民，民不可得而化，此治之所以異也。臣聞周公治天下，期年而變，三年而化，五年而定，唯陛下之所志。

三、重教育　元光五年公孫弘對册書問：

愚臣淺薄，安敢比材於周公？雖然，愚心曉然見治道之可以然也。夫虎豹馬牛禽獸之不可制者也，及其教馴服習之，至可牽持駕服，唯人之從。臣聞揉曲木者不累日，銷金石者不累月。夫人之於利害好惡，豈比禽獸木石之類哉？期年而變，臣弘尚竊遲之。

至於公孫弘禁民挾弓弩議，見於漢書吾丘壽王傳；郭解罪議，見於漢書游俠傳。可以看出公孫弘對持弓任俠都不贊成，以無關宏旨，這兒也就不引錄原文了。

與學議的內容

現在要談到公孫弘最重要的一篇文章——興學議。首先要了解的是內容，史記儒林列傳載其原文是這樣的：（正文據北宋景祐監本、注文係筆者所加。）

公孫（漢書儒林傳省去。）弘爲學官（爲學官置弟子員事也。），悼道之鬱滯，乃請曰（漢書儒林傳「乃」作「迺」，「曰」作「白」。）：

「丞相御史（弘時爲丞相兼御史大夫。）言：制（君命曰制，此制在元朔五年，見漢書武帝紀。）曰：『蓋聞導民以禮，風之以樂。婚姻者，居室之大倫也（漢書元朔五年武帝紀，無「婚姻」以下九字。）。今禮廢（漢書儒林傳亦作「廢」，漢書武帝紀則作「壞」字。）樂崩，朕甚愍（漢傳同，武帝紀作「閔」。）焉。故詳延（詳，悉也。詳延，謂悉徵。）天下方正博聞（漢書武帝紀及儒林傳皆作「方聞」，無「正博」二字，王念孫曰：「方聞之士卽博聞之士也。」）之士，咸登（漢傳同，武帝紀作「薦」。）諸朝。其令禮官勸學、講議、洽（博洽也。）聞、（漢書武帝紀及儒林傳此均有「舉遺」二字，顏師古云：「經典遺逸者求而舉之。」）、興禮，以爲天下先。太常（漢書武帝紀下有「其」字。）議：與（漢書武帝紀及儒林傳「與」皆作「予」。）博士弟子，崇鄉里（漢傳同，武帝紀作「黨」。）之化，以廣（漢書武帝紀及儒林傳「廣」皆作「厲」，顏師古曰：「厲，勸勉之也；一曰：砥厲也」。）賢材焉。』

謹與太常臧（孔臧也。）博士平（名平。）等議，曰：『聞三代之道，鄉里有教：夏曰校，殷曰庠（漢傳同，殿本史記作「序」，係據孟子改。），周曰序（漢傳同，殿本史記作「庠」，係據孟子改。）。其勸善也，顯之朝廷；其懲惡也，加之刑罰。故教化之行也，建首善自京師始，由（漢傳作「繇」。）內及外。今陛下昭至德，開大明，配天地，本人倫，勸學，修（漢傳作「興」。）禮，崇化，厲賢，以風四方，太平之原也。古者政教未洽，不備其禮，請因舊官（馬端臨云：「舊官爲博士舊授徒之黌舍也。」）而興焉。爲博士官置弟子五十人，復（免其賦役也。）其身。太常擇民年十八已上儀狀端正者，補博士弟子（在五十人名額之內）。郡、國、縣、道（縣有蠻夷曰「道」。）、邑（爲皇后公主所食湯沐曰「邑」。道，邑體制一與縣同。按漢傳「縣」下無「道邑」字，有「官」字。），有好文學，敬長上，肅政教，順鄉里，出入不悖所聞者（漢傳無「者」字，師古乃以「所聞」下屬。），令（大縣之縣令。）、相（侯國之相也。）、長（小縣之縣長。）、丞（縣丞也。），上屬所二千石（顏師古曰：「二千石，謂郡守及諸王相也。」王先謙曰：「自二千石下言之，則曰所屬；自令、相、長、丞上言之，則曰屬所。」）；二千石謹察可者，當（漢傳作「常」。）與計偕（顏師古曰：「計者，上計簿使也，郡國每歲遣詣京師上之；偕者，俱也。」），詣太常，得受業如弟子（在五十人名額之外，故曰「如弟子」。）。一歲皆輒試，能通一藝以上，補文學掌故（秩百石。）缺；其高第可以爲郎中者（「中」字衍，郎秩比二百石。漢傳無「者」。），太常籍奏（爲名籍而奏之。）；卽有秀才異等，輒以名聞；其不事學，若下材，及不能通一藝，輒罷之；而請諸不稱者罰（漢傳作「而請諸能稱者。」誤也。）。』

臣謹案：詔書律令（謂平時頒行者。）下者，明天人分際，通古今之義，文章爾雅（文章近於古雅也。爾與邇通，故有「近」義；雅與夏通，皆有「古」意。），訓辭深厚，恩施甚美。小吏淺聞，不能究宣，無以明布諭下。治禮次治掌故（徐廣曰：「一云：次治禮學掌故。」漢傳作「以治禮掌故。」按：當作「次治禮掌故。」次，其次也；治禮、掌故，皆官名。），以文學禮義爲官（治禮以禮義爲官；掌故以文學爲官。），遷留滯。請選擇其秩比二百石（奉月二十六斛。）以上，及吏百石（奉月十六斛。）通一藝以上（劉攽云：「吏乃以百石用者爲其曉事優之也。」），補左右內史（內史掌治京師。左內史後改名左馮翊，右內史後改名京兆尹，與右扶風合稱三輔。）、大行（掌諸歸義蠻夷，後改名大鴻臚。）卒史（秩二百石，奉月三十斛。）；比百石以下（有「斗食」，奉月十一斛；及「佐史」，奉月八斛。）補郡太守卒史（秩百石。）。皆二人，邊郡一人。先用誦多者；若不足，乃擇掌故補中二千石屬（卽「左右內史大行卒史」。）；文學掌故補郡屬（卽「郡太守卒史」。）；備員（亦屬員。）請著功令（著於功令中也。），佗如律令（舊律令。）。」制曰：「可！」自此以來，則公卿大夫士吏，斌斌（漢傳作「彬彬」。）多文學之士矣。

這篇興學議，有名的難解，李慈銘在其越縵堂日記中就說：「平津此議，關係學術，乃漢世一大制度，而文義茫昧，莫能考正。」馬端臨文獻通考卷四十也說：「竊詳自太常擇民年十八以下，至請諸不稱，是指白身受業而通一藝者；自擇其秩比二百石至補郡屬備員，是指已仕受業而通一藝者。然則白身通藝者，可以爲郎中，則其秩反高（原注：郎中秩比三百石。）；已仕通一藝者，只可爲左右內史大行卒史，則其位反卑（原注：佐史秩百石以下。）：殊不可曉。考訂精詳者，必能知之。」現在我就把李慈銘認爲「莫能考正」與馬端臨認爲「殊不可曉」的地方，特別提出詳細討論。

李氏「莫能考正」的是「治禮次治掌故」一句。這句文字有三種不同的記載：

「治禮次治掌故」——是史記儒林列傳正文。

「次治禮學掌故」——見史記集解引徐廣云。

「以治禮掌故」——見漢書儒林傳正文。

非但三處文字都不相同；而且沒有一處能講得通！可見都非公孫弘之原文，必有錯誤。在沒有發現正確的記載之前，我嘗試利用統計的方法，姑且以文字出現次數的多少作爲取捨的參考。其中「治禮」「掌故」二詞，三種記載都有，可認作原文。除外，史記正文尙有「次」「治」二字；集解所引尙有「次」「學」二字；漢書正文尙有「以」字。三處中：「次」字二見；「治」「學」「以」各一見。史記正文「治」字，很明顯的，爲涉上文「治禮」而衍；集解「學」字，漢書「以」字，都因涉下文「以文學禮義爲官」的「學」字「以」字而衍誤。只有二見的「次」字，找不到致誤之由。可能爲原文所有。因此，我初步推定原文當是「次治禮掌故」五字。史記正文作「治禮次治掌故」，除「治」爲衍文外；「次」又與「治禮」誤乙。集解「次治禮學掌故」，删去衍文「學」字；漢書「以治禮掌故」，將「以」訂正爲「次」：正好都是「次治禮掌故」五字。「次」，是其次的意思。與學議原文自「臣謹案」下，公孫弘先說小吏不能究宣詔令，表明了在職的偏無學養；繼言治禮掌故升遷不易，表明了有學養的又不見得受重用。基於這二點理由，公孫弘才想出一套鼓勵小吏進修以及讓治禮掌故升遷的辦法來。在「治禮掌故以文學禮義爲官遷留滯」句上加「次」字，正表示這是第二點理由，這是其次的理由。至於「治禮」「掌故」是官職名。漢代在「大行令」下，設「治禮郎」四十七人，見司馬彪續漢志。西漢大儒如平當少爲大行治禮丞，功次補大鴻臚文學」；蕭望之也曾「察廉爲大行治禮丞」：都見漢書本傳。至於「掌故」，周壽昌以爲「主故事」之官。漢書儒林傳記載：鼂錯、房鳳，和申公許多再傳弟子，都作過「掌故」。另外，像兒寬「以射策爲掌故，功次補文學卒史」；匡衡也曾經「射策甲科，以不應令除爲太常掌故，調補平原文學。」從這些記載中可以知道他們任用升遷的情形。

馬端臨以爲「殊不可曉」的是郡中秩反高卒史秩反低的疑案。馬氏不知「郎中」之「中」爲衍文，又誤把「卒史」當「佐史」。「郎中」秩比三百石，奉月三十七斛，自然要比秩石石以下，奉月八斛的「佐史」高得多。可是，據「漢儀」：郎「秩比二百石」，奉月二十七斛；據漢書循史傳：「黃霸補左馮翊二百石卒史」，卒史，秩二百石，奉月三十斛。郎剛好比卒史低一級！就毫無疑問了。

興學議上「其高第可以爲郎中者」的「中」爲衍文，我可以提出許多證據來。據漢書：馬宮、翟方進、何武、王嘉，並以射策甲科爲「郎」；召信臣以明經甲科爲「郎」；皆見其本傳。儒林傳：孟喜、梁丘賀、殷嘉、姚平、乘弘、京房、費直、高康，並以通易經爲「郎」；中公弟子爲博士者十餘人，其學官弟子以詩至大夫、「郎」、掌故者以百數。又高帝時，與叔孫通共定禮儀者爲三十餘人，悉以爲「郎」。這證明了西漢時諸儒高第入仕，起初都是「郎」，並非「郎中」。至於儒林傳有王駿嘗爲「郎中」；有申輓、伊推、宋顯、許廣，皆爲「侍郎」；又有尹更始爲「議郎」；王亥爲「中郎」。那有兩種可能：第一種是如興學議所說的：「即有秀才異等輒以名聞」，這些人中，可能有些是「秀才異等」，於是跳級錄用；第二種是如漢書百官公卿表所記的：「郎有議郎、中郎、侍郎、郎中，皆無員，多至千人。議郎、中郎秩比六百石，侍郎比四百石，郎中比三百石。」這些人中，可能有些是由「郎中」「侍郎」「議郎、中郎」一步步升上去的。

那麼，興學議上的「郎」字，怎樣會添成「郎中」兩字呢？我也找出它的根源來。衞宏漢舊儀上有：「太常博士弟子試射策，中甲科補郎；中乙科補掌故。」從儒林傳馬宮等射策甲科爲「郎」，房鳳射策乙科爲「掌故」的事實看來，這記載是正確的。漢儀：「弟子射策甲科百人補郎，中乙科二百人補太子舍人，皆秩比二百石；次郡國文學，秩百石也。」在「甲科」上脫一「中」字，應據漢舊儀補。可是後人不知，竟將「中乙科」之「中」上屬「郎」，就變成「郎中」了。妄人據此改儒林傳文，於是連大史學家馬端臨也被難倒了。一直到筆者寫史記漢書儒林列傳疏證時，才把它的錯誤追究出來，解決了這千古的疑案！

錯誤校正了，疑難解決了，現在試分析一下興學議的內容。

全文分爲三段：

第一段、引武帝詔以爲所議的根據。

甲、武帝興學的動機：

「蓋聞導民以禮，風之以樂。今禮廢樂崩，朕甚愍焉。」

乙、武帝興學的指示：

1.「故詳延天下方聞之士，咸登諸朝。」

2.「其令禮官勸學、講議、洽聞、舉遺、興禮，以爲天下先。」

3.「太常具議：予博士弟子，崇鄉里之化，以廣賢材焉。」

第二段、與太常博士議定設弟子員及考核之法。

甲、教育歷史的概述：

1.「聞三代之道，鄉里有教，夏曰校，殷曰序，周曰庠。其勸善也，顯之朝廷；其懲惡也，加之刑罰。故教化之行也，建首善自京師始，由內及外。」——三代教育情形。

2.「今陛下昭至德，開大明，配天地，本人倫，勸學，修禮，崇化，厲賢，以風四方，太平之原也。」——今之教育情形。

3.「古者政教未洽，不備其禮，請因舊官而興焉。」——結語。

乙、設弟子員之法：

1.「爲博士官置弟子五十人，復其身。太常擇民年十八已上儀狀端正者，補博士弟子。」——此太常所擇爲博士正式的弟子。

2.「郡國縣道邑，有好文學，敬長上，肅政教，順鄉里，出入不悖，所聞令、相、長、丞，上屬所二千石；二千石謹察可者，當與計偕詣太常，得受業如弟子。」——此郡國所選爲博士的「如」弟子。

丙、考核之法：

1. 期限：

「一歲皆輒試。」

2.方法：

「能通一藝以上——補文學掌故缺。」

「其高第可以爲郎者——太常籍奏。」

「卽有秀才異等——輒以名聞。」

「其不事學，若下材，及不能通一藝——輒罷之。」

3.附則：

「而請諸不稱者罰。」

第三段：公孫弘加擬通經小吏升遷之法。

甲、所擬之原因：

1.「臣謹案：詔書律令下者，明天人分際，通古今之變，文章爾雅，訓辭深厚，恩施甚美。小吏淺聞，不能究宣，無以明布諭下。」——小吏無學則不能究宣詔書。

2.「次，治禮掌故以文學禮義爲官，遷留滯。」——通經術者升遷又不易。

乙、所擬的辦法：

1.「請選擇其秩比二百石以上及吏百石通一藝以上——補左右內史大行卒史。」

2.「比百石以下——補郡太守卒史。」——「皆各二人，邊郡一人，先用誦多者。」

3.「若不足，乃擇掌故補中二千石屬；文學掌故補郡屬；備員。」

丙、附請頒行：

「請著功令，佗如律令。」

這樣一分析，非但可以看清興學議的內容，而且可以發現其層次是何等的井然有序！

興學議的重要性

要了解興學議的重要性，先決的問題是：這篇文章倒底是公孫弘拜博士時的建議？還是作宰相時的擬訂的法令？如屬前者，自可不必重視；如屬後者，那就在實際教育上有其重要的地位了。

在興學議的前面，史記儒林列傳跟漢書儒林傳都有「公孫弘爲學官，悼道之鬱滯，乃請曰。」的字樣。「爲學官」三字是什麼意思呢？史記三家注及日人瀧川資言的會注考證固然都不曾加以注解；漢書顏師古注和王先謙補注也忽略了這個問題。只有郭嵩燾的史記札記卷五才加以解說：「此謂弘元光五年對策拜博士時也。」郭氏意思是：所謂「學官」就是「博士」；那麼「興學議」便是元光五年公孫弘拜博士寫的了。可是興學議開頭又有「丞相御史」言，卻又是怎樣一回事呢？合川張森楷氏的「史記新校注稿」，對這問題有非常巧妙的解釋。——「史記新校注稿」是一本了不起的手抄稿。在校的方面，張氏據校之本四十四，參校之本一十七。在注的方面，張氏徵引的書籍，在四百五十八種以上。自始校至注成，花了五十年，一共改寫過六次。取材博而有別擇，考辨精而極審慎。我參考的是新校注五稿和六稿。——張氏說：「公孫弘時爲學官，此其職權內事，非所不當言，而必請丞相御史以昭鄭重，故白於二府爲言之于朝。白卽後世呈字之代名詞。若作曰，猶後世之案奉云云也。二說並通，唯來者擇焉。」張氏指出「丞相御史言」有二種解釋：一、公孫弘與學議是呈給丞相御史二府，請他們轉呈給漢武帝的。二、或者在議內引用了丞相御史的指示，相當於後世的「案奉」。所以「爲學官」與「丞相御史言」並無矛盾。問題到此似乎可以圓滿結束了。可是，細讀與學議，自「臣謹案」以下，口氣很堅定，完全沒有向丞相御史請示的語氣，如果公孫弘當時只是博士，官位比縣令要小，豈能如此措辭？所以：我覺得郭嵩燾、張森楷這兒的注解，是有推敲的餘地的。結果發現公孫弘與學議中的「制曰」是武帝元朔五年（西元前一二四年）的詔書，刋在漢書武帝紀中。因此，與學議決不可能是元光五年（西元前一三〇年）寫的。而元朔五年公孫弘在當丞相，早已不是一位博士官了！在漢書百官公卿表上記載着：「元朔五年十一月乙丑，丞相澤免，御史大夫公孫弘爲丞相。四月丁未，河東太守九江番係爲御史大夫。」漢初以每年十月爲新年開始。公孫弘在元朔五年十一月由御史大夫調升爲丞相，但是他的御史大夫職位並未立卽移交他人，經十一、十二、一、二、三、四，兼了半年的御史大夫職而後才專任丞相一職。與學議一開始有「丞相御史言」，正表示他當時是丞相兼御史大夫。所以與學議決不是公孫弘爲博士時的建議，而是爲丞相時擬訂並經武帝核准施行的教育方案。

總觀我國敎育，發達甚早，據孟子滕文公篇所說：「設爲庠序學校以敎之。庠者養也；校者敎也；序者射也。夏曰校，殷曰序，周曰庠；學則三代共之：皆所以明人倫也。」那麼，三代似乎已有「庠序學校」，作爲養老，敎孝，習射，學樂的場所；而其敎育宗旨，則同在於「明人倫」。這一點，跟後世以傳授知識爲主的學校，恐有不同。此外禮記王制篇說到「命鄉論秀士升之司徒，曰選士；司徒論選士之秀者而升之學，曰俊士。升於司徒者不征於鄉；升於學者不征於司徒。春秋敎以禮樂，冬夏敎以詩書。」可說是我國選士制度的先聲，但是否曾付諸實行，在什麼朝代實行過？卻又莫知其詳了。在我國歷史上，綜合學校選士兩大制度，建立太學，並制定太學弟子員之招收，考核、任用、升遷的具體辦法，而付諸實行的，第一件有眞憑實據的文獻，要算公孫弘的興學議。在我國敎育史上，這是值得大書特書的事。

興學議對後世的影響，可分兩方面來說明：

一、確定了我國二千年來的太學制度

自興學議創議爲博士置弟子員五十人之後，到昭帝時（西元前八六——七四），增爲百人；宣帝（西元前七三——四九）又增加了一倍；元帝時（西元前四八——三三）有員千人；成帝（西元前三二——七）末，有人說孔子爲平民有弟子三千，天子太學的弟子員不當少於孔子。於是增加到三千人。平帝（西元一——五）時，王莽奏起明堂、辟雍、靈臺，爲學者築舍萬區，規模之大，可以想像得到。（以上本於漢書儒林傳）。東漢明帝（西元五八——七五）常親自講學，諸儒執經問難，圜着太學橋門觀聽的據說以「億萬計」，連匈奴也遣子入學。順帝（西元一二六——一四四）重修太學校舍，凡二百四十幢，一千八百五十個房間。桓帝時（西元一四七——一六七）學生增至三萬人。（以上本於後漢書儒林傳）。自此後以後，魏有太學。晉設國子學以教貴族子弟；設太學以教平民。南朝宋文帝創「四學制」：研究佛老的有「玄學」；研究歷史的有「史學」；研究詞章的有「文學」；研究經術的有「儒學」。隋文帝除設「國子」「太學」「四門」傳授各階層子弟以經典外；另設「書學」「算學」「律學」，爲唐「六學」所本。唐於「六學」外，還有崇文館、弘文館、醫學、崇玄館、小學，太學內容愈加豐富了。宋代有十五學，新加的有武學、畫學等。元代中央設國子學、蒙古國子學、回回國子學。明代則以「宗學」教宗室子弟，「國子監」授官民子弟。清代除「國子監」外，有「宗學」「旗學」。（以上本於通考、續通考、清通考）。民國以來的大學，一方面固然受歐美新制大學的影響，另一方面，亦淵源於我國古代的「太學」。甚至東亞各國，如日本，於第二次世界大戰前有「帝國大學」；如韓國，至今仍有「成均館」，爲全國最高學府之一，都是模倣我國「太學」而成立的。

二、建立了我國以儒治國的政治形態

在引言中已經說過，公孫弘之前，儒者從來沒有人在政治上得意過的。公孫弘當了丞相後，馬上定下太學制度，作爲培養政治人才的搖籃。同時嚴格規定了士吏的升遷要以「通經」「誦多」爲標準。造成了全國上下研究經術的風氣。這情形，就如漢書儒林傳贊所說的：「自武帝立五經博士，開弟子員，設科射策，勸以官祿，訖於元始，百有餘年，傳業者寖盛，支葉蕃滋，一經說至百餘萬言，大師衆至千餘人，蓋祿利之路然也。」爲儒家的政治生命奠定了深厚而不可動搖的基礎。我們試檢漢書百官公卿表，可以發現，自公孫弘後，如韋賢、魏相、蔡義、黃霸、韋玄成、匡衡、張禹、薛宣、翟方進、孔光、平當、馬宮，全都是以通經大儒身份出任丞相之職。又如兒寬、蕭望之、貢禹、薛廣德、王駿，也都以經術位至御史大夫。其他官拜九卿的大儒，更不勝列舉。由此，我們深信儒林傳在與學議正文之後說：「自此以來，則公卿大夫士吏，彬彬多文學之士矣。」決不是隨便講的，而有事實的根據。漢代以後，於更朝換姓之際，也許雜用法家道家人物；在太平盛世，每用儒生執政。風氣所自，不能不推溯到公孫弘的與學議！

結　論

我常常想：史家所謂「一字褒貶」，固然可以使「亂臣賊子懼」；但也可能使後世讀者的思維受作者主觀感情的暗示，而昧於事實的眞相。在中國歷史上，以儒者得大政的，公孫弘是第一人。他的興學議，確定了我國二千年來的太學制度，建立了我國以儒治國的政治形態。眞當得起

「爲往聖繼絕學，爲萬世開太平」的贊語。可是，古今學者，受司馬遷成見的影響，都把公孫弘當作一位曲學阿世投機取巧的「小人儒」，使他含寃莫白達二十個世紀之久！這是讀者思維受作者褒貶之詞所暗示的一個例子。因此，我自己閱讀典籍，每遇到一些能使情緒激動的措辭，總努力將它們改換成公平冷靜而具相同客觀意義的語句，希望自己的思考不致淪爲感情措辭的奴隸。同時廣搜各種正面反面的資料，排列比較，而期發現事實的眞相。我所以能擺脫史遷褒貶的暗示，從各種史實中重估公孫弘在歷史上的地位，就靠着自己這種習慣。自從公孫弘制定「與學議」，由武帝公佈施行之後，「則公卿大夫士吏，彬彬多文學之士」，即使以「文學」的觀點來看，這也是一篇關係重大的文章。

「管晏列傳」新探

原　文

管仲夷吾者，潁上人也。少時，常與鮑叔牙游，鮑叔知其賢。管仲貧困，常欺鮑叔；鮑叔終善遇之，不以爲言。已而鮑叔事齊公子小白，管仲事公子糾。及小白立爲桓公，公子糾死，管仲囚焉；鮑叔遂進管仲。管仲既用，任政于齊，齊桓公以霸，九合諸侯，一匡天下，管仲之謀也。

管仲曰：「吾始困時，嘗與鮑叔賈，分財利，多自與；鮑叔不以我爲貪，知我貧也；吾嘗爲鮑叔謀事，而更窮困，鮑叔不以我爲愚，知時有利不利也；吾嘗三仕三見逐於君，鮑叔不以我爲不肖，知我不遭時也；吾嘗三戰三走，鮑叔不以我爲怯，知我有老母也；公子糾敗，召忽死之，吾幽囚受辱，鮑叔不以我爲無恥，知我不羞小節，而恥功名不顯於天下也；生我者父母，知我者鮑子也！」鮑叔既進管仲，以身下之。子孫世祿於齊，有封邑者十餘世，常爲名大夫。天下不多管仲之賢，而多鮑叔能知人也。

管仲既任政相齊，以區區之齊，在海濱，通貨積財，富國彊兵，與俗同好惡，故其稱曰：「倉廩實而知禮節，衣食足而知榮辱。上服度，則六親固。四維不張，國乃滅亡。下令如流水之原，令順民心。」故論卑而易行。俗之所欲，因而予之；俗之所否，因而去之。其爲政也，善因禍而爲福，轉敗而爲功。貴輕重，愼權衡。桓公實怒少姬，南襲蔡；管仲因而伐楚，責包茅不入貢於周室，桓公實北征山戎；而管仲因而令燕修召公之政。於柯之會，桓公欲背曹沫之約，管仲因而信之，諸侯由是歸齊。故曰：「知與之爲取，政之寶也。」

管仲富擬於公室，有三歸反坫；齊人不以爲侈。管仲卒，齊國遵其政，常彊於諸侯。後百餘年而有晏子焉。

晏平仲嬰者，萊之夷維人也。事齊靈公、莊公、景公，以節儉力行重于齊。既相齊，食不重肉，妾不衣帛。其在朝，君語及之，卽危言；語不及之，卽危行。國有道，卽順命；無道，卽衡命。以此三世顯名於諸侯。

越石父賢，在縲紲中，晏子出，遭之塗，解左驂贖之，載歸。弗謝，入閨，久之。越石父請絕，晏子懼然，攝衣冠謝曰：「嬰雖不仁，免子於厄，何子求絕之速也？」石父曰：「不然，吾聞君子詘於不知己，而信於知己者。方吾在縲紲中，彼不知我也，夫子旣已感寤而贖我，是知己；知己而無禮，固不如在縲紲之中。」晏子於是延入爲上客。

晏子爲齊相，出，其御之妻，從門間而闚其夫；其夫爲相御，擁大蓋，策駟馬，意氣揚揚，甚自得也。既而歸，其妻請去，夫問其故。妻曰：「晏子長不滿六尺，身相齊國，名顯諸侯。今者妾觀其出，志念深矣，常有以自下者。今子長八尺，乃爲人僕御。然子之意，自以爲足，妾是以求去也。」其後，夫自抑損，晏子怪而問之；御以實對。晏子薦以爲大夫。

太史公曰：「吾讀管氏牧民、山高、乘馬、輕重、九府，及晏子春秋，詳哉其言之也。既見其著書，欲觀其行事，故次其傳。至其書，世多有之，是以不論，論其軼事。管仲世所謂賢臣，然孔子小之。豈以爲周道衰微，桓公既賢，而不勉之至王，乃稱霸哉？語曰：『將順其美，匡救其惡，故上下能相親也。』豈管仲之謂乎？方晏子伏莊公尸，哭之成禮然後去，豈所謂『見義不爲無勇』者邪？至其諫說，犯君之顏，此所謂『進思盡忠，退思補過』者哉！假令晏子而在，余雖爲之執鞭，所忻慕焉。」

前言

管晏列傳是史記七十列傳中的第二篇。嚴格說來，史記和任何一件獨立的藝術作品一樣，具有完整的有機結構，是不能拆成單篇來探討的。因此，在這一篇新探中，我不想把管晏列傳孤立於史記之外。而儘可能把它當作「一顆小沙」，來「管」窺「史記」的「大千世界」。從而探討作者司馬遷情意的鬱結，學識的層面，和修辭的技巧。

由列傳所敍管晏行事

一　探作者情意的鬱結

爲了讀者對管晏列傳有一個清楚的印象，我先把它的內容簡單介紹一下。全文共分八段：一、二、三段敍管仲，而管仲與鮑叔的交誼佔一大半；五、六、七段敍晏嬰，而晏嬰贖越石父於縲紲，薦御者爲大夫事佔絕大部份；第四段是一座「橋」，由管仲而過渡到晏嬰；第八段爲太史公對管晏兩人的評論。

列傳中某些句子是十分值得注意的。例如：「天下不多管仲之賢，而多鮑叔能知人也。」又如：「假令晏子而在，余雖爲之執鞭，所忻慕焉！」

要了解此中消息，請從「李陵案」說起。

武帝天漢二年（西元前九九年）五月，貳師將軍李廣利，那善歌能舞的李夫人的哥哥，率三萬大軍出兵酒泉，北伐匈奴；九月，李陵率步兵五千，從居延（離酒泉不遠）向北進兵，以爲策應。不久，李陵和匈奴主力遭遇。李陵部前列持戟盾，後列發弓弩，把匈奴三萬騎兵殺得七零八落。單于大驚，親率騎兵八萬來攻李陵。李陵且戰且走，十有餘日，轉鬪千里，眼看就快回到居延。單于還以爲是誘兵之計，決定不再追趕。誰料李陵部下名叫管敢的，投降匈奴，供出李陵無援的情報。就這樣，李陵兵盡被俘了。武帝原希望李陵不成功便成仁的。聽說李陵投降，十分生氣。大臣們嚇得也都不敢替李陵辯護。一些平時只知道爲個人和妻子打算的傢伙，甚至還說李陵的壞話。在這關頭，司馬遷挺身而出了。以爲李陵雖古之名將不能過。強調他是在「兵盡援絕」的情況下暫時投降的，一定會找機會脫身回來報答漢朝。這話聽在武帝耳中，豈非諷刺自己的大舅子貳師將軍李廣利見敗不救？於是就把司馬遷下獄了。到了第二年，一個錯誤的情報：李將軍在爲匈奴練兵傳到武帝耳中，像燎原的星火，武帝的憤怒暴發而燃燒起來，把李陵全家統統殺了。那幫李陵講話的司馬遷，也同時被處腐刑。事後才弄清楚，替匈奴練兵的是李緒不是李陵，後悔卻來不及了。

太史公在報任少卿書中說：「明主不深曉，以爲僕沮貳師，而爲李陵游說，遂下於理。拳拳之忠，終不能自列。因爲誣上，卒從吏議。家貧，貨賂不足以自贖；交游莫救視；左右親近，不爲一言。身非木石，獨與法吏爲伍，深幽囹圄之中，誰可告愬者？此眞少卿所親見，僕行事豈不然乎？李陵既生降，頹其家聲；而僕又佴之蠶室，重爲天下笑。悲夫！悲夫！事未易一二爲俗人言也！」二千年後，我們仍能從這沉痛的文字中體會司馬遷的悲憤！

李陵，有知己的司馬遷爲之辯護；但是，司馬遷呢？在當時，誰是他的知己？誰替他說過一句話？誰會救他一把？甚至去看看他的人都沒有！這，使司馬遷不由得想起那了解、賞識、栽培管仲的鮑叔來！報任少卿書云：「且夫臧獲婢妾，猶能引決；況若僕之不得已乎？所以隱忍苟活，函糞土之中而不辭者，恨私心有所不盡，鄙沒世而文采不表於後世也！」這幾句話與管晏列傳中管仲所說的：「公子糾敗，召忽死之，吾幽囚受辱；鮑叔不以我爲無恥，知我不羞小節，而恥功名不顯於天下也！」參看，當能了解司馬遷情意之鬱結。而在「家貧貨賂不足以自贖；交遊莫救視；左右親近不爲一言」的情形下，司馬遷盼望着贖越石父於縲紲，薦御者爲大夫的晏子的出現，而樂於替晏子拿着鞭駕馬車，也是十分可以理解的。「爲之執鞭所忻慕焉」，表面上看來，司馬遷太沒出息了；但是，在這句話的背後，司馬遷隱匿着多少辛酸！

其實，不僅是管晏列傳，史記整本書，到處充滿着這種情意的鬱結。所以孝文本紀，他會特別強調「蠲除肉刑」的經過。仲尼世家以及孟荀、屈賈等列傳，把孔孟荀屈賈的不得志，寫得何等感人，簡直就是自己的外射投影了。在伍子胥、穰侯、白起、信陵君、樂毅、廉頗、淮陰侯……等列傳，更時時有李陵案的廻響。我們試比較伍子胥傳：「向令伍子胥從奢俱死，何異螻蟻……」與報任少卿書：「假僕伏法受誅，若九牛亡一毛，與螻蟻何異？」那借他人傳記，發自己憤慨，實十分明顯。

假如把情意的鬱結單純地解釋作司馬遷個人的憤慨；那麼，不但是誤解了司馬遷，同時也無法發現「天下不多管仲之賢而多鮑叔能知人也」的眞正含義。因此，我要在憤慨背後，一探司馬遷愛才惜才能信能諒的一顆慈悲的心。

在管晏列傳中，司馬遷並不諱言「管仲貧困常欺鮑叔」的事實，這是歷史家的誠信處。不過，管仲更多不光榮卻是由管仲自己說出的，如：分財利多自與，爲人謀事而更窮困，三仕三見逐於君、三戰三走之類。這就見到司馬遷愛惜悲憫的心。同樣的，在晏子部份，司馬遷寫了晏子的「弗謝」，越石父的「請絕」。用「晏子伏莊公尸，哭之成禮，然後去」，隱指晏子未能討崔杼之亂。但他決不肯定晏子「見義不爲無勇」，而接着說了許多贊美的話。司馬遷總是在一件行爲的背後，觀察當時的環境，探索可能的動機，而予以了解之同情。

所以，司馬遷會寫項羽「力能扛鼎，才氣過人」；會寫「李廣才氣，天下無雙」。在李斯傳中，會說「不然，斯之功，且與周召列矣」，在韓信傳中，會說「假令韓信學道謙讓，不伐己功，不矜其能，則庶幾於漢家勳，可以比周召太公之徒，後世血食矣」。甚至在酷吏列傳中，仍不忘「其廉者足以爲儀」「一切亦皆彬彬質有其文武焉」！所以，他更會在武帝盛怒中，奮不顧身，替李陵辯護！

但是，世人在多鮑叔能知管仲之餘，誰又曾體會司馬遷較鮑叔更爲遼濶的悲天憫人的胸懷呢？所以，司馬遷必須「著書」來「自見」，這才是司馬遷情意鬱結的眞正原因！

這裏我必須聲明：情意鬱結一辭，並不是我杜撰的。它見於報任少卿書，原文是：「古者富貴而名磨滅，不可勝記；唯倜儻非常之人稱焉。蓋文王拘而演周易；仲尼厄而作春秋；屈原放逐，乃賦離騷；左丘失明，厥有國語；孫子臏脚，兵法修列；不韋遷蜀，世傳呂覽；韓非囚秦，說難孤憤；詩三百篇，大底聖賢發憤之所爲作也。此人皆意有所鬱結，不得通其道，故述往事，思來者。乃如左丘無目，孫子斷足，終不可用，退而論書策，以舒其憤，思垂空文以自見。」這一番話，亦見於太史公自序，文字稍有出入。原來司馬遷之寫史記，除了接受父親「無忘吾所欲論著」的遺命之外，「意有所鬱結」，欲藉寫作來「舒憤」「自見」，是另一個強烈的因素。佛洛伊特以爲：創作是人類受了壓抑的欲望，在象徵世界的滿足。廚川白村因此認定藝術是「苦悶的象徵」。與司馬遷抒憤自見說都十分相近。而「意有所鬱結」實與西方文學術語「情意綜」一詞具有相同的意義。

一　由列傳引書及其遊歷探作者學識的層面

情意鬱結是創作的必要條件；但不是充分條件。它引起創作的動機，賦予作品以主題；但並未供給作品以材料和形式。所以鬱結的情意必須憑藉卓越的學識，通過適當的文字，才能再現於讀者心靈，引起情緒上的共鳴！這一節，先由管晏列傳引書說起，看看史記到底參考了多少典籍；再觀察司馬遷的遊歷，來探討作者學識的層面。

管晏列傳記管子佐齊桓公「九合諸侯一匡天下」，以及桓公南襲蔡，北伐山戎，與柯之會；和晏子佐齊靈公、莊公、景公三世事；係據春秋左氏傳。且不去說它。列傳最後一段：「太史公曰：吾讀管氏牧民、山高、乘馬、輕重、九府，及晏子春秋。」可見司馬遷在寫管晏列傳之前，先已讀過管晏兩人的作品。傳中引管子言：「倉廩實而知禮節；衣食足而知榮辱。上服度，則六親固；四維不張，國乃滅亡。」語出牧民篇，又傳所言：「與俗同好惡……下令如流水之原，令順民心。」意亦本牧民：「政之所興，在順民心；政之所廢，在逆民心。民惡憂勞，我佚樂之；民惡貧賤，我富貴之；民惡危墜，我存安之；民惡絕滅，我生育之。」這些都是司馬遷確實讀過管子的證據。管晏列傳還暗用了許多古書的語句。如：「管仲，世所謂賢臣，然孔子小之。」暗用論語八佾篇孔子「管仲之器小哉」語意；「見義不爲無勇」語出論語爲政篇；「爲之執鞭」，亦本論語述而篇：「富而可求也，雖執鞭之士，吾亦爲之。」司馬遷之論管仲，引語曰：「將順其美，匡救其惡，故上下能相親也。」又論晏嬰：「此所謂『進思盡忠，退思補過』者哉！」這是把孝經事君章：「君子之事上也，進思盡忠，退思補過，將順其美，匡救其惡，故上下能相親也。」拆開分成二處說。遺憾的是：司馬遷之「事君」，是這樣作了；而結果是否「上下能相親」呢？至於「俗之所欲，因而予之；俗之所否，因而去之」，政令完全順着民心，除本於管子牧民篇外，還可溯源於尙書「天視自我民視天聽自我民聽」的民本觀念；「知予之爲取，政之寶也」，則用老子三十六章：「將欲歙之，必固張之；將欲弱之，必固強之；將欲廢之，必固舉之；將欲奪之，必固與之。」意，文字上參考了韓非子說林上所引周書：「將欲敗之，必姑輔之；將欲取之，必姑予之。」單單就管晏一傳，已可看出司馬遷讀書之廣，以及思想上兼受儒道兩家影響的痕跡。

這裏補述一下司馬遷的求學歷程。司馬遷出生於掌管天官和記史的世家。父親司馬談曾跟唐都學過天官，跟楊何學過周易，跟黃生學過道論。從司馬談「論六家要旨」一文看來，其基本思想屬於道家。可是對於司馬遷，他又以繼承孔子相期。史記太史公自序記談之遺命：「自周公卒，五百歲而有孔子；孔子卒後，至於今五百歲。有能紹明世，正易傳，繼春秋，本詩書禮樂之際，意在斯乎！意在斯乎！」意思是很明顯的。司馬遷十歲跟孔安國學古文尚書。孔安國是孔子後代，當世大儒；尚書更是上古典謨訓誓的紀錄，我國早期史料之一。也許司馬遷對史學的興趣，就是這樣在家學淵源與良師指導下培養起來的。後來他又跟董仲舒學春秋公羊傳。春秋也是一部史書；公羊傳重點在剖釋春秋的義例，對史識很具啓發性。史記記事，雖多取左氏；而其大義，卻用公羊。司馬遷二十八歲擔任太史令，正如自序所說：「百年之間，天下遺文古事，靡不畢集太史公。」擁有當時最多的圖書資料，自然讀書也更多了。

漢書司馬遷傳言史記取資於左傳、國語、世本、戰國策、楚漢春秋諸書。試據史記「余讀某某書」，略加摘錄，可以發現司馬遷涉獵的廣度：孔、孟、荀、管、晏、老、莊、申、韓、商君、兵家、屈、賈、酈、陸的著述，以及尚書、牒記、春秋、國語、公文檔案和秦漢之際許多史料，他全讀過。史記引書更有：詩經、易經、大小戴禮、周官、虞氏春秋、董仲舒春秋災異記、山海經、鄒衍子、鄒奭子、淳于子、公孫龍子、司馬相如賦等等。簡直是位百科全書式的人物。

但是，司馬遷決不致雜學旁搜而不知所歸。所歸者何？一是儒家的六藝，二是道家的黃老。

司馬遷最崇拜的聖人就是孔子了。孔子明明不是王侯將相，輔拂股肱之臣，司馬遷偏偏堅持孔子能「爲天下制儀法，垂六藝之統紀於後世」，升之於「世家」。把孔子的生平、言論、述作、後嗣，作綜合而精彩的敍述。於「仲尼弟子」，還另外作一篇「列傳」。在殷本紀贊、孝文本紀贊、封禪書、吳太伯世家贊、宋微子世家贊、留侯世家贊、伯夷列傳、孟荀列傳、呂不韋列傳贊、萬石張叔列傳贊、田叔列傳贊、儒林列傳、酷史列傳、滑稽列傳、太史公自序，司馬遷都曾引孔子語，來證明自己敍述的正確，甚至移作自己對古人的評論。此外，暗用孔子語如管晏列傳者，以及引六經語，更屈指難數了。司馬遷信而好古、崇尚理想，都淵源於孔子。而道家思想對司馬遷也有所影響。在曹相國世家、伯夷列傳、扁鵲倉公列傳、酷史列傳、劉敬叔孫通列傳、貨殖列傳，都曾引老子語，而有精確的理解。

司馬遷描述一人的言行，不僅先讀其人著作，有時還親臨其地，求問父老。這方面，司馬遷也有點像周遊列國的孔子，而跟三年不窺於園舍的董仲舒大不相同。以管晏列傳爲例，司馬遷便親自到過齊地，盛贊其大國之風。事詳齊太公世家，太史公曰：「吾適齊，自泰山屬之琅邪，北被子海、膏壤二千里。其民闊達多匿知，其天性也。以太公之聖建國本，桓公之盛修善政，以爲諸國會盟，稱伯不亦宜乎？洋洋哉，固大國之風也。」

依據史記太史公自序，參考史記其他各篇司馬遷的自述，可以知道遊歷的詳情是這樣的：

司馬遷生於龍門（陝西韓城）。十歲以前，在家鄉和農夫牧童一起生活，很能體驗到民間實際情形。十歲到了京師長安。那時候，衞靑征匈奴，張騫通西域，司馬相如作詞賦，李延年製樂譜，正是國家最熱鬧的時候。十三歲隨父親司馬談乘車傳行天下，求古諸侯之史。二十歲，自己一個人南遊江淮，打聽韓信貧困時的故事。到會稽山探察禹穴。轉向湖南寧遠九疑山，憑弔虞舜。然後浮於沅湘，悼念屈原的自沉、賈誼的自傷。北涉汶泗，講業齊魯之都，觀孔子之遺風，學鄉射的古禮。就像孔子菜色陳蔡一樣，司馬遷也曾厄困於蕃、薛、彭城。在孟嘗君的故地碰到暴桀子弟。他到了豐沛，觀故蕭、曹、樊噲、滕公之冢。又過大梁之墟，求問其所謂夷門。適楚，觀春申君故城宮室。不久，他仕爲郎中，奉使巴蜀，南至卭、笮、昆明。回到京師，又扈從武帝封禪，曾西至崆峒，北過涿鹿，東漸於海，南浮江淮。所有名山大川，幾乎都踏有司馬遷的脚印。

博讀羣書而歸本於儒道；親身的觀察訪問和書本上的知識結合起來。表現在史記中，就是：卓爾特出的見解，信而有徵的敍事，疏蕩而有奇氣的文章。

由管晏列傳美學特徵

一 探作者修辭的技巧

單讀管晏列傳，容易產生一些困惑：管仲晏嬰都是偉大的政治家，爲什麼列傳敍管仲，鮑叔事就佔了一半；於管仲治績，又僅作原則性的說明；許多政治上具體措施，竟都是一筆帶過呢？

列傳之敍晏嬰，爲什麼對於晏子政治思想，從政過程，政治績效，也都略而未詳；反而把鷄毛蒜皮綠豆芝蔴的事：贖回了一個犯人，並無什麼作爲可記的犯人；提拔一位車夫，連名字都不知道的車夫，卻大書特書起來呢？司馬遷的史學史識，跑到哪兒去了？竟如此輕重失調，本末倒置呢？

原來，管晏列傳的主題是論交友之道；而齊太公的建設，齊桓公的稱覇，卻是齊世家的主題。因此：管仲輔佐齊公子糾，與齊公子小白作戰；小白立爲桓公，鮑叔推薦管仲；管仲任政爲相，輔佐桓公設輕重魚鹽之利；信曹沫之盟，歸還了侵魯之地；救燕而伐山戎；伐楚，責貢包茅不入；諫桓公拜周襄王之賜胙；不得封泰山禪梁父等等。和齊莊公被殺，晏嬰枕公尸而哭；崔杼與晏嬰盟，晏嬰不肯；景公派晏嬰出使晉國，到魯國問禮；晏嬰諫景公節儉輕刑等等；事關齊國覇業，全見於齊世家。而管晏列傳僅論管仲與鮑叔，晏嬰與越石父及御者的交誼。這樣一來，非但齊世家和管晏傳不致前後重複，而且使兩篇的主題顯明，內容統一，風格也更爲純粹了。

假如我們進一步閱讀史記全文，我們發現：史記是由一百三十篇文字組成，就像各種器官組成完整的人體一樣。篇與篇間，常有密切的連繫。所以詳於彼者略於此。以「鴻門宴」爲例：項羽本紀所敍是何等具體、詳細、熱鬧。因爲這是項羽勝敗的轉捩點。樊噲列傳次之。在這次事件中，樊噲生氣虎虎，有異於尋常的表現。留侯世家又次之。當那緊要時刻，張良實在沒太多作爲。高祖本紀最簡，因爲這窩囊事，到底有損高祖的威風！又像人體每種器官各具獨特的功能，史記每一篇都有其主題。例如：五帝本紀的主題，在描寫則天法地，禪讓遜位的理想政治；禮書的主題，是略協古今之禮，而歸於近情性通王道。吳世家的主題，是贊美吳太伯的能讓國。伯夷列傳的主題，在反功利，重仁義……都有個突出的篇旨。

主題顯明，內容統一，是管晏列傳美學特徵之一；每篇有每篇突出的題旨，篇與篇間，詳略互見，形成完整的有機結構，也正是史記修辭的基本技巧。

列傳所敍管嬰兩人，同是齊國偉大的政治家。但是管仲以奢聞；晏嬰以儉著，傳以兩人所交的朋友爲重點。但管仲之於鮑叔，是被推薦者；晏嬰之於越石父及御者，卻是推薦者。他們的經歷，一方面是相同的，另一方面是相反的。這種內在的統一而矛盾，決定了本篇的結構：既是對稱的，又是對比的。

全文採取對稱的形式，內容依序是：

管仲之交友
管仲之施政
管仲之生活
管仲卒百年而有晏子
晏嬰之生活
晏嬰之施政

晏嬰之交友

很明顯的：它是以「管仲卒百年而有晏子」爲中心。敍管仲是由交友而施政而生活；敍晏嬰是由生活而施政而交友：左右兩兩相稱。最後一段「太史公曰」，那是司馬遷對管晏兩人的評詁，爲全文結論。先總述二人所著書，然後分論管仲、晏嬰，仍舊對稱着說。

對稱之外，還有對比的現象。列傳先寫「管仲富擬於公室，有三歸反坫」，接寫晏子「以節儉力行重於齊。旣相齊，食不重肉，妾不衣帛」，一奢一儉，是鮮明的對比。管仲常欺鮑叔，鮑叔終善遇之；及管仲被囚，鮑叔又薦之，使管仲任政於齊。晏嬰贖越石父於縲紲中，越石父卻責怪晏嬰無禮，但晏嬰終善待越石父，延之爲上客。管仲之有知己；晏嬰之善待人，對比又何等強烈。

這種對稱和對比的手法，也時常在史記其他各篇中看到。例如：屈賈列傳敍屈原見讒，行吟江濱；賈誼被謫，賦辭湘水。孫吳列傳言孫臏斷足於龐涓；吳起見逐於武侯。都用對稱法。又如絳侯世家，在周勃部分寫文帝的忌刻；在周亞夫部分寫景帝的忌刻：也對稱着。至於汲鄭列傳，在汲黯方面，先說「其先有寵於古之衞君，至黯七世，世爲卿大夫」；最後說「上以黯故，官其弟汲仁至九卿，子汲偃至諸侯相，黯姑姊子司馬安亦少與黯爲太子洗馬，昆弟以安故，同時至二千石者十人」。在鄭當時部分，先說「其先鄭君嘗爲項籍將」；最後說「莊兄弟子孫以莊故，至二千石六七人焉」。更明顯地在刻意追求對稱的形式。

在孟荀列傳中，一面寫鄒子之屬的阿世苟合；一面寫孟荀兩人的特立獨行。在刺客列傳中，一面寫荆軻的愼謀大勇；一面寫燕太子丹的躁急敗事。都用對比法。司馬遷筆下的人物，如：深沈的劉邦和勇猛的項羽；謙讓的衞青和果敢的霍去病；弄權機變的田蚡和憨直的竇嬰，都是對比着寫來的。

對稱和對比，也是史記修辭的基本技巧，爲管晏列傳美學特徵之二。

生命之間，原有相互觀摩、相互提升的現象；尤以仁人志士爲然。沒有鮑叔，歷史上就不會有管仲；沒有晏子，史記也不可能有越石父的記載。而鮑叔和晏子，也因爲管仲和越石父而名益彰。鮑叔和管仲，越石父和晏子，實是兩個不可分離的生命體。

史記描述管鮑，用互爲賓主法：「管仲夷吾者，潁上人也，少時常與鮑叔牙游。」管主鮑賓；「鮑叔知其賢。」鮑主管賓；「管仲貧困，常欺鮑叔。」管主鮑賓；「鮑叔終善遇之，不以爲言。」鮑主管賓。「已而鮑叔事齊公子小白；管仲事公子糾。」生命的分離，鮑管皆主；「及小白立爲桓公，公子糾死，管仲囚焉，鮑叔遂進管仲。」鮑主管賓。「鮑叔旣進管仲，以身下之，子孫世祿於齊，有封邑者十餘世。」文法上鮑主管賓，儘管政治地位上鮑叔已在管仲之下了。「天下不多管仲之賢，而多鮑叔能知人也。」管鮑皆賓。面對着「天下」之人，受「多」足矣，又何爭乎主賓！

史記描述晏越，則用高低升降法：「越石父賢，在縲紲中。晏子出，遭之塗，解左驂贖之載歸。」晏高越低，越出於縲紲，向上升。「弗謝，入閨久之。」案：述詞下面沒有賓語，古代否定副詞用「弗」不用「不」；又以辭相告曰謝。「弗謝」指晏子不曾向越石父告別。此時晏子高高在上，越石父未被禮遇，地位下降。「越石父請絕，晏子懼然，攝衣冠謝。」越升晏降。而上文的「弗謝」與此處「攝衣冠謝」，前後呼應，映襯成趣。「晏子於是延入爲上客。」矛盾的統一，兩人地位平等了。

此種互爲賓主，高低升降之法，構成管晏列傳美學上第三個特徵。

試檢閱史記：這種手法到處都是。以刺客列傳荊軻刺秦王爲例：「秦王謂軻曰：取武陽所持地圖。」秦王爲主；荊軻居下風。「軻既取圖奏之秦王，發圖，圖窮而七首見，因左手把秦王之袖而右手持七首揕之。」荊軻爲主；秦王落下風。「秦王驚……。」求生意志的驚醒，秦王爲主，生命操在自己手中。「荊軻逐秦王，秦王環柱走。」互爭主動，生死搏鬪。「王負劍，遂拔以擊荊軻，斷其左股。」秦王爭回主位；荊軻落敗。「荊軻廢，乃引其匕首以擿秦王。」荊軻力爭主動。「秦王復擊軻。」秦王穩居主位。「軻自知事不就，倚柱而笑，箕倨以罵……。」英雄的不屈。

我們甚至可以認定，這種文法上的互爲賓主，與情境上的升高落低，有着密切關係。實爲史記修辭另一基本技巧。

如何使歷史人物從甲轉移到乙？故事時間從百年之前轉移到百年之後？這點，無論是對於敍述史實的歷史家，或對虛構故事的小說家，都是一件花腦筋的事。記得美國當代名作家 F. A. Rockwell女士，在論「轉接手法」一文中，曾建議「重複字詞藉以連繫」。她說：「好比你裱糊房間，爲了避免縫隙，你重疊裱紙的邊緣。同樣，轉接的重疊使文章裏頭的接縫顯得自然，造成連續性。」並且舉例如下：「這個世界變得死氣沈沈了，當愛德華跨上臺階走向伊莉莎白的屋子時，他這樣想。但是，對於伊莉莎白，這個世界卻不是死氣沈沈的，它輝煌得一如鄧奈德大人帽簷上的鑽石別針。」就這樣，藉着「死氣沈沈」一語的重複，敍事人物從愛德華一下轉移到伊莉莎白身上了。

其實，這種技巧，史記早已用過。以管晏列傳來說，司馬遷用：「管仲富擬於公室，有三歸反坫，齊人不以爲侈。管仲卒，齊國遵其政，常彊於諸侯。後百餘年而有晏子焉。晏平仲嬰者，萊之夷維人也。事齊靈公、莊公、景公，以節儉力行重於齊。旣相齊，食不重肉，妾不衣帛。」藉兩人都是「齊相」的相同點，稍加重複，便把這相差百年的大政治家連在一起了。而上文「管仲旣任政相齊」，和下文「晏子爲齊相」，更像一把鐵鉗，把兩人事跡夾得緊緊的。

史記類此筆法屢見不鮮。如孫吳列傳：「孫臏以此名顯天下，世傳其兵法」下，接以「吳起者，衞人也，好用兵」。重複「兵」字以爲轉接。屈賈列傳：「自屈原沈汨羅，後百有餘年，漢有賈生，爲長沙王太傅，過湘水投書以弔屈原。」疊「屈原」以爲轉接。

重疊詞語，以爲轉接，是史記修辭的基本技巧，爲管晏列傳美學特徵之四。

作爲一篇史傳，不應有過多的抽象敍述，而應以具體事實來證明抽象敍述之可信。而敍述與證明之法，或爲先驗的，由原因推至結果，由本質推至屬性，由普遍原理推至個別事例，也稱「演繹」。或爲後驗的，則由結果、屬性、個別事例推至原因、本質、普遍原理，亦稱「歸納」。

在管晏列傳中，太史公之論管仲「善因禍而爲福」，舉「桓公實怒少姬，南襲蔡；管仲因而伐楚，責包茅不入貢於周室。桓公實北征山戎；而管仲因而令燕修召公之政。於柯之會，桓公欲背曹沫之約；管仲因而信之。」以證明，先立結論，然後舉其個別事例，是先驗的，演繹的；而管仲贊鮑叔：「吾始困時，嘗與鮑叔賈，分財利，多自與；鮑叔不以我爲貪，知我貧也。吾嘗爲鮑叔謀事，而更窮困；鮑叔不以我爲愚，知時有利不利也。吾嘗三仕三見逐於君；鮑叔不以我爲不肖，知我不遭時也。吾嘗三戰三走；鮑叔不以我爲怯，知我有老母也。公子糾敗，召忽死之，吾幽囚受辱；鮑叔不以我爲無恥，知我不羞小節，而恥功名不顯於天下也。生我者父母，知我者鮑子也！」先舉個別事例，然後再下結論，卻是後驗的，歸納的。

史記一書，夾敍夾議，最善用此二法。如孟荀列傳論述鄒衍的言論：「其語閎大不經，必先驗小物，推而大之，至於無垠。」先提結論；然後舉例詳之：「先序今以上至黃帝，學者所共術，大並世盛衰，因載其禨祥度制，推而遠之，至天地未生……。先列中國名山大川通谷，禽獸水土所殖，物類所珍，因而推之及海外，人之所不能睹。」分由時空兩端說明，爲演繹。又如：游俠列傳：「昔者虞舜窘於井廩；伊尹負於鼎俎；傅說匿於傅險；呂尚困於棘津；夷吾桎梏；百里飯牛；仲尼畏匡，菜色陳蔡。」先例舉個別事實；接以「此皆學士所謂有道仁人也，猶然遭此菑」，爲結語；最後言「況以中材而涉亂世之末流乎，其遇害何可勝道哉！」爲結語之引申。用的就是歸納法。(只是司馬遷身遭李陵之禍，爲一己怨憤所蔽，此例不免有訴諸成見與輕率概括的謬誤)。

演繹與歸納的互用，亦爲史記修辭的基本技巧，是管晏列傳美學特徵之五。

僅僅以「演繹與歸納互用」，來欣賞管晏列傳中司馬遷之論管仲，和管仲之贊鮑叔兩段話，是十分機械而皮相的。事實上，這兩段文字更以排比的句法，反複出現的語詞，形成一種旋律而見勝。司馬遷論管仲，自「桓公實怒少姬」以下，爲三排句。由上文「善因禍而爲福」的「因」字，帶起下面三個「因而」。於是「桓公實……」「管仲因而……」的反複出現，構成此段的主旋律。管仲贊鮑叔一段，爲五排句，下更殿以結論。凡五用「吾」字，都在主詞的位置；十一用「我」字，都在賓詞的位置；言「鮑叔」者八次；此外，用四「嘗」，五「不以」，六「知」，六「也」。於是在「吾嘗……，鮑叔不以我……，知我……也」的反複節奏裏，這五個長短參差的排句，變化之中，有秩序在焉，叫人感覺到它旋律之美，尤其當你朗誦的時候。

「太史公曰」的後半段，自「管仲，世所謂賢臣」以下，是四排句，殿以結語。凡三「豈」字，一「此」字，二「所謂」，二「哉」，外加一「乎」，一「邪」，一「焉」，構成聲律節奏的基調。而語意表出，抑揚唱歎，搖曳生姿，更令人爲之擊節。首句「管仲，世所謂賢臣，然孔子小之。豈所謂周道衰微，桓公既賢，而不勉之至王，乃稱霸哉！」是抑。但抑中有揚，「賢臣」是也。議論用「豈以爲」始，結以感歎詞「哉」字，語非落實，意現廻旋。次句「語曰：『將順其美，匡救其惡，故上下能相親也。』豈管仲之謂乎！」是揚。「將順其美」應上文「下令如流水之原，令順民心」；「匡救其惡」應上文「其爲政也，善因禍而爲福」。第三句「方晏子伏莊公尸，哭之成禮，然後去，豈所謂『見義不爲無勇』者邪？」用「反問」語氣。反問語句的答案恆與問句相反，只看晏子「哭之成禮」（多像莎士比亞「凱撒」劇中的安東尼！），可以了解晏子是見義有爲的人。晏子所以不討崔杼，一方面莊公死由自取，不盡是崔杼之錯；二方面晏子力有未能，是不能而非不爲。第四句「至其諫說，犯君之顏，此所謂『進思盡忠，退思補過』者哉！」則正面指出晏子的政治美德。末句「假令晏子而在，余雖爲之執鞭，所忻慕焉！」以「假令」一詞，盪開筆墨；「雖爲執鞭」，暗應上文晏子薦「御者」事，餘韻悠然。

反復排比，抑揚唱歎，是管晏列傳美學特徵之六。史記項羽本紀屢用「八千人」，構成旋律；李將軍列傳屢用「善射」，構成旋律；酷吏列傳屢用「上以爲能」，構成旋律：用反複排比法。史記絳侯世家：「嗟乎，此眞將軍矣！曩者霸上、棘門軍，若兒戲耳，其將固可襲而虜也；至於亞夫，可得而犯邪？稱善者久之。」之類，爲抑揚唱歎法。原來這又是史記修辭的基本技巧。

中國文字，一義一字，一字一音。集字成句，短者兩字，長者數十字，都可構成完整的句子。而上下兩句，可以名詞對名詞，動詞對動詞，形容對形容，虛字對虛字，形成工整的對仗句。也可以不對，便是散句。文學原是以文字爲媒介的一種藝術。操縱文字，使之或長或短，或駢或散，要求最恰當地表達個人的情思，便是每一位文學創作者所必須具備的能力。

司馬遷深諳此道。在管晏列傳中，構句或駢或散，如：「管仲既用，任政於齊，齊桓公以霸。九合諸侯，一匡天下，管仲之謀也。」在三散句下，插入「九合諸侯一匡天下」的工整對句，末仍以散句結，便是一例。有時句子很短，有時句子很長，穿插使用着。如：「不然。吾聞君子絀於不知己而信於知己者。方吾在縲紲中，彼不知我也；夫子既已感悟而贖我，是知己；知己而無禮，固不如在縲紲之中。」首句「不然」僅兩字，十分決絕；以下的說明，先用長句，表示君子可屈可伸，總有一個原則在。接着再以比較複句，說明知己與不知己之別。其中「是知己；知己而……」用頂眞法；而「在縲紲中」「不知我」「知己」「在縲紲中」，又廻環往復着。句子形式上的連綿不絕，正好和句子內容所寓的至理和深情配合着。從「通貨；積財；富國；彊兵」，四句短到不能更短的句子中，我們強烈感受到鐵腕政治家的果斷；從「君語及之，卽危言；語不及之，卽危行。國有道，卽順命；無道，卽衡命。」二十五字，八句，四節，兩對中，我們又能覺察到晏子有爲有守、節儉力行的性格。而傳中敍交友：於管仲與鮑叔一節，用排比的長句，顯示着兩人交誼的悠長；於晏嬰與越石父以及御者，卻用長短參差的散句，這是否象徵友誼中的一些小插曲呢？

曾經有人指出司馬遷之文「如其所寫之人」，每一種風格的變換都以內容爲轉移。並且舉例證明說：史記之寫戰功，多半用短句，宛如短兵相接的光景；寫纏綿的情調時，那文字就入於潺湲悠揚，像讀屈賈列傳，簡直忘了它是傳記，卻是辭賦了！再如寫封禪，便多半用惝怳之筆，彷彿讓人也到了煙雲飄渺的蓬萊。孔子見老子，有「猶龍」之歎，所以司馬遷寫老子時，便也採了畫龍的辦法，讓他鱗爪時隱時現。反之，寫信陵君，則是筆端十分仁厚，有着無限暖意！至於寫酷吏，那就是另一種技巧了。酷吏是慘酷無情的，史記便也出之以鐵面無私，嚴詞責詢，有時更用近於拷打的方法。而在滑稽列傳裏，在那幽默的場合，史記便還它一副笑臉。

句子的長短散駢，風格的陰陽剛柔，和所表達的內容密切配合，是史記修辭又一基本技巧，也是管晏列傳美學特徵之七。

結　語

司馬遷之作史記，原是繼承父親司馬談未竟的事業。自序記談臨終之時，執遷手而泣曰：「夫孝，始於事親，中於事君，終於立身，揚名於後世，以顯父母，此孝之大者。夫天下稱頌周公，言其能論歌文武之德，宣周召之風，達太王王季之思慮，爰及公劉，以尊后稷也。幽厲之後，王道缺，禮樂衰。孔子脩舊起廢，論詩書，作春秋，則學者至今則之。自獲麟以來，四百有餘歲，而諸侯相兼，史記放絕。今漢興，海內一統，明主賢君忠臣死義之士，余爲太史而弗論載，廢天下之史文，余甚懼焉，汝其念哉！」

在這一番遺言中，有兩點值得留意：

一、以繼承周孔相期：司馬談歷敍周公能宣達祖宗之德，孔子能修論六經之藝，希望他的兒子司馬遷，發揚周公的大孝，法則孔子之論作，成爲一代思想的重鎮。

二、以論載一統相勉：孟子曾預言天下定乎一，而不嗜殺人者能一之。自孔子卒，經春秋戰國的紛爭，暴秦殘酷的統治，而建立中國第一個統一而穩固的政權的，正是不嗜殺人的劉邦。司馬談希望他的兒子，要敬重這一個偉大的時代使命，從記載評論明主賢君忠臣義士史事的過程中，建立一家言論的體系。

司馬遷作史記的目的，在報任少卿書中說得很清楚：「欲以究天人之際，通古今之變，成一家之言。」司馬遷嘗試對自然與人生相應的關係，古往今來歷史演變的法則，作全盤性的探討，而成立一套有系統的、根本的理論。這儼然是哲學著作了。這種哲學既然是由天人關係，歷史演變中歸納而產生；因此，司馬遷不想空談理論，仍舊把它放回天道人事歷史演進之中。自序引孔子言：「我欲載之空言，不如見之於行事之深切著明也。」正是這個意思。

史記內容，包括本紀、世家、列傳、表、書五部分。本紀所以紋帝王，略採編年體；世家所以紀侯國，介乎編年紀傳之間；列傳所以寫人物，爲紀傳體之創始；表以繫時事，重點在時；書以詳制度，重點在事。歷史要素不外人、時、事。史記都顧到了。後來作正史的，都不能超出其範圍。取義和次第，頗有深意。自序云：「罔羅天下放失舊聞，王迹所興，原始察終，見盛觀衰，論考之行事。略推三代，錄秦漢，上記軒轅，下至於茲。著十二本紀。既科條之矣。並時異世，年差不明，作十表。禮樂損益，律數改易，兵權，山川，鬼神，天人之際，承敝通變，作八書。二十八宿環北辰，三十輻共一轂，運行無窮，輔拂股肱之臣配焉，忠信行道，以奉主上，作三十世家。扶義俶儻，不令己失時，立功名於天下，作七十列傳。凡百三十篇，五十二萬六千五百字。」這不僅像精心設計的建築物，簡直是宇宙秩序的縮影，天人哲學的藍圖了。

史記的文章，韓愈以爲「雄深雅健」；柳宗元許之以「潔」；蘇轍謂「其文疏蕩，頗有奇氣」；王楙特別服其「在筆墨之外」者；姚祖恩賞「其文洸洋瑋麗，無奇不備」，曾國藩注意到「其積句也皆奇，而義必相輔，氣不孤伸」，劉熙載更發現「其秘要在於無我，而以萬物爲我也」。後人學史記的文章，韓得其雄，歐得其逸。明歸有光學它，清桐城派仍舊學它。史記使司馬遷成了中國散文的宗師。

史記，不僅僅是單純的記史之書，它同時是哲學要籍，文學傑作。總之，它是一本修辭優美，見解卓越的歷史巨著。閱讀史記，必須要在所載史實之外，探討司馬遷情意的鬱結，學識的層面，修辭的技巧。了解它隱藏在筆墨之後的見解，欣賞它呈現在文字之上的藝術修養。研究史記重要的參考書，在文字注解，史實考證方面，我推薦日人瀧川資言的史記會注考證，此書會同裴馬集解、司馬貞索隱、張守節正義，而附以瀧川自己的考證，在目前算是注解最精詳的了。在修辭探討方面，蘭臺書局影印的補標史記評林，積葛洪以下一百六十一家的批評，頗具啓發性。至於對司馬遷其人人格和史記其書風格作綜合研究的，有臺灣開明書店出版的「司馬遷之人格與風格」。本文寫作，於以上三書，皆有所採取。

「自序」新探

原文

余嘗自比馮敬通，而有同之者三，異之者四，何則？敬通雄才冠世，志剛金石；余雖不及之，而節亮慷慨：此一同也。敬通直中興明君，而終不試用；余逢命世英主，亦擯斥當年：此二同也。敬通有忌妻，至於身操井臼；余有悍室，亦令家道轗軻：此三同也。

敬通當更始之世，手握兵符，躍馬食肉；余自少迄長，戚戚無歡：此一異也。敬通有子仲文，官成名立；余禍同伯道，永無血胤：此二異也。敬通膂力方剛，老而益壯；余有犬馬之疾，溘死無時：此三異也。敬通雖芝殘蕙焚，終塡溝壑，而爲名賢所慕，其風流郁烈芬芳，久而彌盛；余聲塵寂寞，世不吾知，魂魄一去，將同秋草：此四異也。所以自力爲序，遺之好事云。

立意

儘管滄海桑田，桑田滄海，人類生存的空間，依然是這個地球。你也許主性善，他也許倡性惡，人類基本的仁智之性，食色之欲，卻始終不曾有多少改變。千年萬年以來，生存在這同一星球上的同一德性的動物，復演着一個又一個相似的喜劇跟相似的悲劇。劉峻（字孝標，世說新語的注者）了然於這種歷史的循環性，他的「自序」就從古人中找出一位跟自己大同小異的馮衍（字敬通）來比較，來自況。在齊梁時代人們心目中，東漢的馮敬通是一位相去未遠的悲劇英雄。他的人格贏得人們的敬仰；他的坎坷益增人們對他的懷念。劉孝標自我認同馮敬通，利用當時人對馮敬通的熟悉，使之對自己有所了解。這是心理學上類化原則的運用。從而使讀者就從這歷史的悲壯的進行曲聲中，聽到了劉孝標生命旋律的廻響。由於這種心理學原則運用的成功，作者不必作煩瑣的生活細節的敍述，而着筆於二人生命同異的比較。故能以短短二百三十個文字，經濟地表達出較洋洋萬言尤爲豐富的意念。

結構

在篇章結構方面，劉孝標用首尾雙括，中間兩段展開三同四異的方式組成全文。他開門見山就提出了「余嘗自比馮敬通，而有同之者三，異之者四。」絕無贅語，然後用提問簡句「何則」，引出三同四異的比較來。

亞里斯多德在其「詩學」中曾論及悲劇英雄，以為一個至聖至善的好人不應該讓他由幸福而至不幸；因爲讀者不能忍受一個聖善典型的破碎。一個十惡不赦的壞蛋也不適合爲悲劇人物；因爲壞蛋之毀滅適足以大快人心，卻不能引起同情之感。故悲劇英雄必須是一種品德高尚而性格上又有所缺陷的人物。例如嚴肅、堅毅、自負，而又孤僻、固執、驕傲等等。且其人必須享有名望與榮華。不幸之降臨於他，並非由於罪惡，而係由於其性格上的缺陷或判斷上的過失㊀。透過這種論點去觀察馮衍與劉峻，眞是標準的悲劇英雄。馮衍幼負奇才，九歲能誦詩，博通羣書。不肯仕新莽，而從劉更始起義。光武得天下，怨衍未及時投靠，終廢放於家㊁。劉峻好學，有書淫之稱。梁天監初，曾典校秘書。惜因梁武帝召見，炫學露才，應對失旨，遂不見用㊂。他們都富才華，尙氣節；都因自負的性格跟判斷上的過失而致仕途失意。至於他們都夫婦不協，也不能說與他們性格上的缺陷完全無關。劉峻自序中的「三同」，依就「性格」「仕途」「家庭」三項論列。首先，他對馮敬通跟自己的「道德主體」加以肯定。他說：「敬通雄才冠世，志剛金石；余雖不及之，而節亮慷慨：此一同也。」在此可看出劉峻性格中的自負部份。然後就仕途失意加以比較。他說：「敬通直中興明君，而終不試用；余逢命世英主，亦擯斥當年：此二同也。」最後對照一下家庭生活。他寫下：「敬通有忌妻，至於身操井臼；余有悍室，亦令家道轗軻：此三同也。」羣體中的個人，所接觸不外「社會」「家庭」。於社會既受擯斥，而不見用；於家庭又有悍室，而乏知音。於此讀者可以領悟劉孝標寂寞孤獨之感。

再試就生命現象作縱橫二方面的分析。縱：有個人生命；有子嗣生命。橫：有肉體生命；有精神生命。從這四點來觀察，劉峻看到自己跟馮衍的「四異」。他先作縱的分析。「敬通當更始之世，手握兵符，躍馬食肉；余自少迄長，戚戚無歡：此一異也。」這是二人個人生命之異。「敬通有子仲文，官成名立；余禍同伯道，永無血胤：此二異也。」這是二人子嗣生命之異。作爲一個深受儒家思想薰陶的中國古代讀書人，對子嗣尤較信奉耶教的西方人爲重視。因爲儒家以祖先的祭祀代替對上帝的崇拜；以現實的改善代替對天堂的追求；以子孫的延續代替對永生的希望。故認無後爲大不孝。加上劉孝標又是位性格上有缺陷的人，因此他會誇大了他自己的「悲劇」。接著作者再作橫的分析。「敬通膂力方剛，老而益壯；余有犬馬之疾，溘死無時：此三異也。」這是二人肉體生命之異。「敬通雖芝殘蕙焚，終塡溝壑，而爲名賢所慕，其風流郁烈芬芳，久而彌盛；余聲塵寂寞，世不吾知，魂魄一去，將同秋草：此四異也。」這是二人精神生命之異。劉峻努力著作，注世說新語，有文集六卷。也許就是感到惟有文章方使生命得以不朽的緣故吧！於「三同」中，馮敬通所有的不幸，劉孝標全有了；於「四異」中，馮敬通所有之幸而劉孝標全沒有。人生至此，夫復何言？於是劉峻以「所以自力爲序，遺之好事云。」總結。全文在這些相同而復相異的事實的對比下，於是形成一股強烈的震撼。而作者的「節亮慷慨」，適足以使其坎坷人生顯得更爲莊嚴與高貴。相形之下，讀者的一些瑣屑的卑微的積鬱，也就融合在劉峻那一股無可奈何的淒涼中，從而獲得舒散。

鍛句

上文，我已屢述「自序」所依據者爲「類化」原則；所運用者爲「比較」手法；並嘗試於其篇章結構的分析中，說明其主題及悲劇效果。以下，我再就「自序」的字句鍛鍊，略作討論。

首先，我要指出「自序」構句的簡潔與文字的緊湊。「自序」的句讀，大抵以四言爲主，如「雄才冠世，志剛金石」之類。必要時始添一二字。最多達七言，如「余嘗自比馮敬通」「其風流郁烈芬芳」是。由於構句的簡潔，造成文章急促的節奏感。而且爲了構句的簡潔，所以儘量割除句子的修飾成分。剩餘的一些形容詞，亦大多用作表態句的表詞。如「家道轗軻」的「轗軻」；「聲塵寂寞」的「寂寞」。少數用作「詞組」中的「加詞」，則僅限於一些單詞。如「雄才」之「雄」，「悍室」之「悍」是。因此造成文字的緊湊。

在句法上，由於本文採取「比較」的手法，故不乏俳偶式的句子。如「敬通直中興明君，而終不試用；余逢命世英主，亦擯斥當年。」之類。有些句子，雖然字數方面，大略相等，但並不字字對仗。如「敬通雄才冠世，志剛金石；余雖不及之，而節亮慷慨。」是。在對句用法方面，每虛實遞用，曲直互換。如「手握兵符，躍馬食肉」爲記實；「自少迄長，戚戚無歡」爲虛寫。「有子仲文，官成名立」屬直筆；「禍同伯道，永無血胤」屬曲筆。而全文首尾，卻以散句出之。於「統一」、「對稱」之中，自有一番「錯綜」、「變化」，與美學原則相契。

在修辭方面，劉孝標多用樸實之筆，不事渲染，以顯現其冷靜與客觀，從而使讀者對所敍的事實更易相信與接受。偶而也用譬喩、典故、較物的修辭法。如「芝殘蕙焚」，屬譬喩格中的「借喩」。指明生命的枯萎消逝，雖如「殘」、「焚」；而生命本質的芬芳，卻似「芝」、「蕙」。對全文悲劇情節，這個借喩是極其恰當而和諧的。又如「將同秋草」，屬譬喩格中的「隱喩」；「志剛金石」屬「較物法」；「禍同伯道」爲「典故法」。都能巧妙地化抽象的意念爲具體的意象。

結語

劉孝標的自序，曾錄入梁書卷五十文學列傳。明張溥編漢魏六朝百三名家集自梁書轉錄，誤欄：「峻，字孝標，平原人也，生於秣陵縣，朞月歸故鄉。八歲，遇桑梓顚覆，身充僕圉。齊永明四年二月，逃還京師。後爲崔豫州刑獄參軍。梁天監中，詔峻東掌石渠閣。以病乞骸骨，隱東陽金華山。」爲「自序」文字。玆刪去。淸人汪中曾仿其體亦作自序，以峻爲比，舉四異五同。此後步武者很多，著名的有李慈銘、王國維、黃季剛先生等。孝標自序跟汪中自序，臺灣各大學多選爲國文教材。

(一)：詳見姚一葦先生詩學箋注十三、十四、十五等章。
(二)：後漢書卷五十八有馮衍傳。
(三)：梁書卷五十文學列傳中有劉峻傳。

「始得西山宴游記」新探

原文

自余爲僇人，居是州，恆惴慄。其隟也，則施施而行，漫漫而游。日與其徒，上高山，入深林，窮廻谿；幽泉怪石，無遠不到；到則披草而坐，傾壺而醉；醉則更相枕以臥；臥而夢，意有所極，夢亦同趣；覺而起，起而歸。以爲凡是州之山有異態者，皆我有也；而未始知西山之怪特。

今年九月二十八日，因坐法華西亭，望西山，始指異之。遂命僕過湘江，緣染溪，斫榛莽，焚茅茷，窮山之高而止。攀援而登；箕踞而遨。則凡數州之土壤，皆在衽席之下。其高下之勢，岈然洼然，若垤若穴。尺寸千里，攢蹙累積，莫得遯隱。縈青繚白，外與天際，四望如一。然後知是山之特出，不與培塿爲類。悠悠乎與灝氣俱，而莫得其涯；洋洋乎與造物者游，而不知其所窮。引觴滿酌，頹然就醉，不知日之入。蒼然暮色，自遠而至，至無所見，而猶不欲歸。心凝形釋，與萬化冥合。然後知吾嚮之未始游，游於是乎始，故爲之文以志。是歲元和四年也。

寫作背景

「始得西山宴游記」是「永州八記」中的首篇；「永州八記」是柳宗元坐王叔文黨貶爲永州司馬之所作。要了解柳氏有意鎔鑄山水之奇，以寄一己之孤憤，請從「王叔文案」說起。

關於「王叔文案」及其連鎖反應「八司馬事件」，歷史上聚訟紛紜。由於唐順宗實錄成於反新政派之手，所以據實錄成書的新舊唐書對王叔文、柳宗元等便多微詞。范仲淹在范文正公集卷六述夢詩序，王鳴盛於十七史商榷卷七十四，曾力辯唐書之誣。我們試從史籍中摘錄此案之原委，而捨棄感情之詞，也許更能了解事實的眞相：

一、順宗居儲位二十年，禮重師傅，未嘗以顏色假借宦官。

二、王叔文知書，好言理道。順宗爲太子時，叔文直東宮侍讀，而爲所重。

三、順宗卽位，以風疾居深宮，委政王叔文。叔文薦韋執誼爲宰相。追前爲宦官所排斥之大臣陸贄、鄭慶餘等回京師。並拔擢柳宗元、劉禹錫等，共參機要，起用名將范希朝爲兵馬使，接管原由宦官統率的軍隊。嚴拒蜀將韋臯兼領三川的要求。又禁宮市，釋宮女，免欠稅，罷鹽鐵使之月進。

四、蜀將韋皐與宦官相勾結，以順宗久病，請太子監國。順宗內禪。叔文首貶渝州，次年賜死。韋執誼、柳宗元、劉禹錫等八人，皆貶司馬。

新政的幻滅，同志的罹難，原足令人扼腕；而尤使人意不能平的，是是非的不明，甚至連朋友也多加責難。韓愈是柳宗元的朋友，也不止一次責柳「不自貴重顧藉」，不能「自持其身」。他把王柳的新政，誣爲「小人乘時偸國柄」；把宦官監軍，說是「天子自將非他師」；而王叔文拔擢柳劉等人，也變成「狐鳴梟噪爭署置」了。

柳宗元除了寄情山水文字之外，一腔孤憤，更向何處說？

篇章結構

由於此記是「永州八記」中的一篇，所以談到篇章結構，必須從永州八記說起。永州八記由「始得西山宴游記」始；次篇「鈷鉧潭記」，開頭點清「鈷鉧潭在西山西」，乃承西山記而來；三爲「鈷鉧潭西小丘記」，起句「得西山後八日」，亦跟西山入；四爲「至小丘西小石潭記」，與上篇相接；五爲「袁家渴記」，起法一變，首曰：「由冉溪西南水行十里，山水之可取者五，莫若鈷鉧潭；由溪口而西，陸行可取者八九，若莫西山；由朝陽巖東南水行至蕪江，可取者三，莫若袁家渴。皆永中幽麗奇處也。」由鈷鉧潭、西山陪出袁家渴，蓋撫史記西南夷傳筆法；六爲「石渠記」，言「自渴西南行，不能百步，得石渠」事；七爲「石澗記」，云「石渠之事既窮」，又得「石澗」事；殿以「小石城山記」，以「自西山道口徑北」發端，與「始得西山宴游記」首尾貫聯。綜觀八記，上遞下接，廻環往復，結構自然奇妙。

八記前後相連，但各篇亦可獨立。試再言首篇「始得西山宴游記」之章法。

我必須先借宋文蔚「文法津梁」上評「始得西山宴游記」之語作引子：「此篇題目只六個字，皆係眼前事實。若在庸手，敍西山，則林壑泉石；敍宴游，則賓朋絲竹。題首始字，容易略過；文偏於此著眼。前段反跌始字，後段拍到題面。正收始字。此作者手眼與衆不同處。」

詳細地說：首段先敍平日遊蹤，無遠不至，而以「未始知西山之怪特」結，次段接言今年九月廿八日（案卽西元八〇九年十一月九日），因坐法華寺西亭，「望西山始指異之」，由「未始」而「始」，這是第一個反覆。後段之末的「嚮之未始游」下，緊接以「游於是乎始」。兩次反覆，終於點出「始得西山」之意。而兩段中「披草而坐，傾壺而醉」「引觴滿酌，頹然就醉」關「宴」字；「施施而行，漫漫而游」「攀援而登，箕踞而遨」關「游」字。然後導出「身凝形釋，與萬化冥合」的境界。末句「故爲之文以志，是歲元和四年也」，更補足「記」字。可說題目「始得西山宴游記」，無一字無着落。這種結構，在中國文學史上，幾乎找不出類似的例子。

字句鍛鍊

此篇以短句爲基調。或駢或散，或頂眞，或錯綜。而萬變不離其宗。一言而蔽之曰：內外協和。

篇中除「以爲凡是州之山有異態者，皆我有也，而未始知西山之怪特。」「然後知是山之特出，不與培塿爲類。悠悠乎與灝氣俱而莫得其涯；洋洋乎與造物者游而不知其所窮。」數句外，盡屬短句。最典型的句法是：「遂命僕過湘江，緣染溪，斫榛莽，焚茅茷，窮山之高而止。攀援而登，箕踞而遨。」其音節分別爲：六、三、三、三、六、四、四。而「過湘江、緣染溪、斫榛莽、焚茅茷」爲排句；「窮山之高而止」爲單句；「攀援而登、箕踞而遨」爲對句。簡短有力，中寓變化。「幽泉怪石，無遠不到；到則披草而坐，傾壺而醉；醉則更相枕以臥；臥而夢，意有所極，夢亦同趣；覺而起；起而歸。」五複句中，「到；到」「醉；醉」「臥；臥」「起；起」，凡上句結以某字，下句必以某字接。句句頂眞（其實當名爲頂針），十分緊湊。「縈青繚白」句中成對，縈繚皆爲動詞，青白皆由形容詞轉品爲抽象名詞。「岈然洼然，若垤若穴」上下成對；句中亦對。前句虛字「然」字在二、四音節；後句虛字「若」字一、三音節。錯綜成趣。這一切，莫不與登山的呼吸、步伐、景觀相配合：簡短的句法與登山時短促的呼吸相配合，頂眞的句法與登山時緊湊的步伐相配合；駢散錯綜的句法與登山所見之自然景觀相配合。像這種文學作品的結構和內容密合的形式，謂之「內外協和」。

仔細的讀者也許會反問我一句話：然則篇中長句如前段開頭所引者，又作何說？答案依然是爲了「內外協和」。只是所配合者不是登山的行爲和自然的景觀；而是時空悠遠的心靈感受，天人合一的神秘經驗，以及指物自譬的隱晦含意。這些，都需要長句才能表達得恰如其分。

主題含意

這兒，我要一探這些心靈感受、神秘經驗、和隱晦含意。

首先，我要指出文學的語言不同於科學的語言。科學強調的是對客體作精確的紀錄；文學強調的是如何通過文字的媒介，生動地傳達心靈對客體的感受。所以文學所表達的，不是單純的客體世界，乃是作者主觀意識觀照之下的客體世界。以「始得西山宴游記」來說：「以爲凡是州之山有異態者，皆我有也。」「悠悠乎與灝氣俱而莫得其涯；洋洋乎與造物者游而不知其所窮。」「心凝形釋，與萬化冥合。」這種突破時空的限制，與宇宙合而爲一的心靈感受，從科學的立場來說，全是不眞實的幻覺；但是從文學的立場來說，只要心有此感，便是眞實。柳宗元在永州八記中，不僅是記山記水而已；還記怎樣遊山，怎樣遊水；非但記遊山遊水的經過；還記遊山遊水的心靈感受。於是永州山水不再像地理學者筆下的永州山水，它是生動且具有靈性的，與人類的宴游行爲，以及人類的心靈感受融而爲一的。如此克服了心物之分，復歸於一的超越境界，正是美感經驗的特徵，也正是文學不同於科學之所在。

現在，我要進一步的探討柳宗元爲什麼會產生這種天人合一的神秘的美感經驗。說到這一點，自然而然想起了哲學上所謂的「神秘主義」，以及傾向於神秘主義的孟子和莊子，雖然三人獲致神秘境界的方式並不完全相同。

孟子的神秘經驗乃由「性善說」導出。蓋人人皆有惻隱、羞惡、是非、辭讓之心。擴充此四端，則能「保四海」，無一物能外；不擴充此四端，則不足以「事父母」，無一物非外。因爲性善無外，所以感覺「萬物皆備於我」，而「所過者化，所存者神，上下與天地同流」。

莊子的神秘經驗，乃由「齊物論」導出，於知識方面取消一切分別，而至於「天地與我並生，萬物與我合一」之神秘境界。

「始得西山宴游記」前段，先言「恆惴慄」，蓋羞惡是非之心使然；繼言「日與其徒」，相近於推己及人的工夫；末言「以爲凡是州之山有異態者，皆我有也」，則由人及物矣。其過程似與孟子之神秘主義相近。末段一則曰「悠悠乎與灝氣俱而莫得其涯；洋洋乎與造物者游而不知其所窮」；再則曰「心凝形釋，與萬化冥合」。卻是知覺上消失物我之界限，而獨能與天地精神相往來，似又與莊子之神秘主義相近。而細察柳宗元際遇，又有不盡同於孟子、莊子者，那就是柳氏在現實世界，備受挫折，轉而寄情於山水。以爲唯有山川才是了解自己而不會傷害自己的「知音」。這一點，非但與孟子神秘經驗中的積極義，及莊子神秘經驗中的逍遙義，都迥異其趣。而且還可以窺見隱藏山水游記背後的，那一股傷心人別有的懷抱。

走筆至此，我們已經迫近問題的核心：柳宗元在此等遊記中，要表達的到底是什麼？僅僅是西山之怪特嗎？僅僅是宴游的情趣嗎？或者是那天人合一的神秘經驗嗎？不！不！不！絕不僅此而已的。「然後知是山之特出，不與培塿爲類。」是一把鑰匙，足以啓示我們：柳宗元描寫的，不僅是自然界中的一座山，而是人類中一座特出不與培塿爲類的山！一座放眼天下，「尺寸千里，攢蹙累積，莫得遯隱；縈青繚白，外與天際，四望如一」的山。問題至此便豁然開朗。使人恍然大悟：「永州八記」不僅是柳宗元遨遊山水的紀錄；而是柳宗元潛意識中對自己及自己所交遊的人物特出人格的認定。「八記」與「八司馬」會不會有關聯呢？我忽然作如此想。八記中最後一記「小石城山記」，最後幾句是這樣的：「或曰：以慰夫賢而辱於此者；或曰：其氣之靈，不爲偉人，而獨爲是物，故楚之南少人而多石。是二者，余未信之。」對於「八記」與「八司馬」的關係，讀者不妨當作一個「或曰」，同時我也要以「余未信之」結束此文。

「赤壁賦」新探

原文

壬戌之秋，七月既望，蘇子與客泛舟遊於赤壁之下。淸風徐來，水波不興。舉酒屬客，誦明月之詩，歌窈窕之章。少焉，月出於東山之上，徘徊於斗牛之間；白露橫江，水光接天。縱一葦之所如，凌萬頃之茫然；浩浩乎如馮虛御風而不知其所止，飄飄乎如遺世獨立羽化而登仙。

於是飲酒樂甚，扣舷而歌之。歌曰：「桂櫂兮蘭槳，擊空明兮泝流光。渺渺兮予懷，望美人兮天一方。」客有吹洞簫者，倚歌而和之，其聲嗚嗚然：如怨、如慕、如泣、如訴；餘音嫋嫋，不絕如縷；舞幽壑之潛蛟，泣孤舟之嫠婦。

蘇子愀然，正襟危坐而問客曰：「何爲其然也？」客曰：「『月明星稀，烏鵲南飛。』此非曹孟德之詩乎？西望夏口，東望武昌，山川相繆，鬱乎蒼蒼。此非孟德之困於周郎者乎？方其破荆州，下江陵，順流而東也，舳艫千里，旌旗蔽空，釃酒臨江，橫槊賦詩，固一世之雄也，而今安在哉！況吾與子，漁樵於江渚之上，侶魚蝦而友麋鹿；駕一葉之扁舟，舉匏樽以相屬；寄蜉蝣於天地，渺滄海之一粟。哀吾生之須臾，羨長江之無窮。挾飛仙以遨遊，抱明月而長終。知不可乎驟得，託遺響於悲風。」

蘇子曰：「客亦知夫水與月乎？逝者如斯，而未嘗往也；盈虛者如彼，而卒莫消長也。蓋將自其變者而觀之，則天地曾不能以一瞬；自其不變者而觀之，則物與我皆無盡也，而又何羨乎？且夫天地之間，物各有主；苟非吾之所有，雖一毫而莫取。惟江上之清風，與山間之明月；耳得之而爲聲，目遇之而成色；取之無禁，用之不竭。是造物者之無盡藏也，而吾與子之所共食。」

客喜而笑，洗盞更酌。肴核既盡，杯盤狼藉。相與枕藉乎舟中，不知東方之既白。

前　言

蘇軾謫居黃州（今湖北黃岡縣）時，曾多次到黃州城外的「赤壁」去遊覽。有些遊覽的日期是很確定的。一次是「壬戌之秋，七月既望」，也就是宋神宗元豐五年七月十六日，西元一〇八二年八月十二日。又一次是「是歲十月之望」，也就是那年十月十五日，陽曆十一月七日。遊覽的地點卻並不是三國周瑜破曹軍的「赤壁」。三國周瑜赤壁是在湖北嘉魚東北；而蘇東坡所遊的，實是「赤鼻磯」，在湖北黃岡縣城外。作者一時興會所至，於是借這歷史上的勝地，來發自己心中的議論。游覽歸來，寫了兩篇賦：「赤壁賦」和「後赤壁賦」。還有一首詞：「念奴嬌赤壁懷古」。

赤壁賦，在內容方面說，是遊記；在體裁方面說，是賦。結構、照應、音律，都有值得分析的地方。當然，最值得注意的，是賦中表現的那種豁達的見解。

內　容

良好的遊記，應該是「五度空間」的描寫。「五度空間」是卡羅柴（M. Kaluza 1921）所創的一個物理學名詞。卡氏以爲長、濶、高爲空間三度；時間爲第四度；電爲第五度。此借用其詞，而彼義不必是，此義不必同。以「赤壁賦」爲例：「蘇子與客遊於赤壁之下，淸風徐來，水波不興。」這是遊覽平面的展開。「月出於東山之上，徘徊於斗牛之間。白露橫江，水光接天。」這是觀賞立體的升高。「西望夏口，東望武昌，山川相繆，鬱乎蒼蒼，此非曹孟德之困於周郎者乎？」這是歷史加入遊記，構成空間第四度。「逝者如斯，而未嘗往也；盈虛者如彼，而卒莫消長也。」這種遊目於上下四方，凝神於古往今來，所生的感想和議論，正是五度空間的完成。

「五度空間」的描寫並不難；難的是：由平面而立體，由空間而時間，以至於最後的抒懷發論，內容的進展是如此的自然。難的是：由「水光接天」所顯示的天地上下，是如此的和諧；由「客曰」所表達的古今同慨，是如此的融會；以及借眼前的水月江風，所發的議論，是如此的神妙。

體裁

在體裁方面，「赤壁賦」是一篇賦，說得更清楚一點，是一篇「散賦」。

所謂「賦」，誠如劉勰文心雕龍詮賦篇所說，是「鋪采摛文，體物寫志」的。通過華麗的詞藻，整齊的句法，來鋪陳事物，抒發感懷。它「受命於詩人，拓宇於楚辭」，由詩經、楚辭滙合發展而來。其性質又因時代而有所不同。大抵說來，兩漢的賦爲「古賦」。篇幅較長，多採問答體，以四六押韻爲主，夾雜着散文式的長句，並且好用僻字。魏晉六朝的賦，爲「俳賦」。篇幅較短，多駢偶，往往全篇都是四字對和六字對，而且儘可能避免同字相對。好用典，常把典故融化在句子裏。唐宋是「律賦」「散賦」並行的時代。「律賦」是唐宋科舉所用的「試體賦」，比俳賦更追求對仗的工整，更注意平仄的諧和，字數和押韻，也都有更嚴格的限制。「散賦」是受古文運動的影響而產生的。句式參差，押韻也比較自由，通篇貫串着散文的氣勢，重視清新流暢。

「赤壁賦」是一篇「散賦」，基本上仍是「賦」體，它必須接受賦所賦予的限制；就像人，基本上仍屬生物，必須接受生命的許多限制一樣。但是，「散賦」常常作突破這種限制的試探；就像人類常常作突破生命限度的試探一樣。「赤壁賦」中，對「生之須臾」和「困」境，曾有明白而肯定的認知；但仍然在此有限的生命歷程中，作「無盡」的期望與探討。它之所以採用「散賦」的形式，在「內容」「體裁」之間，具有一種微妙的協調。

結構

通常一篇賦，在結構方面分成三部分：前面有「序」，中間是賦的本身，後面有「亂」。西漢的賦是沒有序的；東漢的賦序用不押韻的散文；六朝賦序用不押韻的駢文。「亂」，在漢賦大多具備，這是受「騷」體形式的影響。六朝以後的賦很少有「亂」。賦的本身，卻用押韻的俳偶句。

有些漢賦假設賓主問答。首尾多用散文：開頭部分近於「序」；結尾部分往往發點議論，近於「亂」。唐宋的「散賦」多沿用這種作法。以「赤壁賦」來說：「壬戌之秋，七月既望，蘇子與客泛舟遊於赤壁之下。」略等於「序」；末段「蘇子曰：客亦知夫水與月乎」以下，是發議論的結尾部分，略等於「亂」。

「赤壁賦」除了繼承了「散賦」這種形式結構之外，本身的段落是這樣的：

全文分五段。首段敍述泛遊的日期，赤壁下秋江夜景，以及一葦萬頃，御風遺世的感受。第二段接寫飲酒樂甚，扣舷而歌；而客吹洞簫倚和，其聲嗚嗚，極其怨慕泣訴之能事。第三段記蘇子愀然動問，而引出客之弔古傷今。由於追溯曹孟德的往事，因而感慨長江無窮，吾生須臾，不禁寄悲於洞簫。第四段述蘇子借水月爲喻，言常、變之理；江風山月，實可共食。末段以客主盡歡醉臥作結。

除了首段是遊記外，全賦在主人唱歌，客人伴奏；主人發問，客人回答；主人議論，客人喜笑的過程中，活像一闋悲歡交響樂。而無論歌簫問答談笑，又始終未離眼前的江風水月。

至於上下文之間的連繫，「赤壁賦」用：「於是」「況」「蓋將」「則」「且夫」「苟」「雖」等關係詞來連接。這也是賦不同於詩、騷的地方。詩經和騷，章句之間，偏重內在的連繫，很少使用關係詞。

照 應

「赤壁賦」上下文照應方面，十分值得注意。

首段「清風徐來」，點出「風」；「水波不興」，點出「水」；「月出於東山之上，徘徊於斗牛之間」，點出「月」，點出「山」，點出「星」；「白露橫江」，點出「江」。於是，第二段的「擊空明」，第三段的「月明星稀」「山川相繆」「漁樵江渚」「抱月長終」，以及第四段藉以抒發議論的，如：「客亦知夫水與月乎」「惟江上之清風，與山間之明月」等句，便都有根據了。

又首段「泛舟」「一葦」，爲二段「扣舷而歌」「桂櫂蘭槳」，三段「一葉扁舟」，四段「枕藉舟中」的張本；首段「馮虛御風」「羽化登仙」，爲三段「挾飛仙以遨遊」，四段「物與我皆無盡也」「造物者之無盡藏，而吾與子之所共食」的張本。

首段「舉酒屬客」與第二段「飲酒樂甚」，第三段的「釃酒臨江」「舉匏樽以相屬」，以及末段「洗盞更酌，肴核既盡、杯盤狼藉」相貫穿。而「樂甚」，更爲下文「哀」字之所伏。

第三段「客曰」一節，以對比法互相照應：「漁樵於江渚之上，侶魚蝦而友麋鹿」與「破荊州、下江陵，順流而東」爲一比；「駕一葉之扁舟」與「舳艫千里，旌旗蔽空」又是一比；「舉匏樽以相屬」與「釃酒臨江，橫槊賦詩」再成一比；「寄蜉蝣於天地，渺滄海之一粟」與「一世之雄」更是強烈的對比。儘管一個是亂世之梟雄，一個是失意的書生，但人生幾何，吾生須臾，卻又有什麼不同？於是古今同悲，但「羨長江之無窮」而已！最妙的是：這個「羨」字，又帶出第四段蘇子一番大議論，第四段貫穿「常變之論」與「與子共食」之問的「而又何羨乎」字句，也正是這個「羨」字的回答。

「赤壁賦」固然是「散賦」，貫串着散文的氣息；而其照應，有條不紊，語語自然，如羚羊掛角，無跡可尋，倒也令人刮目呢！

音　律

「賦」本來是以「音律」爲其特色的文體，可惜後人於此每多忽略，以致憑空地喪失了應可領受的美感。以下，我想逐段探討赤壁賦句子的音節、平仄、押韻等現象。看作者在音律方面，是如何地與內容配合，以構成此綜合藝術在音響方面所呈現的形式。

首段開頭三句，是賦序，不去分析它。「清風徐來，水波不興」是四四對句，下插散句「舉酒屬客」，仍是四個音節。其下「誦明月之詩，歌窈窕之章」換爲五五對句，在時間副詞「少焉」之後，更有四聯：「月出於東山之上，徘徊於斗牛之間」爲七七對，「白露橫江，水光接天」爲四四對，「縱一葦之所如，凌萬頃之茫然」爲六六對，末聯上句「浩浩乎如馮虛御風而不知其所止」計十四音節，下句「飄飄乎如遺世獨立羽化而登仙」計十三音節。上下句所以有一音節之差，爲的是使對句不致太單調。很明顯而特別請讀者注意的是，對句音節在作間隔性的逐步延長：四四、五五、七七；四四、六六、十四十三。通段一韻，韻脚是：間，天，然、仙。於調都屬悠揚的平聲，於韻都屬嘹亮的陽聲（帶鼻音韻尾）。韻脚的間隔是：十四、八、十二、二十七，也有延長的趨向。這種對句音節和押韻間隔的逐步延長，加上悠揚嘹亮、一韻到底的韻脚，不正是出遊者的遊與漸酣，胸懷單純而漸趨開朗的象徵嗎！

次段先用二句散句，接着的「歌曰」，歌詞採用「騷」體。其中「槳、光、方」三字押韻，依然是平調陽聲字，恰與上段配合相黏。「客有」以下三句爲散句，其下摹寫簫聲：由二字一斷，計四；再四四成對，六六成對；節奏十分短促。其中「慕、訴、縷、婦」押韻。在韻母方面，慕、訴、縷三字是合口陰聲（不帶輔音韻尾）字，其聲不亮；婦字是齊齒陰聲，其聲尖細。在調方面，縷、婦二字爲上聲，唐元和韻譜所謂「聲厲而舉」者；慕、訴二字爲去聲，明釋眞空玉鑰匙歌訣所謂「去聲分明哀遠道」是也。這種短小急促的節奏，尖細不亮的韻脚，以及厲舉哀遠的聲調，給人的感覺是什麼？讀者不難自己去體會。而歌聲的悠揚嘹亮，與簫聲的急促哀厲，這種矛盾局面形成了聲情的「反諷」，爲以下許多「反諷」的根源。另外要指出的是：「其聲鳴鳴然」的「鳴鳴」二字，分明是摹擬簫聲的。從而啓示我們：上述韻脚字：慕、訴、縷、婦；甚至非韻脚字：如、嫋、不、舞、幽、蛟、孤、舟。在韻母中和「鳴」同樣的帶有「u」元音的，實際上還都有摹擬簫聲的功能。

第三段「客曰」前半，即「月明星稀」至「而今安在哉」一節，意念表出，採「設問」方式，每互相激盪；句子形式，採「排比」方式，雄健而激昂。其中韻凡三易：先以「稀、飛、詩」押韻，爲陰聲尖細之音；繼以「昌、蒼、郎」押韻，末以「東、空、雄」押韻，這些韻脚字卻全是平調開口陽聲洪亮之音。韻脚前後迥異。尤其發人深思的是：對句上句的最後一字：口、繆、德、州、里、詩等字，用來與對句下句平調開口陽聲的韻脚字：昌、蒼、郎、東、空、雄相對者，除「德」爲入聲外，無一不是陰聲低啞或尖細之音，構成另外一種聲音上的對比。凡此韻腳的前後迥異，字音的上下對比，莫不與意念之糾纏搖盪密切配合；而句子形式上的雄健激昂，便徒然成為一種「形式反諷」而已。因此，用以結束本節的，是「而今安在哉」！當我們朗讀至此，當能領略到「在哉」兩字的跡近唉聲嘆氣的語感。

第三段的下半節，自「況吾與子漁樵於江渚之上，侶魚蝦而友麋鹿」以下，全部是六六對句，句法的單調，象徵着意志的消沉。韻凡二易：先以「鹿、屬、粟」押韻，這些入聲字，給人感覺是「短促急收藏」（玉鑰匙歌訣語）；後以「窮、終、風」押韻，這些陽聲字，也僅用以寄託渺茫的希望而已。

四、五兩段的奇偶穿插，音節長短，我留給讀者自己分析了。這兒只把押韻字指出來：四段「往、長」為韻；「主、取」為韻；「月、色、竭、適」為韻。韻凡三易。末段「酌、藉、白」為韻，文字不多，故未換韻。兩段換韻多次，而韻腳：月、色、竭、食、酌、藉、白，都是入聲字。作者語雖曠達，而其氣實短，其聲實悲。所以議論方畢，接着的不是臨風賞月；卻是杯盤狼藉，不知東方之既白。這又是另一種「場景的反諷」。（關於反諷Irony, The Critical Idiom叢書中曾有專冊說明，臺灣有顏元叔主譯本，黎明文化事業公司出版。這套叢書，有志於文學批評的，應該仔細讀讀。）

思想

上文說過：赤壁賦的內容是遊記；這兒要補充一句：可不是單純的遊記。單純的遊記，寫完首段也就可以了。但是，蘇東坡卻由扣舷而歌，洞簫嗚嗚聲中，引出三國曹操的往事，較論蜉蝣短景，對境易哀的情懷。然後以水月江風爲喻，發出一番議論來。這番議論，在全文中佔很多的字數，也顯然是本文重心的所在。

試細讀「蘇子曰」一段。東坡先以「客亦知夫水與月乎」，借眼前的水月發端。然後指出「逝者如斯而未嘗往也」，這是指「水」而說的；「盈虛者如彼而卒莫消長也」，這是指「月」而說的。於是由水的奔流，月的盈虛，發覺「蓋將自其變者而觀之，則天地曾不能以一瞬」，何嘗有一分一秒的靜止？但「自其不變者而觀之，則物與我皆無盡也」，江水依然，明月猶在。變的只是「現象」罷了，「本體」何嘗改變呢？

這種思想，是淵源有自的。莊子「德充符」篇：

仲尼曰：「死生亦大矣，而不得與之變；雖天地覆墜，亦將不與之遺。審乎無假，而不與物遷；命物之化，而守其宗也。」

常季曰：「何謂也？」

仲尼曰：「自其異者視之，肝膽楚越也；自其同者視之，萬物皆一也。夫若然者，且不知耳目之所宜，而游心乎德之和。物視其所一，而不見其所喪，視喪其足，猶遺土也。」

莊子假託仲尼的這番話，要點有二：一、人只要認識了無妄的眞理，不爲假象所迷的話，就能不受生死問題的影響，不隨生活環境而迷失；堅守宗旨，主宰萬物的變化。二、大凡觀察事理，從它們相異處着眼，就是自身的肝膽，也像楚跟越相距那麼遙遠；從它們相同處着眼，那麼萬物都可看成一體，就無所謂利害得失，於是可以優遊於道德沖和的境界了。莊子的眞假之辨，同異之論，正是「赤壁賦」在思想方面的第一個源頭。

華嚴經疏卷二十三：

初歡喜地菩薩，發廣大之願，以十無盡而成就。若此十句有盡，則我願亦盡；此十句無盡，故我願亦無盡。名曰十無盡。一、衆生界無盡，諸衆生皆依世界而住，世界無盡故衆生無盡。二、世間無盡，一切世界依虛空而住，虛空無盡故世界無盡。三、虛空界無盡……

……。

僧肇（北朝人，鳩摩羅什門下四哲之一）的「物不遷論」：

旋嵐偃嶽而常靜；

江河競注而不流；

野馬飄鼓而不動；

日月歷天而不周。

華嚴經疏以「衆生無盡」乃因「世界無盡」；而「世界無盡」乃因「虛空無盡」。循此以推，更有「法界無盡」、「涅槃界無盡」、「佛出現界無盡」、「如來智界無盡」、「心所緣無盡」、

「佛智所入境界無盡」、「世間轉法轉智轉無盡」。僧肇的「物不遷論」又說明了：在宇宙的現象中，萬物不停地變遷，似乎動而非靜，變化無常。但是就另一觀點來看，某一瞬間的某一事物，自是某一瞬間的某一事物，宇宙間曾有此某一瞬間的某一事物，是一永久不變無可否認的事實。——華嚴的「衆生世界無盡」，僧肇的「物不遷論」，正是「赤壁賦」在思想方面的第二個源頭。

我們甚至可以認爲，蘇東坡寫赤壁賦的靈感，很可能從楞嚴經而來。楞嚴經卷二記釋迦牟尼佛與波斯匿王言：

佛告大王：「汝見變化遷改不停，悟知汝滅，亦於滅時汝知身中有不滅耶？」

波斯匿王合掌白佛：「我實不知。」

佛言：「我今示汝不生滅性。大王，汝年幾時見恆河水？」

王言：「我生三歲，慈母携我謁耆婆天，經過此流，爾時即知是恆河水。」

佛言：「大王，如汝所說，二十之時衰於十歲。乃至六十，日月歲時，念念遷變。則汝三歲見此河時，至年十三其水云何？」

王言：「如三歲時宛然無異；乃至于今年六十二，亦無有異。」

佛言：「汝今自傷髮白面皺，其面必定皺於童年。則汝今時觀此恆河，與昔童時觀河之見，有童耄不？」

王言：「不也，世尊。」

佛言：「大王，如面雖皺，而此見精性未曾皺。皺者爲變，不皺非變；變者受滅，彼不變者之無生滅。云何於中受汝生死，而猶引彼末伽黎等，都言此身死後全滅？」

王聞是言，信知身後捨生趣生，與諸大衆踴躍歡喜，得未曾有。

正是赤壁賦立意取象之所本。

而東坡借水月爲喻，還可作如下的解釋：就個人的生命的現象言，生老病死，固然有限；但就大我生命的本體言，卻如明月長江，可藉子子孫孫而永無盡期。而立德立功立言，尤可使生命永垂不朽。了解此義，自然亦不必「哀吾生之須臾，羨長江之無窮」了。所以作者用「而又何羨乎」結束此意。

由於「物我無盡」，東坡更推出「投向自然」的道理來。他接着說：「且夫天地之間，物各有主，苟非吾之所有，雖一毫而莫取。」這就是說，眞正豁達之士，對於世俗的一切，要有全部舍棄的器量。而下文：「惟江上之清風，與山間之明月，耳得之而爲聲，目遇之而成色。取之無禁，用之不竭。是造物者之無盡藏也，而吾與子之所共食。」說明了自然界仍是我們悅目賞心，怡情養性的無窮寶藏。其中「造物者」一詞，出於莊子。莊子一書，「造物者」凡七見。如：大宗師篇：「彼方且與造物者爲人，而遊於天地之一氣。」天下篇：「上與造物者遊，而下與外死生無終始者爲友。」等是。而「無盡藏」與「共食」之「食」皆出於佛典。維摩詰經佛道品：「諸有貧窮者，現作無盡藏；因以勸導之，令發菩提心。」大乘義章卷二十：「德廣難窮，名曰無盡；無盡之德包含曰藏。」「食」則爲梵語阿賀羅Ahara的義譯。總謂增益身心者。增一阿含經卷四十一：「眼根以眠爲食，耳根以聲爲食，鼻根以香爲食，舌根以味爲食，身根以細滑爲食，意根以法爲食。」又有「出世五食」，曰：「禪悅食，修行之人得禪定之樂能養諸根者；法喜食，修法之人聞法生歡喜，資慧命養身心者；願食，修行之人發誓願而持身修萬行者；念食，修行之人常念出世之善根，而不忘以資益慧命者，解脫食，修行之人終得涅槃之樂而長養身心者。」亦見增一阿含經卷四十一。凡此，更可證明赤壁賦在思想上，的確曾接受了莊子和佛經的影響。

結　語

蘇軾因爲反對王安石的新法，自神宗熙寧四年（一〇七一）外放，通判杭州，歷三年而改知密州，再徙徐州而湖州。元豐二年（一〇七九），又以詩文表語，譏切實事，謫居黃州。於是築室於東坡，寄情於山水。而心仍存於宮闕。所謂「望美人兮天一方」，在騷賦中，「美人」常暗示君王，此當指宋神宗。東坡的心態，於此可見一斑。這是「赤壁賦」寫作的背景。人生不如意事十之八九，達則行儒墨之仁愛，窮則存佛道之胸臆（這樣地說，對儒家曠達一面和佛家的積極一面，實都有疏忽。）。也許不失爲作人處世的一種尙稱正確的態度罷！

赤壁賦

壬戌之秋七月既望蘇子与
客泛舟游于赤壁之下清風
徐来水波不興舉酒屬客
誦明月之詩歌窈窕之章

少焉月出於東山之上裵回
於斗牛之間白露橫江水
光接天縱一葦之所如陵
万頃之茫然浩、乎如憑虛
御風而不知其所止飄、乎

如遺世獨立羽化而登僊
於是飲酒樂甚扣舷而
歌之歌曰桂棹兮蘭槳
擊空明兮泝流光渺渺兮
余懷望美人兮天一方客有

吹洞簫者倚歌而和之其
聲嗚々然如怨如慕如
泣如訴餘音嫋々不絕如
縷舞幽壑之潛蛟泣孤
舟之嫠婦蘇子愀然正

襟危坐而問客曰何為其
然也客曰月明星稀烏鵲
南飛此非曹孟德之詩乎
西望夏口東望武昌山川
相繆鬱乎蒼々此非孟德

之困於周郎者乎方其破
荊州下江陵順流而東也
舳艫千里旌旗蔽空釃
酒臨江橫槊賦詩固一世
之雄也而今安在哉況吾与

子漁樵於江渚之上侶魚
鰕而友麋鹿駕一葉之扁
舟舉匏樽以相屬寄蜉
蝣於天地渺浮海之一粟
哀吾生之須臾羨長江之

無窮挾飛仙以遨游抱
明月而長終知不可乎驟
得託遺響於悲風蘇子
日客亦知夫水与月乎逝者
如斯而未嘗往也盈虛者

如彼而卒莫消長也蓋将
自其變者而觀之則天地
曾不能以一瞬自其不變
者而觀之則物与我皆無
盡也而又何羨乎且夫天地

之間物各有主苟非吾之
所有雖一毫而莫取惟
江上之清風与山間之明
月耳得之而為聲目遇
之而成色取之無禁用之

不竭是造物者之無盡藏
也而吾与子之所共食客喜
而笑洗盞更平酌肴核
既盡杯盤狼藉相与枕
藉乎舟中不知東方之既

白

軾去歲作此賦未嘗

輕出以示人見者蓋一

二人而已

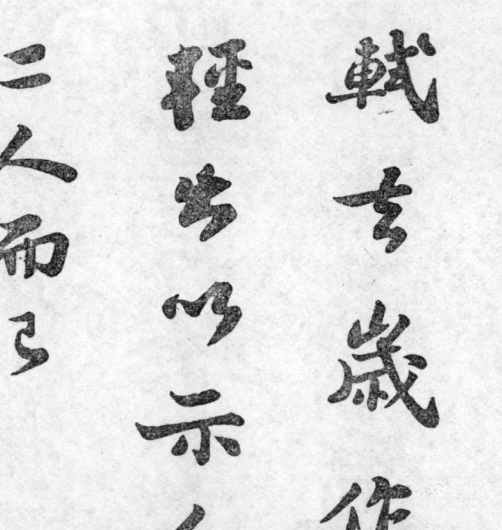

欽之有使至求近文
遂親書以寄多難
畏事
欽之愛我必深藏之
不出也又有後赤壁

賦筆倦來能寫當

俟後信軾白

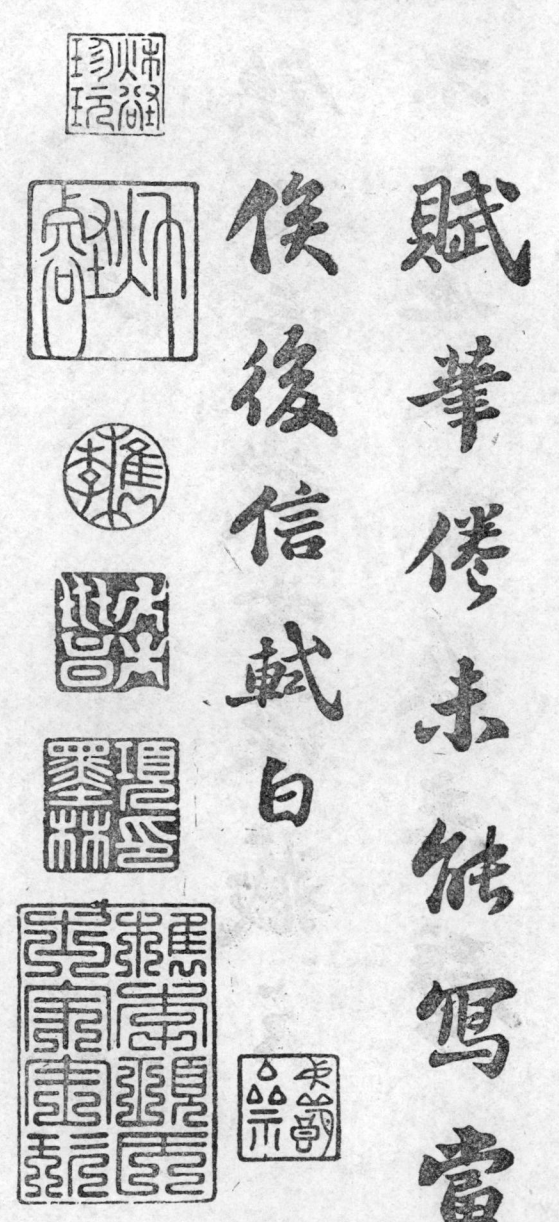

二　散文欣賞

「王冕」的欣賞

敎國文的老師們，都有一個共同的感覺：文言好敎白話難。何以故？因爲文言文講講字詞的解釋，再把全文翻譯一遍，很容易「混」（如此敎法，只能稱之爲「混」。）過去。而白話呢，既少生字難詞可以解釋，又不能翻譯。怎麼辦？不用講解，念它一遍便算敎了！

白話文眞不用講解？我想不然。

依我個人的觀察，收在中學國文課本裏的白話文，可以籠統地分成兩大類。一類是藝術性的文章，如朱自清的「春」，徐志摩「康橋的早晨」；一類是思想性的文章，如梁啓超的「爲學與做人」，胡適的「社會的不朽論」。敎前一類的文章，難道不能多講些文法的解剖與修辭的技巧？敎後一類的文章，設法由作品文字的背後探索出作者的意識，不也是很有意義的事嗎？

筆者後面寫的「春的欣賞」、「背影的欣賞」、「可愛的詩境的欣賞」、「江濱狂想曲的欣賞」四篇欣賞文字，就是用文法修辭的角度來欣賞這些散文名著。至於重點不在文筆而在內容的白話文，我想依自己教「王冕傳」的實際心得作爲一個例子，來說明其教法。

現在高中國文標準本第一册第八課「王冕」，是從儒林外史第一回「楔子」裏節錄出來的。論體裁，是一篇小說。吳敬梓在這篇文章裏，用嶔崎磊落的王冕，反襯出元末儒林人物的熱中和虛僞。作者並不曾詳細敍述王冕的身世，事實上，吳敬梓筆下的王冕，與明史所記載的便有許多不同之處。作者這篇文字的最主要的目的是要通過「王冕」來表現作者自己的思想和愛惡。雖然我不能因此就認定「王冕」是吳敬梓的自畫像，但是我可以肯定：在「王冕」這篇文章中所敍述的王冕，一個放牛讀書、清閒自在、自食其力、享受自由的牧童，正是吳敬梓理想中的美好人生。

那麼，通過「王冕」這篇文章，可以看出吳敬梓的一些什麼意識呢？

首先，比較一下「王冕」中兩種不同身份的人對王冕的看法。一個是王冕隔壁的秦老。吳敬梓是這麼敍述：「隔壁秦老，雖然務農，卻是個有意思的人；因自小看見他長大的如此不俗，所以敬他愛他，時時和他親熱，邀他在草堂裏坐著說說話兒。」另一個是官至翰林學士的危素，他看了王冕的畫，諸暨知縣送的，便歎着說：「我學生出門久了，故鄉有如此賢士，竟然不知，可爲慚愧！此兄不但才高，胸中見識，大是不同，將來名位不在你我之下，不知老父臺可以約他來此相會一會麼？」

很顯然地，秦老看中王冕的是「長大的如此不俗」，而危素看中王冕的，卻因爲王冕「將來名位不在你我之下」。在「王冕」中，作者描刻危素這一人物，是很透支一番心血的。從危素回鄉，一個胖子一個鬍子閒談開始：「聽見前日出京時，皇上親自送出城外，携著手走了十幾步，危老先生再三打躬辭了，方才上轎回去。」接著寫時知縣對危素的巴結，從側面巧妙地勾出了此一鄉愿型人物的嘴臉，深深地表現出作者對名利中人的鄙視和反感。因而作者對於秦老，一個純樸天眞的村農，表示著無限親切。吳敬梓用「是個有意思的人」來形容秦老，「意思」兩字，看是熨貼極了。它和「見解」「思想」是一個意義的詞，但是換成「見解」「思想」，就不能像「意思」那樣適合秦老的身分了。

鄙視名位，追求樸實天眞的人生，這是從「王冕」中看出吳敬梓的第一種意識。

其次，我們再來比較一下王冕和時知縣。在吳敬梓筆下，王冕是這樣一個人：「天性聰明，年紀不滿二十歲，就把天文、地理、經史上的大學問，無一不貫通。但他性情不同：既不求官爵，又不交納朋友，終日閉戶讀書。又在楚辭圖上看見畫的屈原衣冠，他便自造了一頂極高的帽子，一件極濶的衣服。遇著花明柳媚的時節，把一乘牛車載了母親，他便戴了高帽，穿了濶衣，執著鞭子，口裏唱着歌曲，在鄉村鎭上，以及湖邊，到處頑耍；惹的鄉下孩子們三五成羣跟着他笑，他也不放在意下。」所謂「製芰荷以爲衣兮，集芙蓉以爲裳。」「高余冠之岌岌兮，長余佩之陸離。」（見離騷）。王冕就是如此心儀屈原的人。不同的是，他不似屈原那麼執着，所以「

孩子三五成羣跟着他笑，他也不放在意下。」而時知縣呢？便完全不同了。他受了危素的托，叫翟買辦去約王冕。王冕不肯前來，於是時知縣心中先想親自下鄉去請，好在危素心中留下「辦事勤敏」的印象。接着又想道：「一個堂堂縣令，屈尊去拜一個鄉民，惹得衙役們笑話。」最後還是去了，因為他又想道：「老師前日口氣，甚是敬他；老師敬他十分，我就該敬他一百分，況且屈尊敬賢，將來志書上少不得稱贊一篇！」吳敬梓在此段先用一個「想道」接著又用了兩個「又想道」，把一個完全沒有獨立意志與人格尊嚴的官場小人物，描刻得何等透徹！

我們可以清楚看出：王冕不把外物「放在意下」；而時知縣一舉一動，卻完全受他人看法的支配，這便使我們想起了禪宗六祖慧能一個有名的故事。有一次，六祖到了廣州的法性寺，一陣風把寺外的長幡吹得飄搖不定。一個和尚見了便說：「外面有風在吹動。」另一個和尚反駁說：「誰說是風在吹動？分明是幡在飄動啊！」兩人爭執未定，六祖大聲告訴他們說：「不是風動，也不是幡動，而是你們自己的心在動。」一個人的心能夠不因外境的變動而變動的時候，正是一個人最接近不生不滅的涅槃境界的時候。王冕不把他人的譏笑放在意下。正證明他的心已達到「本來無一物何處染塵埃」的禪境。

無視物議，憧憬着一個不動心的人生，是從「王冕」中透露出的作者第二種意識。

然後，我們再來研究王冕為什麼拒絕了危素和時知縣的「垂青」。在時知縣親訪王冕不遇，變色而回之後，秦老過來抱怨王冕，王冕答道：「時知縣倚着危素的勢，要在這裏酷虐小民，無所不爲，這樣的人，我爲什麼要相與他？」好了，這就是王冕不屑與危素時知縣一班人爲伍的理由了。

孔子說：「邦有道，穀；邦無道穀，恥也。」（見論語憲問）。又說：「篤信好學，守死善道。危邦不入，亂邦不居，天下有道則見，無道則隱。邦有道，貧且賤焉，恥也。邦無道，富且貴焉，恥也。」（見論語泰伯）。於此，我恍然：爲什麼元末，王冕要跑到九里山隱居起來；當朱元璋起兵革命時，爲什麼王冕又要出來作官。

邦無道，寧願牧牛畫荷，絕不與權貴相與，這是透過「王冕」表現出作者第三種意識。

追求純樸天眞的人生，近乎道；憧憬着「本來無一物何處染塵埃」的心境，近乎佛；「邦有道，穀；邦無道穀，恥也。」是儒。也許有人會懷疑何以吳敬梓的心靈是如此複雜？原來吳敬梓生在一個書香世家。高祖吳沛是理學大師；曾祖、祖父、伯叔祖也都是通儒；父親是吳霖起，將富貴功名看慣了，一心一意要在聖賢學問上立命。吳敬梓生長在文化如此優美的家庭中，受了良好的儒家教育。後來他的學問愈廣博，思想愈宏深，對淺薄的八股，漸漸看不起了。覺得科舉功名，威嚴聲勢，全部是虛僞無聊。於是蕩盡家財，過著狂浪不羈的浪漫的生活。而他的思想中，除了原有的儒家人倫思想之外，也加入了道家的逍遙曠達的浪漫思想。同時由於佛教的禪宗，和陸王的心學，互相激蕩的結果。明清士人都喜歡談禪，王冕曾在寺廟讀書，就是一證。因此，在吳敬梓的思想中，再滲進一些佛教思想，也是不足爲奇的。

把國文課本上的白話文，分成思想性，藝術性兩種，當然只是權宜的分法。事實上藝術性的文章必然也表現着作者的思想，而思想性的文章也得講究文法修辭之類。「王冕」中有這麼一句：「那穿寶藍直裰的是箇胖子，來到樹下，尊那穿玄色的一箇鬍子坐在上面。」在「那穿寶藍直裰的」下面，論理應有「人」字，這在文法上叫做省略。「的」字因此也由「介詞」變成「聯接代名詞」了。至於下半句中的「鬍子」，卻並不是「長鬍子的人」的文法省略，而是修辭學上的以事物的特徵相代的「借代」。這些文法修辭方面的講解，不是本文重心所在，不去一一詳述了。

附錄

王冕

吳敬梓

元朝末年，出了一個嶔崎磊落的人，這人姓王，名冕，在諸暨縣鄉村裏住。七歲上死了父親，他母親做些針黹供給他到村學堂裏去讀書。

看看三箇年頭，王冕已是十歲了，母親喚他到面前來說道：「兒啊！不是我有心要耽誤你，只因你父親亡後，我一個寡婦人家，只有出去的，沒有進來的；年歲不好，柴米又貴；這幾件衣服和些舊家伙，當的當了，賣的賣了；祗靠著我替人家做些針黹生活尋來的錢，如何供得你讀書？如今沒奈何，把你僱在隔壁人家放牛，每月可以得他幾錢銀子，你又有現成飯喫；只有明日就要去了。」王冕道：「娘說的是。我在學堂裏坐著，心裏也悶；不如往他家放牛，倒快活些。假如我要讀書，依舊可以帶幾本去讀。」

當夜商議定了。第二日，母親同他到間壁秦老家。秦老留著他母子兩箇吃了早飯，牽出一條水牛來交與王冕，指著門外道：「就在我這大門過去兩箭之地，便是七泖湖，湖邊一帶綠草，各家的牛都在那裏打睡。又有幾十棵合抱的垂楊樹，十分陰涼。牛要渴了，就在湖裏飲水。小哥你祇在這一帶頑耍，不可遠去！我老漢每日兩餐小菜飯是不少的；每日早上，還折兩箇錢與你買點心喫。只是百事勤謹些，休嫌怠慢！」他母親謝了擾要回家去，王冕送出門外。母親替他理理衣服，口裏說道：「你在此須要小心，休惹人說不是；早出晚歸，免我懸念。」王冕應諾，母親含著兩眼眼淚去了。

王冕自此在秦家放牛，每到黃昏，回家跟著母親歇宿。或遇秦家煮些醃魚臘肉給他喫，他便拏塊荷葉包了來家，遞與母親。每日點心錢，他也不買了喫；聚到一、兩箇月，便偸個空走到村學堂裏，見那闖學堂的書客，就買幾本舊書，逐日把牛拴了，坐在柳陰樹下看。

彈指又過了三、四年，王冕看書，心下也著實明白了。那日，正是黃梅時候，天氣煩躁。王冕放牛倦了，在綠草地上坐著。須臾，濃雲密布，一陣大雨過了。那黑雲邊上鑲著白雲，漸漸散去，透出一派日光來，照耀得滿湖通紅。湖邊山上，青一塊，紫一塊，綠一塊。樹枝都像水洗過一番的，尤其綠得可愛。湖裏有十來枝荷花，苞子上清水滴滴，荷葉上水珠滾來滾去。王冕看了一回，心裏想道：「古人說：『人在畫圖中』，其實不錯。可惜我這裏沒有一箇畫工，把這荷花畫他幾枝，也覺有趣！」又心裏想道：「天下那有個學不會的事，我何不自畫他幾枝！」

正存想間，只見遠遠的一箇夯漢，挑了一擔食盒來，手裏提著一瓶酒，食盒上掛著一塊氈條，來到柳樹下，將氈條鋪下，食盒打開。那邊走過三箇人來，頭帶方巾，一箇穿寶藍夾紗直裰，兩箇穿玄色直裰，都是四、五十歲光景，手搖白紙扇，緩步而來。那穿寶藍直裰的是箇胖子，來到樹下，尊那穿玄色的一箇鬍子坐在上面，那一箇瘦子坐在對席。他想是主人了，坐在下面把酒來斟。

喫了一回，那胖子開口道：「危老先生回來了。新買了住宅，比京裏鐘樓街的房子還大些，值得二千兩銀子——因老先生要買，房主人讓了幾十兩銀子賣了，圖箇名望體面。前月初十搬家，太尊、縣父母都親自到門來賀，留著喫酒二、三更天。街上的人，那一箇不敬！」那瘦子道：「縣尊是壬午舉人，乃危老先生門生，這是該來賀的。」那胖子道：「敝親家也是危老先生門生，而今在河南做知縣。前日小壻來家，帶二斤乾鹿肉來見惠，這一盤就是了。這一回小壻再去，託敝親家寫一封字來，去晉謁危老先生。他若肯下鄉回拜，也免得這些鄉戶人家，放了驢和豬在你我田裏喫糧食。」那瘦子道：「危老先生要算一箇學者了！」那鬍子說道：「聽見前日出京時，皇上親自送出城外。攜著手走了十幾步，危老先生再三打躬辭了，方才上轎回去。看這光景，莫不是就要做官？」三人你一句，我一句，說個不了。

王冕見天色晚了，牽牛回去。自此，聚的錢不買書了，託人向城裏買些臙脂、鉛粉之類，學畫荷花。初時畫不好，畫到三箇月之後，那荷花精神顏色無一不像，祇多著一張紙，就像是湖裏長的；又像才從湖裏摘下來貼在紙上的。鄉間人見畫得好，也有拏錢來買的。王冕得了錢，買些好東西孝敬母親。一傳兩，兩傳三，諸暨一縣，都曉得是一箇畫沒骨花卉的名筆，爭著來買。到了十七、八歲，不在秦家了，每日畫幾筆畫，讀古人的詩文；漸漸不愁衣食，母親心裏歡喜。

這王冕天性聰明，年紀不滿二十歲，就把那天文、地理、經史上的大學問，無一不貫通。但他性情不同：既不求官爵，又不交納朋友，終日閉戶讀書。又在楚辭圖上看見畫的屈原衣冠，他便自造一頂極高的帽子，一件極濶的衣服。遇著花明柳媚的時節，把一乘牛車載了母親，他便戴了高帽，穿了濶衣，執著鞭子，口裏唱著歌曲，在鄉村鎮上，以及湖邊，到處頑耍；惹的鄉下孩子們三五成羣跟著他笑，他也不放在意下。只有隔壁秦老，雖然務農，卻是箇有意思的人；因自小看見他長大的如此不俗，所以敬他、愛他，時時和他親熱，邀他在草堂裏坐著說說話兒。

一日，正和秦老坐著，祇見外面走進一箇人來，頭帶瓦楞帽，身穿青布衣服，秦老迎接，敍禮坐下。這人姓翟，是諸暨一箇頭役，又是買辦。因秦老兒子秦大漢拜在他名下，叫他乾爺，所以時常下鄉來看親家。秦老慌忙叫兒子烹茶、殺鷄、煮肉，款留他，就要王冕相陪。彼此道過姓名，那翟買辦道：「這位王相公可就是會畫沒骨花的麼？」秦老道：「便是了。

親家！你怎得知道？」翟買辦道：「縣裏人，那箇不曉得！因前日本縣老爺吩咐要畫二十四幅花卉册頁送上司，此事著交在我身上。我聞有王相公的大名，故此一徑來尋親家。今日有緣，遇著王相公，是必費心大筆畫一畫！在下半箇月後，下鄉來取；老爺少不得還有幾兩潤筆的銀子，一併送來。」

秦老在傍，著實攛掇。王冕屈不過秦老的情，只得應諾了。回家用心用意畫了二十四幅花卉，都題了詩在上面。翟頭役稟過了本官，那知縣時仁，發出二十四兩銀子來。翟買辦扣剋了十二兩，只拏十二兩銀子送與王冕，將册頁取去。時知縣又辦了幾樣禮物，送與危素，作候問之禮。危素受了禮物，只把這本册頁看了又看，愛玩不忍釋手。次日，備了一席酒，請時知縣來家致謝。

當下寒暄已畢，酒過數巡，危素道：「前日承老父臺，所惠册頁花卉，還是古人的呢？還是現在人畫的？」時知縣不敢隱瞞，便道：「這就是門生治下一箇鄉下農民，叫做王冕，年紀也不甚大。想是才學畫幾筆，難入老師的法眼。」危素嘆道：「我學生出門久了，故鄉有如此賢士，竟然不知，可為慚愧！此兄不但才高，胸中見識，大是不同，將來名位不在你我之下。不知老父臺可以約他來此相會一會麼？」時知縣道：「這箇何難：門生出去，即遣人相約。他聽見老師相愛，自然喜出望外了。」

說罷，辭了危素，回到衙門，差翟買辦持箇侍生帖子去約王冕。翟買辦飛奔下鄉，到秦老家，邀王冕過來，一五一十，向他說了。王冕笑道：「卻是起動頭翁上覆縣主老爺，說王冕乃一介農夫，不敢求見；這尊帖也不敢領。」翟買辦變了臉道：「老爺將帖請人，誰敢不去！況這件事，原是我照顧你的；不然，老爺如何得知你會畫花？論理，見過老爺，還該重重的謝我一謝才是！如何走到這裏，茶也不見你一杯，卻是推三阻四，不肯去見，是何道理？叫我如何去回覆得老爺？難道老爺一縣之主，叫不動一箇百姓麼？」王冕道：「頭翁！你有所不知。假如我爲了事，老爺拏票子傳我，我怎敢不去？如今把帖子來請，原是不逼迫我的意思了。我不願去，老爺也可以相諒。」翟買辦道：「你這都說的甚麼話！票子傳著倒要去，帖子請著倒不去！這不是不識擡舉了！」秦老勸道：「王相公！也罷；老爺拏帖子請你，自然是好意，你同親家去走一回罷。自古道：『滅門的知縣』你和他拗些甚麼？」王冕道：「秦老爺！頭翁不知，你是聽我說過的，不見那段干木泄柳的故事麼？我是不願去的。」翟買辦道：「你這是難題目與我做，叫我拏甚麼話去回老爺？」秦老道：「這箇果然也是兩難，若要去時，王相公又不肯；若要不去，親家又難回話。我如今倒有一法：親家回縣裏，不要說王相公不肯，只說他抱病在家，不能就來，一兩日間好了就到。」翟買辦道：「害病那就要取四鄰的甘結。」

彼此爭論了一番，秦老整治晚飯與他喫了；又暗叫了王冕出去問母親秤三錢二分銀子送與翟買辦做差錢，方才應諾去了，回覆知縣。知縣心裏想道：「這小廝那裏害甚麼病！想是翟家這奴才，走下鄉，狐假虎威，著實恐嚇了他一場，他從來不曾見過官府的人，害怕不敢來了。老師既把這箇人託我，我若不把他就叫了來見老師，也惹得老師笑我做事疲軟。我不如竟自己下鄉去拜他。他看見賞他臉面，斷不是難爲他的意思，自然大著膽見我，我就便帶了他來見老師，卻不是辦事勤敏？……」又想道：「一個堂堂縣令，屈尊去拜一個鄉民，惹得衙役們笑話。……」又想道：「老師前日口氣，甚是敬他；老師敬他十分，我就該敬他一百分。況且屈尊敬賢，將來志書上少不得稱贊一篇。——這是萬古千年不朽的句當，有甚麼做不得！」

當下定了主意。次早傳齊轎夫，不用全副執事，只帶八個紅黑帽夜役軍牢。翟買辦扶著轎子，一直下鄉來。鄉裏人聽見鑼響，一箇箇扶老攜幼，挨擠了看。轎子來到王冕門首，只見七、八間草屋，一扇白板門緊緊關著。翟買辦搶上幾步，忙去敲門。敲了一會，裏面一個婆婆，拄拐杖出來說道：「不在家了；從清早裏牽牛出去飲水，尚未回來。」翟買辦道：「老爺親自在這裏傳你家兒子說話，怎的慢條斯理！快快說在那裏，我好去傳！」那婆婆道：「其實不在家了，不知在那裏。」說畢，關著門進去了。

說話之間，知縣轎子已到。翟買辦跪在轎前稟道：「小的傳王冕，不在家裏，請老爺龍駕到公館裏略坐一坐，小的再去傳。」扶著轎子，過王冕屋後來。屋後横七豎八，幾稜窄田埂，遠遠的一面大塘，塘邊都栽滿了榆樹、桑樹。塘邊那一望無際的幾頃田地，又有一座山：雖不甚大，卻青葱樹木，堆滿山上。約有一里多路，彼此叫呼，還聽得見。知縣正走著，遠遠的有個牧童，倒騎水牯牛，從山嘴邊轉了過來。翟買辦趕將上去，問道：「秦小二漢！你看見你隔壁的王老大牽了牛在那裏飲水哩？」小二道：「王大叔麼？他在二十里路外王家集親家那裏喫酒去了。這牛就是他的，央及我替他趕了來家。」翟買辦如此這般稟了知縣。知縣變著臉道：「既然如此，不必進公館了，即回衙門去罷！」時知縣此時心中十分惱怒，本要立即差人拏了王冕來責懲一番，又恐怕危老師說他暴躁；且忍口氣回去，慢慢向老師說明此人不中擡舉，再處置他也不遲。

知縣去了。王冕並不曾遠行，即時走了來家。秦老過來抱怨他道：「你方才也太執意了！他是一縣之主，你怎的這樣怠慢他？」王冕道：「老爹請坐，我告訴你。時知縣倚著危素的勢，要在這裏酷虐小民，無所不爲，這樣的人，我爲甚麼要相與他！但他這一番回去，必定向危素說。危素惱羞變怒，恐要和我計較起來。我如今辭別老爹，收拾行李，到別處去躲避幾時——只是母親在家，放心不下。」母親道：「我兒！你歷年賣書賣畫，我也積聚下三、五十兩銀子，柴米不愁沒有。我雖年老，又無疾病，你自放心出去躲避些時不妨；你又不曾犯罪，難道官府來拏了你母親去不成！」秦老道：「這也說得有理。況你埋沒在這鄉村鎮上，雖有才學，誰人是識得你的？此番到大邦去處，或者走出些遇合來，也不可知。你尊堂家下大小事故，一切都在我老漢身上，替你扶持便了。」王冕拜謝了秦老、秦老又走回家去取了些酒肴來替王冕送行；喫了半夜酒回去。

次日五更。王冕起來收拾行李，喫了早飯，恰好秦老也到。王冕拜辭了母親，又拜了秦老兩拜，母子灑淚分手。王冕穿上麻鞋，背上行李。秦老手提一個小燈籠，直送出村口，灑淚而別。

秦老手拿燈籠，站著看著他走；走的望不著了，方才回去。

「春」的欣賞

朱自清先生的「春」是一篇抒情文，原文收在「蹤跡」裏，全文寫春光來到自然界的形形色色，表現出希望、生長、新鮮、愉快、活潑、茁壯、奮進的情景。讀了這篇優美的散文後，我們不知不覺中吸取了這種青春的精神。

「春花」、「秋月」，是一般人常寫的題材，卻也是最難寫得好的題材。爲什麼不容易寫好？理由或許是：

一、主題方面：太抽象了，不易表達，常流於無病呻吟。

二、材料方面：太廣泛了，不易組織，常流於雜亂無章。

但是，朱先生的「春」，居然能化抽象爲具體，將廣泛的春光一一寫來，言之有物，順事成章，這不能不叫人心折。

怎樣化抽象爲具體呢？春，原是表示時間的一個抽象名詞。單從這個名詞看，它是無色、無聲、無香、無味、無體積、無動作的，要想把春天的景象鮮活地呈現在讀者的眼前，就得找有色、有聲、有香、有味、有體積、有動作的具體的材料，把抽象的主題表達出來。你看，作者是怎樣寫的！

(一)小草嫩嫩的，綠綠的；桃樹、杏樹、梨樹，開滿了紅的、白的花朶；雨像牛毛、像花針、像細絲……；這是呈現給視覺的。

(二)蜜蜂嗡嗡地鬧着；鳥兒賣弄清脆的歌喉，與青風流水應和；牧童的短笛也在嘹亮地響……；這是呈現給聽覺的。

(三)各種花香，都在微微潤濕的空氣裏醞釀；花裏帶着甜味；風裏帶來些新翻泥土的氣息，混着青草味……；這是呈現給嗅覺或味覺的。

(四)草軟綿綿的；風像母親的手撫摸著你……；這是呈現給觸覺的。

再加上人羣的動態，如：坐著，躺著，打兩個滾，踢幾脚球；撐起傘慢慢走著；披著簑，戴著笠；老老小小趕趟兒似的……春天便活在具體的情境裏了。(本段取自「青年活頁文選」第十五期「事和象」)。

再看朱先生如何把千頭萬緒的春光組織成井井有條的文字：他先從人們盼望著的春天來了說起，然後泛說到春天剛來時大自然的景象。三、四、五、六段，依次由草的生長，花的開放，風的吹拂，雨的飄落，寫出了春天的美。接着說明春天給人們的影響，替人們帶來了振奮和希望。第八段由「春天，像剛落地的娃娃」到末了，分別以娃娃、小姑娘，和青年來譬喻「春」，用人生來刻畫春，實在還是由春來啓示人生：這種安排和充實的內容，處處流露着青春的振奮和希望的情緒。在「風花雪月」類的文章中，朱先生實在已創造了一項「奇蹟」！

而句法的新鮮活潑，行文的明白親切，文氣的變化奔放，更使這篇文章達到了藝術的高峯。

先說句法的新鮮活潑。

朱先生構句的方法，和一般人有顯著的不同。感覺到這一點的人可能不少；但能道出所以然的，卻還沒有。

不同在那兒？先看下面的例子：

普通人的句法是：

嫩嫩的綠綠的小草偷偷地從土裏鑽出來。

朱先生筆下便不同了：

小草偷偷地從土裏鑽出來，嫩嫩的，綠綠的。

普通人說：

遍地是雜樣兒有名字的沒名字的野花。

朱先生卻寫成：

野花遍地是：雜樣兒，有名字的，沒名字的。

這種例子，在「春」一文中，到處都是。嫩嫩的，綠綠的，本是形容草的形容詞；雜樣兒，有名字的，沒名字的，也是形容野花的形容語。這些前附的形容詞形容語，朱先生把它們挪到後邊兒來了，而敍事句也變得帶有表態句與判斷句的味兒。這樣一來，句法的形式與衆不同，使人產生「新鮮」的感覺；長句短化了，使人產生「活潑」的感覺。構成朱先生文章一大特色。

此外如：「輕悄悄的風」「軟綿綿的草」，本是兩個片語，一把形容詞「輕悄悄的」「軟綿綿的」挪到名詞「風」「草」之後，成爲「風輕悄悄的」「草軟綿綿的」，便是表態句，生動地表現出風和草的姿態來。

又如：「還有披着簑戴着笠的在田裏工作的農夫」，也本是一個片語，一把形容子句「披着簑」「戴着笠的」挪到那名詞「農夫」之後，成爲「還有田裏工作的農夫，披着簑，戴着笠的。」便成省略繫詞「是」字的判斷句。就像作者在你面前，一面用手指着那些農夫，一面告訴你說「披着簑戴着笠的」。讀者非但感到作者耳提面命的親切；而且更產生身歷其境的感受。這些都是朱先生特殊句法造成的效果。

再說行文的明白親切。

暫撇開「春」，提出有關心理學的兩個問題。一、如何使人明白從前不明白的事物？最好拿實事實物給他看，當然。但是如果不能拿出實事實物呢？那只好求其「類似」了！在文學上，便用這種「類似」來說明「原事物」，以求讀者明白。修辭學上叫作「譬喻」。二、路旁假如有株樹，被車撞斷了；又有隻貓，讓車輾死了。那一個生物更引起你的同情？貓！是的，因爲貓和人都是動物，親近些吶。可是，要是輾死的是人和貓，你卻會更哀悼人了，因爲人和人關係更親切呀！在文學上，爲了使讀者對作者所表現的事物更關心，便把許多非人的事物人格化了。修辭學上便叫做「擬人」。

朱先生行文明白親切，原來用的就是這些「譬喻」、「擬人」的修辭法呢！

如：

「粉的像霞，白的像雪。」

「野花遍地是……散在草叢裏像眼睛，像星星。」

「吹面不寒楊柳風，不錯的，像母親的手撫摸着你。」

「雨是最尋常的……像牛毛，像花針，像細絲。」

——這些都是譬喻啊！

除此之外，在本篇的結尾，朱先生運用了三個譬喻：

(一) 春天，像剛落地的娃娃，從頭到脚都是新的，它生長着。

(二) 春夫，像小姑娘，花枝招展的，笑着，走着。

(三) 春天，像健壯的青年，有鐵一般的胳膊和腰脚，它領着我們向前走去。

這三個譬喻，都是以具體喻抽象：說出作者體會到的春天，它的新生和成長像初生嬰兒，它的美麗活潑像小姑娘，並且像健壯的青年一樣的向前發展；這正好代表了由初春到春末的三個階段。

又如：

「春天的脚步近了。」

「一切都像剛睡醒的樣子，欣欣然張開了眼。」

「太陽的臉紅起來了。」

「小草偷偷地從土裏鑽出來。」

「桃樹、杏樹、梨樹，你不讓我，我不讓你，都開滿了花趕趟兒。」

「鳥兒將窠巢安在繁花嫩葉當中，高興起來了，呼朋引伴地賣弄清脆的喉嚨。」

「他們的草屋，稀稀疏疏的在雨裏靜默着。」

——這些都是擬人啊！

上面所謂的「脚步」、「睡醒」、「臉紅」、「偷偷地」、「趕趟兒」、「賣弄」、「靜默」，這原是人的動作、人的感情。朱先生把這些人的動作和感情，投射到大自然萬物中，把宇宙加以人情化，使宇宙萬物都栩栩活現在我們的眼前了。

然後說到文氣的變化奔放。

格律？自由呢？駢乎？散哉？這不只是中國文學史上爭論不休的題目了。但朱先生超越了這些爭端，格律與自由、駢體或散體，在他的天才下，都融爲一用，造成他奔放變幻的文氣！讀吧：

坐着、躺着、打兩個滾、踢幾脚球、賽幾趟跑、捉幾回迷藏。風輕悄悄的、草軟綿綿的。

「坐着，躺着」，這是兩字兩字而成對；「打兩個滾、踢幾脚球、賽幾趟跑」，每句四字，三句排比；接着是一句五字句：「捉幾回迷藏」，然後以對偶句作結：「風輕悄悄的、草軟綿綿的。」瞧他的文氣多麼變幻莫測，那輕快的節奏，直使我們的心靈也跟着活潑起來。

此外如：

「盼望着，盼望着」

「嫩嫩的，綠綠的」

「一大片，一大片滿是的」

「家家戶戶，老老小小」

「舒活舒活筋骨，抖擻抖擻精神」

「天上風箏漸漸多了，地上孩子也多了。」

「山朗潤起來了，水長起來了，太陽臉紅起來了。」

「像牛毛，像花針，像細絲」

這些都是利用重疊、反覆、對偶、排比的方法組成的語句，穿插在散文裏，造成了變化奔放的文氣。

「春」的欣賞，談到這兒爲止。不過這種解剖也許把一件有生命的藝術品變成無聊的細節了。那麼，最後，我要說一句：自己再去讀書「春」的原文吧！

附錄

春

朱自清

盼望着，盼望着東風來了，春天的脚步近了。

一切都像剛睡醒的樣子，欣欣然張開了眼。山朗潤起來了，水長起來了，太陽的臉紅起來了。

小草偷偷地從土裏鑽出來，嫩嫩的，綠綠的。園子裏，田野裏，瞧去，一大片一大片滿是的。坐着，躺着，打兩個滾，踢幾脚球，賽幾趟跑，捉幾回迷藏。風輕悄悄的，草軟綿綿的。

桃樹、杏樹、梨樹，你不讓我，我不讓你，都開滿了花趕趟兒。紅的像火，粉的像霞，白的像雪。花裏帶着甜味；閉了眼，樹上髣髴已經滿是桃兒、杏兒、梨兒。花下成千成百的蜜蜂嗡嗡地鬧着，大小的蝴蝶飛來飛去。野花遍地是：雜樣兒，有名字的，沒名字的，散在花叢裏，像眼睛，像星星，還眨呀眨的。

「吹面不寒楊柳風」，不錯的，像母親的手撫摸着你。風裏帶來些新翻的泥土的氣息，混着青草味，還有各種花的香，都在微微潤濕的空氣裏醞釀。鳥兒將窠巢安在繁花嫩葉當中，高興起來了，呼朋引伴地賣弄清脆的喉嚨，唱出宛轉的曲子，與輕風流水應和着。牛背上牧童的短笛，這時候也成天在嘹亮地響。

雨是最尋常的，一下就是三兩天。可別惱。看，像牛毛，像花針，像細絲，密密地斜織着，人家屋頂上全籠着一層薄煙。樹葉子卻綠得發亮，小草也青得逼你的眼。傍晚時候，上燈了，一點點黃暈的光，烘托出一片安靜而和平的夜。鄉下去，小路上，石橋邊，撐起傘慢慢走着的人；還有田裏工作的農夫，披着簑，戴着笠的。他們的草屋，稀稀疏疏的在雨裏靜默着。

天上風箏漸漸多了，地上孩子也多了。城裏鄉下，家家戶戶，老老小小，他們也趕趟兒似的，一個個都出來了。舒活舒活筋骨，抖擻抖擻精神，各做各的一份事去。「一年之計在於春」；剛起頭兒，有的是功夫，有的是希望。

春天像剛落地的娃娃，從頭到脚都是新的，它生長着。

春天像小姑娘，花枝招展的，笑着，走着。

春天像健壯的青年，有鐵一般的胳膊和腰脚，他領着我們上前去。

「背影」的欣賞

「背影」是一篇抒情文，自朱自清「背影」一書選出。全文以慈父的背影爲主要線索，描寫父親慈祥的光輝留在作者心頭的一個最是深刻的印象。以這種意念發展爲全文線索，便決定本文取材的範圍。本來作者從北平到徐州，會了父親，一起回到江都，辦理祖母喪事，然後同去南京。祖母的喪葬是件大事；經過四大城市，也一定有許多事情可記。但作者都幾筆帶過，只選擇車站送別，父親買橘子的情景詳加敍述；特別強調看到兩次父親的背影而掉淚。便是這條線索安排的結果。

文章一開頭，這條線索的緒端便出現了。「我與父親不相見已兩年餘了，我最不能忘記的是他的背影。」一句話，只有一句話，提供了全文線索，也構成整個的第一段。這就是一般人所說的：「惜墨如金」。文筆實在簡潔得可以了。

什麼地方看到父親背影？送別！因爲「別」，所以才有「送別」。因此「別」的原由不能不說。本文二、三兩段就是了。第二段寫作者從北京到了徐州，會着父親一起奔喪回家；第三段寫辦完喪事，二人同去南京。兩段一共只有一百多字，因爲這只是「過門」，不是「正文」。在短短百來字中，作者一面具體描寫出「滿院狼藉的東西」；一面抽象說明「家中光景很是慘淡」。兩者交織在一起，與全文淒涼的背景融和了。在故事進程和情緒發展上，兩段都是不可缺少的一筆。

送別是本文重點，作者安排在四、五、六，三段。第四段先寫父親因事忙，本說不去送作者，但最後仍放心不下，決定自己去送。本說不送，這因爲事實上不需要；結果還是去送了，這就更顯出父親的愛心來。第五段寫兩人過江進站上車的情形。一路上，父親替作者照看行李，講價錢，揀坐位，還再三叮囑。直把一個二十歲的大人看作不懂事的小孩！事實上，這小孩已經覺得父親講話「不漂亮」，心中暗笑着他的「迂」了。這又說明了一個道理：父母對子女的愛護關注是沒有時間限制的，絕不因子女長大成人而減少。第六段寫兩次看到父親的背影而流下眼淚。這是全文的重心，文字最長，自然寫來也最詳細。尤其描寫父親爲了買橘子爬上月臺時全身的動作，就像世運會紀錄片中慢鏡頭的特寫，放映在讀者的眼前，眞是感人極了。讀者讀到這一節，也常會忍不住紅了眼圈；作者怎能不一再地流淚呢？

最後一段，也就是第七段，寫作者別後對父親的思念。讀到父親來信，不禁「又看見那肥胖的、青布棉袍、黑布馬褂的背影。」這是回應首段「我最不能忘記的是他的背影」一句。全文事實，由「祖母死了」開始，到父親「大去之期不遠」的信結束；由「父親的差使也交卸了」開始，到「那知老境卻如此頹唐」結束；由父子南下「奔喪」開始，到「都是東奔西走」結束；由「家中光景很是慘澹」開始，到「家中光景是一日不如一日」結束。濃重灰暗色調中，作者念念於「我與父親不相見已兩年餘了」，透露着「我不知何時再能與他相見」的希望。這最後一段已把全文重要的事實都照應到了。

以上把全文的線索、取材、布局、照應各方面大略地說過了。一篇抒情文，特別是描述父子之愛或母子之愛的，在初習寫作的筆下，喜歡多用主觀的表白。什麼「父母對子女的愛是多麼偉大啊！」「父母對子女的愛於絕無保留的啊！」或者：「我們不可忘記父母的恩惠啊！」等等。這當然是抒情方式之一，但是「背影」這篇文章卻很少如此。作者只把事情的實際經過，忠實地記下來，不加誇張，也不加修飾。在事實的敍述中，卻充滿着父親對兒子的愛，和兒子對父愛的感念。現在就從這些事實中舉出兩例來說一說。

在第四段裏有這麼兩句：「他給我揀定了靠車門的一張椅子；我將他給我做的紫毛大衣鋪好坐位。」如果不仔細觀察，看不出這兩句有什麼好處，但加意體會，一股深厚的天倫之愛直透上紙面。在臺灣坐慣既舒適又迅速的交通工具的人，不會想像到民國六年軍閥割據時代大陸南北交通的混亂。作者的父親給作者揀了靠車門的坐位，正是擔心路上萬一有什麼事故，上下車方便些。而且生長在亞熱帶的人，也很少知道什麼是「紫毛大衣」，紫毛又叫紫羔，是蒙古的特產。

毛根紫色，非常輕軟，是一種最高貴的毛衣。大家試想：作者父親穿的只是「布」的馬褂；「棉」的長袍，卻給兒子做了最高貴的「紫皮大衣」，這不正是做父母的偉大處嗎？而作者念念不忘椅子是「他給我揀定」的，紫皮大衣是「他給我做的」，上下兩句，兩處用「他給我」三字，讀者非但不覺其重複，反而覺得作者已用事實說明了：「人不可忘記父母的恩惠！」

在第六段中，作者又提到這件皮大衣：「他和我走到車上，將橘子一股腦兒放在我的皮大衣上。」皮大皮所潛含的意義，剛才已說過了。這裏再說說「一股腦兒」。高中國文標準教科書的注釋說：「一股腦兒，北方俗語。一總，一齊之意。」換句話說：「一股腦兒」就是「統統地」，這是字面上的意思，光知道字面意思實在太不够了。作者的父親把橘子「一股腦兒」倒在作者毛大衣上，顯示了一個事實：父親不避辛苦，上下月臺去買橘子，絕不是爲「自己也吃一個」，而完完全全爲了兒子。這個事實，又告訴讀者一個眞理：父親給兒子的愛是完完整整，毫無保留的！

文字本身是沒有顏色的，但是讀「背影」這篇文章的人，都覺得全文淹沒在一種灰暗的色調中，前面已大略提過了。現在我們試再把全文有關顏色的字統計一下，便爲會發現「黑色」出現最多，共有三次，其次是「青色」兩次，「紫」「朱紅」各一次。黑和青，都是「冷色」，這與全篇文章「奔喪」「失業」「慘澹」「別離」的氣氛很調和。紫和朱紅呢，卻是「暖色」。「紫」代表什麼，讀了上一段分析，我們可以很快回答：「父愛的溫暖！」至於「朱紅的橘子」又是什麼含意？便須另行體味了。懂得揀橘子的人都曉得：一個橘子如果皮帶青色，可能有些酸；如果皮色枯黃，可能是「橘脚」，從樹上自行落在地上的，也不好吃。最好的橘子是朱紅的！作者父親抱着全是「朱紅色」的橘子，表示出它們曾經過一番細心的選擇。畫家畫冬景，總喜歡在霜枝點上幾個花蕾和芽頭，因爲它們代表着「生機」。作者在一片黑色青色的背景中塗上了這麼一點點的紫紅，在死亡失業的慘淡中，透露着天倫的溫暖和父愛的光輝！如果沒有這些，那麼「背影」豈不成了頹廢主義的作品了嗎？

「背影」中有幾句父親的話：第二段裏有：「事已如此，不必難過，好在天無絕人之路！」第四段裏有：「不要緊，他們去不好！」第六段有：「我買幾個橘子去，你就在此地，不要走動。」「我走了；到那邊來信！」「進去吧，裏面沒人。」這些話，看來都平淡極了，初學寫作的人可能不屑一寫呢！倒是第五段有：「他囑我路上小心，夜裏要警醒些，不要受涼。又囑託茶房好好照應我。」這才是一般人樂意把原話詳細記載下來的，好顯出父親的關懷來，但作者卻不曾把它記下來。作者不願故意去強調父愛；在事實的敍述中，父愛自然會被體會出來。只有那些最平淡的話，才是最妥貼的話。試想：身丁母憂，同時又失了業，自己豈不比兒子更難過？但是，爲了安慰兒子，作父親的嚥下淚水，偏說：「不必難過，好在天無絕人之路！」這是何等胸懷！再看「買橘子」一番話。要是來送行的是朋友，會說：「喂，口乾吧，我給你買幾個橘子去，怎麼樣？」要是長輩，會說：「我替你看行李，你去買幾個橘子吧！」這樣說，被送行的人就可以推辭了。但是作父親的，卻說：「我買幾個橘子去，你就在此，不要走動。」用肯定命令的口氣，使作者既不能推辭，也不能自己去。這是何等眞摯！（本段所言，容紹昇先生背影的欣賞一文中也曾提到。）

在開頭，曾說到「背影」是一篇抒情文，可是「背影」的內容，卻是一連串的事實。似乎又像是記敍文。抒情文以抒發情感爲主，但情感是件抽象的東西，不能單獨地把它表現出來。所以必須寄托在一樁事實裏，或一種意思裏，才能完成它的作用。前者叫「托事的抒情文」；後者叫「托意的抒情文」。「背影」性質屬於前者。現在把它記敍事實的方法，簡單說明一下。試以第六段爲例：「他戴着黑布小帽，穿着黑布大馬褂，深青布棉袍。」這是靜態的描寫；「他用兩手攀着上面，兩脚再向上縮，他肥胖的身子向左微傾。」這是動態的敍述。「我的淚很快地流下來了。我趕緊拭乾了淚，怕他看見，也怕別人看見。」這是寫己；「他已抱了朱紅的橘子望回走了。」這是寫人。作者將事實的靜態、動態，以及人我的行爲，互相穿插，很富錯綜變化。讀者試依上面的示例，自己再把「背影」第六段全文加以分析，便更能看出記敍事實的法則了。

「背影」這篇文章中，作者並不諱言父親的一些小缺點：例如「滿院狼藉的東西」；例如失業後「回家變賣典質，還了虧空」；以及「家庭瑣屑，便往往觸他之怒」。因爲「人」不是「神」；作者在記敍一件事實，不是在述說一個神話。正因爲作者並不諱言父親的小缺點，讀者讀起來才有更濃厚的親切感，覺得就像自己的父親，一個慈愛但也不免有些小缺點的平凡的老人。

要是一個作兒子的，因爲自己父親有些小缺點，而失去敬愛父親的心；那是不能想像的事，也是絕不可能的事。曾經有人批評「背影」中的父親是一位不足爲模範的父親，這種評判固然也是一種研討，但是也顯示出對「背影」這篇文章缺乏眞正的理解。不過，「背影」也並不就是毫無缺點。朱自清先生寫這篇文章時，還在民國初年，白話方行未久，如依朱先生後來自定的「上口不上口」的標準，很有些句子值得推敲。例如首句「我與父親不相見已兩年餘了」，就遠不如「我和父親分別已兩年多了」上口。在剪裁方面，雖已簡潔得可以了。但是「到南京時，有朋友約去遊逛，句留了一日。」似乎也不如「在南京句留了一日」來得妥當。正如中國語文十卷一期汪仲毅先生所評：「熱喪在身，有何心情去遊逛？」而且「朋友約去遊逛」與「背影」沒有因果關係，並不是非說不可的，自以删去爲妥。有人以爲「背影」「通體乾淨，沒有一句多餘的話，也沒有一個多餘的字眼。」我想似乎說得過份些。閱讀一篇文章，一味讚美和一味挑剔都不是正確態度。好就說它好，如果有缺點，也必須看出它的缺點在那裏，這才是正確的欣賞態度。也只有這樣，在自己習作的時候，才能收到效益。

附錄

背影

朱自清

我與父親不相見已二年餘了，我最不能忘記的是他的背影。

那年冬天，祖母死了，父親的差使也交卸了，正是禍不單行的日子。我從北京到徐州，打算跟着父親奔喪回家。到徐州見着父親，看見滿院狼藉的東西，又想起祖母，不禁簌簌地流下眼淚。父親說：「事已如此，不必難過，好在天無絕人之路！」

回家變賣典質，父親還了虧空；又借錢辦了喪事。這些日子，家中光景很是慘澹，一半為了喪事，一半為了父親賦閒。喪事完畢，父親要到南京謀事，我也要回北京念書，我們便同行。

到南京，有朋友約去遊逛，勾留了一日；第二日上午便須渡江到浦口，下午上車北去。父親因事忙，本已說定不送我，叫旅館裏一個熟識茶房陪我同去。他再三囑咐茶房，甚是仔細。但是他終於不放心，怕茶房不妥帖，頗躊躇了一會。其實我那年已二十歲，北京已來往過兩三次，是沒有甚麼要緊的了，他躊躇了一會，終於決定還是自己送我去。我兩三回勸他不必去，他只說：「不要緊，他們去不好！」

我們過了江，進了車站。我買票，他忙著照看行李。行李太多了，得向脚夫行些小費，才可過去，他便又忙着和他們講價錢。我那時眞是聰明過分，總覺得他們說話不大漂亮，非自己插嘴不可；但他終於講定了價錢，就送我上車。他給我揀定了靠車門的一張椅子；我將他給我做的紫毛大衣鋪好坐位。他囑我路上小心，夜裏要警醒些，不要受涼；又囑託茶房好好照應我。我心裏暗笑他的迂：他們只認得錢，託他們眞是白託！而且我這樣大年紀的人，難道還不能料理自已麼？唉，我現在想想，那時眞是太聰明了！

我說道：「爸爸，你走吧。」他望車外看了看，說：「我買幾個橘子去，你就在此地，不要走動。」我看那邊月臺的柵欄有幾個賣東西的等着顧客。走到那邊月臺，須穿過鐵道，須跳下去又爬上去。父親是一個胖子，走過去自然要費事些。我本來要去的，他不肯，只好讓他去。我看見他戴着黑布小帽，穿着黑布大馬褂、深青布棉袍，蹣跚地走到鐵道邊，慢慢探身下去，尙不大難。可是他穿過鐵道，要爬上那邊月臺，就不容易了。他用兩手攀着上面，兩脚再向上縮；他肥胖的身子向左微傾，顯出努力的樣子。這時我看見他的背影，我的眼淚很快地流下來了。我趕緊拭乾了淚，怕他看見，也怕別人看見。我再向外看時，他已抱了朱紅的橘子望回走了。過鐵道時，他先將橘子散放在地上，自己慢慢爬下，再抱起橘子走。到這邊時，我趕緊去攙他。他和我走到車上，將橘子一股腦兒放在我的皮大衣上。於是撲撲衣上的泥土，心裏很輕鬆似的。過一會說：「我走了；到那邊來信！」我望着他走出去。他走了幾步，回頭看見我，說：「進去吧，裏邊沒人。」等他的背影混入來來往往的人裏，再找不着了，我便進來坐下。我的眼淚又來了。

近幾年來，父親和我都是東奔西走，家中光景是一日不如一日。他少年出外謀生，獨力支持，做了許多大事。那知老境卻如此頹唐！他觸目傷懷，自然情不能自已。情鬱於中，自然要發之於外；家庭瑣屑，便往往觸他之怒。他待我漸漸不同往日。但最近兩年的不見，他終於忘卻我的不好，只是惦記着我，惦記着我的兒子。我北來後，他寫了一信給我，信中說道：「我身體平安，惟膀子疼痛利害，舉箸提筆，諸多不便，大約大去之期不遠矣。」我讀到此處，在晶瑩的淚光中，又看見那肥胖的、青布棉袍、黑布馬褂的背影。唉！我不知何時再能與他相見！

「可愛的詩境」的欣賞

這是一篇描寫景物的文字。

在一座有「池」、有「橋」、有「樓」的「後園」，本文的主人公：「我和她」——也許是熱戀的情侶，也許是新婚的夫婦，享受過一個旖旎美妙的秋天。作者把這對「我和她」的感受描寫出來，於是就成了這一幅「可愛的詩境」。

全文分六段：首段只有四字：「多謝西風！」把秋天最大特色點了出來。次段接着總敘秋天後園的美景。三、四、五段，分別描寫在池邊、斷橋以及登樓時看到的、聞到的、聽到的和體會到的情景。末段將人物融入美景中，很有點「物我俱忘」的意味。在文章結構上，可以說是「起、承、開、合」的一種老方式。

對於事物的敍述，文學不同於科學。譬如：「太陽從東方升起」，便是一句文學的語言。事實上，太陽何曾從地球東邊升起呢？只是地球不停地自轉，使我們又朝向太陽罷了。文學家不管這些事實，他只須把自己感覺到的用語言文字再現出來就成了。換句話說：科學要求對客體的事物作正確的記錄，文學卻是心靈的感受訴諸語言文字。了解這個分別，可以幫助我們對文學作品的欣賞。以「可愛的詩境」來說；幾乎全由「感覺的印象」着筆。以第二段爲例：「花的芬芳」，是嗅覺的印象：「水的澄清」，是視覺的印象；「秋蟲的歌唱」，是聽覺的印象；「天的莊嚴與純潔」，是綜合感受的印象。其他如「徘徊池邊」，「小立斷橋」，「慢步登樓」，何一不是作者的所聞所見所想像？何一不是作者心靈的感受呢？作者一會兒要我們從鏡也似的秋池中去欣賞那嫣然一笑的朱顏；一會兒又要我們去諦聽翠鳥的嚶然，鶯兒的歌唱；更讓我們由那望不斷的天邊，去想像蝶兒的飛舞，燕子的裁衣。於是我們也似置身園中，直覺得五光十色，紛至沓來，令人目不暇接，耳不暇應，隨着作者的彩筆，而馳騁我們的神思了。

文學既然是心靈感受的再現，因此，不能不講究「物境」和「心境」的調和。「霪雨霏霏」，每使人「感極而悲」；「春和景明」，卻讓人「其喜洋洋」；范仲淹的「岳陽樓記」便清楚地說明了這個道理。所以，文學家對於外物，必定需要作一番選擇。馬致遠的「天淨沙」，從「物境」中，選擇了「枯藤」「老樹」「昏鴉」「小橋」「流水」「平沙」「古道」「西風」「瘦馬」「夕陽西下」，於是烘托出「斷腸人在天涯」的「心境」，便是一個衆所熟知的例子。就本文來說：作者爲了使「物境」與「心境」融合，於是捨棄了「桐葉的飄零與黃花的憔悴」，而選擇了桂花開放，白鵝戲水，魚兒羞躲，翠鳥嚶鳴，彩霞映池，新月驚鴉，青藤撐腰，黃橙添色，等等意象，這些詩情畫意的「物境」，正好烘托出那對「畫中的詩人，詩中的畫家」的「心境」。並且引發讀者美的聯想。有時候，甚至同一件事物，也會因作者心境的不同，而呈現不同的面目。「秋蟲的哀鳴」與「秋蟲的歌唱」，所指的事實，豈不是完全相同的嗎？可是情感上的暗示卻不一樣了。我們試將「綠衣仙女似的翠鳥兒，嚶然一聲，彷彿報道晨粧纔了；白鷺有時飛到堤邊，靜悄悄的站着，恰似一個披簑衣的釣叟。」改成：「窮凶極惡的魚狗，（按：翠鳥一名魚狗。）嚇然一聲，撲向水面的游魚；鷺鷥有時飛到堤邊，鬼鬼祟祟地，恰似一個伺機偷襲的奸細。」這樣，美的聯想不是破壞無遺了？其實，二者所指的事實又有什麼不同呢？只是作者的心靈，賦之以不同的色彩罷了。這些方面，文學又不同於科學。文學所描寫的對象，是經過文學家主觀選擇，並經注入了文學家自己的情感和生命的客觀世界。文學家們把這種主觀觀照下的客觀世界再現在作品中，希望作品的情感會煽動讀者的情感，作品的生命會影響讀者的生命。科學的敍述卻是應該儘量避免主觀的取捨以及情感的暗示的。基於這種道理，甚至一些最引起人們悲秋的景色，如「西風」「殘荷」之類，本文作者也儘可能地作一番歌頌禮讚，感謝它把「後園的桂花一齊吹放」，歌頌它「彷彿是黃花片片，莫不是荷花又重開了？」至於秋葉歸雁，自然也會使作者興起「春草夏雲」之思了。本文的取材和主題，不難由這些地方窺見。

在文句方面，作者使用了許多美麗的詞藻。例如用「嫣然」去形容「一笑」；用「嚶然」去形容「一聲」；這些都是文言裏的副詞，很是典雅。又如用「綠衣仙女似的」形容「翠鳥兒」；用「燦爛」去形容「流霞」；用「團圞」去形容「明月」；用「並蒂」去形容「山花」，這些形容詞也都是很美麗的。

作者更特別講求修辭。「魚兒羞躲了」，「垂楊倦了」，這是「擬人」的修辭法；「白鷺有時飛到堤邊，靜悄悄的站着，恰似一個披簑衣的釣叟。」這是「譬喻」的修辭法；「莫不是荷花又重開了？哪裏是秋天？」這是「設問」的修辭法；「樹葉青青，有如春草之爭妍；雁兒陣陣，有如夏雲之飛翔。」在句法上是「對偶」；「畫中的詩人，詩中的畫家。」在句法上是「回文」；「變成了燦爛的流霞，變成了團圞的明月，變成了並蒂的山花。」在句法上是「排比」。這些修辭法使文章更加美化。

但是，本文也並不是沒有缺點的。試舉例說明於下：

第一個缺點是欠缺眞實感。本文在體裁上是記敍文，記敍文的要素是：人物、時間、地點。因爲本文並不是寫實的，憑空構想中，人、時、地三方面都交代不清楚。在「人」方面：「我把秋波當作鏡子，照見了她嫣然一笑的朱顏。」「我與她，變成了畫中的詩人，詩中的畫家。」可見出現在這「詩境」中的有兩個人，那麼，「徘徊池邊」「小立斷橋」「慢步登樓」的，應是複數的「我們」，不應是單數的「我」。在「時」方面：作者說：「癡等新月的東昇，驚醒了棲鴉之夢。」我們知道「新月」就是初三初四的蛾眉月，王涯詩：「唯看新月吐蛾眉。」便是很好的說明。大約在上午九、十點就出來了，當夕陽西下，它老早已過中天，所以釋聰聞復和參寥子說：「一鈎新月掛黃昏。」怎用得着在「黯淡的黃昏」去「癡等」？再說，近人而居，原非至靜，比「新月東昇」更可「驚」的事多着呢！又怎能驚醒得了「棲鴉之夢」呢？原來這幾句話是從王維詩「月出驚山鳥」變化而來，作者在意念上增一「新」字，刪一「山」字，就弄出問題了！在「地」方面：作者說：「多謝西風，他把後園的桂花一齊吹放了。……這裏只有花的芬芳，水的澄清……。」接着說到「徘徊池邊」「小立斷橋」，都不出「水的澄清」的範圍。那麼，「池」「橋」似乎就在「後園」「這裏」。可是在「斷橋」「小立」時，聞到的卻是「桂花在隔院送香」。這就使人弄不清「斷橋」到底在哪裏！敢情不在「後院」，卻是杭州西湖的斷橋？

第二個缺點是文筆過於濃艷。上面說過：本文用了許多美麗的詞藻，並且非常講究修辭。刻意描寫的結果，使文章顯得過份絢爛。如果我們把全文所用的「顏色詞」從頭至尾檢查一遍，更可證明這點。撇開「黃葉」不算，計有「朱顏」「白鵝」「紅掌」「青天」「綠衣」「白鷺」「彩霞」「紅光」「黯淡」「黃橙」「青藤」「樹葉青青」「蒼煙」，紅黃青綠黑白，顏色全用上了。我想，沒有一個畫家會在同一畫面塗上這麼多種的顏色！如果塗上，一定怪刺眼的。可是一篇六百字左右的短文，竟用上如此多的顏色詞，怎不叫人感到色彩濃艷得化不開呢？

作者易家鉞先生在文言方面有很高的造詣，古詩、律詩尤其寫得好，以餘力寫白話文，卻未達「爐火純青」的境界，不過更必須一提的是：這篇文章的優點是初學寫作的人最容易吸收的，它的缺點也是初學寫作的人最容易發生的。閱讀一篇文章，要想使它對自己寫作有益，必須發現它的好處而學習它，認清它的缺點而避免它。

附　錄

可愛的詩境

易家鉞

多謝西風！

他把後園的桂花一齊吹放了。桐葉的飄零與黃花的憔悴，是詩人的形容詞。這裏只有花的芬芳，水的澄清，天的莊嚴與純潔，以及一切秋蟲的歌唱。

我曾徘徊池邊：我把秋波當做鏡子，照見了她嫣然一笑的朱顏，比甚麼花還美麗。那池中的游魚，兩兩三三，交頭接耳的過去了；戲水的白鵝，清影在波中浮耀，紅掌兒翻向青天，年輕的魚兒羞躲了；綠衣仙女似的翠鳥兒，嚶然一聲，彷彿報道晨粧纔了；白鷺有時飛到堤邊，靜悄悄的站着，恰似一個披簑衣的釣叟。

我曾小立斷橋：天末彩霞，倒影池塘之中，一片紅光似火。我小立橋端，銷磨了幾度黯淡的黃昏，癡等新月的東昇，驚醒了棲鴉之夢。垂楊倦了，桂花在隔院送香，黃橙添蓋了顏色，青藤橫撐了纖腰，天上的星兒搖搖欲墜。

我曾慢步登樓：郭外的山光，郊外的村莊，遍野的牛羊，淺水湖中尙有殘荷點點。不是殘荷，彷彿是落花片片；莫不是荷花又重開了？哪裏是秋天？樹葉靑靑，如有春草之爭姸；雁兒陣陣，有如夏雲之飛翔。蒼煙渺渺和着輕雲裊裊，是誰在那兒噓氣如蘭？望不斷的天邊，也許有蝶兒成雙的飛舞，也許有鶯兒的歌唱，燕子裁衣。

在這些可愛的詩境中，平鋪了一幅絕妙的圖畫。我與她，變成了畫中的詩人，詩中的畫家，變成了燦爛的流霞，變成了團圞的明月，變成了並蒂的山花。

「江濱狂想曲」的欣賞

「江濱狂想曲」是一篇抒情文，原文收在「仰風樓文集」裏，作者爲楊家駱先生。

在「背影」的欣賞中，筆者曾談到抒情文有二種抒情方式：一種是「托事的」，像「背影」；另一種是「托意的」，當時沒有舉例說明。現在所談的「江濱狂想曲」便是。在本文作者楊家駱先生的意念中，整理我國豐富的文化遺產，從中吸取智慧與經驗，以爲國家民族乃至個人發展的方向，實爲生命意義的所在。用什麼方法去整理呢？第一、先把中國古今學術名著整理出版；第二、從這些名著中，提出足以涵括各知識的辭語，編著中華大辭典；第三、綜合這些辭語，依照知識的類別，時代的演進，有系統地組織起來，完成中國學典。這個意念，作者當然也可以用議論文的方式，向讀者提出。但是那麼一來，似乎太嚴肅些，好像在向讀者說教。所以作者改用抒情文的方式，讓那排山倒海般的情感的浪潮，把這崇偉神聖的意念高高舉起，向著讀者的心靈作猛烈的衝擊，以期引起振撼天地的共鳴。這是本文主題所在。

表現這個主題，本文通體只有一條線索：狂想！說得明白些：作者在江濱借重黃帝來發自己的狂想！

會見黃帝的地點是有書爲證的，蜀中廣記原有黃帝在縉雲山合藥的神話，縉雲山顯然是一個適當的地方。於是作者由嘉陵江說起（第一段），把讀者帶到縉雲山的童話世界（第二段）。在那兒，作者引導讀者神遊故國（第三段），聽到了許多聖哲互道寒喧（第四段），也見到了渴想見到的黃帝（第五段）。在這位老祖宗口中，我們知道了天地形成的過程（六、七、八、九段），生物發展的歷史（第十段），以及作者心目中生命的意義（第十一段：自「老祖宗啊」起，至「理想的實現」止）。等到夢覺（第十二段），「狂想曲」奏完了最後一個低沉的音符，本文也就結束了。剩下的，正是那縈繞讀者胸臆的餘音。

所以本文的布局，完全以「狂想」這條線索的發展爲依據的。配合這種意念發展過程，作者捨棄了客觀敍述的方法，而帶著讀者身歷幻境，觀賞那美麗的奇景，傾聽那智慧的言語。「羅馬世運會」這部電影，想來讀者也許看過，片子一開始，銀幕上表現了意大利半島秀麗的山河，鏡頭掠過起伏的山岡，錦繡似的田野，對準了羅馬的古蹟：聖彼得大寺、法第坎宮殿和苛爾色亞姆戲院的遺跡，一一呈現在觀衆眼前，鏡頭終於落在世運會場，由遠鏡頭變爲近鏡頭，整個運動場便逐漸擴展其畫面，而驚心動魄的競技也於是展開。同樣地，本文作者應用這種電影手法，讓讀者先從秦嶺瞭望嘉陵谷，欣賞那一片蒼翠的松海；接著鏡頭由蟠曲的松根，轉移到它所浸潤著的淙淙細流，畫面隨著這一曲澄泓，浩浩蕩蕩，終於停留在嘉陵江三峽。於是，鏡頭對準凹入的臺地，向著「鐵瓦石柱碧琉璃」的宮殿推近。一闋金鼓交鳴的「狂想曲」就這樣奏出其序曲。

談到這裏，筆者必須說明，什麼叫做「狂想曲」？所謂狂想曲（Rhapsody），是發源於希臘的一種樂曲，特色是自由奔放，不拘形式。本文作者馳騁其豐富的想像，內容極盡變幻之能事。我們試看：作者神遊故殿，明明聽見老聃、孔子等在道寒暄；可是當作者急急跨進殿門時，卻又闃無一人，祇見四壁遮滿了書架。這是何等離奇！作者曾在書架中抽出一本「中國學典」翻閱，一頁頁都是空白的；但當說到「大千世界中人類舞臺建築史」時，卻看見白紙上印着紅餅，烈燄烘烘，離紙而去。這是何等莫測！作者傾聽黃帝的講話，突然發覺自己站在渺無邊際的空中，星斗滿布於其上下四方；而在黃帝講完太陽系的形成，四顧自己立足地，仍在那殿中。這又是何等神秘！這種與造物者共遊，上窮碧落下黃泉的文筆，豈只是「縱橫十萬里，上下五千年」而已！名之爲「狂想曲」實在最妥貼不過了。

僅僅知道內容的離奇、莫測與神秘，對本文來說，只是初步的膚淺的了解。我們必須發掘它象徵的意義，才算對本文有了進一步的領會。從聽到聖哲的談論而變成滿架的圖書，這個故事的含意是很明顯的；誰都能了解一本本中國學術名著，代表著一位位先哲們的智慧與經驗。空白的中國學典，正象徵著此書的尙未完成；而紙上印蓋紅餅等等，暗示這部巨著內容的一斑。置身星斗之間，告訴我們在計劃一件事的時候，必須高瞻遠矚，保持客觀；而最後又站在殿中，正喻在實行之時，卻要回到地面，腳踏實地地去做！離騷上天下地入水登山極其浪漫之能事，代表著一個苦悶靈魂的追求與幻滅。莊子以「謬悠之說，荒唐之言，無端崖之辭，時恣肆而不儻。」也正充分說明了此一代哲人能「獨與天地精神往來」。本文想像的豐富，象徵的美麗，實與離騷、莊子有異曲同工之妙。

上面說過：狂想曲的特色是「自由奔放」、「不拘形式」，但這並不等於「雜亂無章」、「沒有形式」。我們曾把本文的線索、分段和布局簡單分析過；又將本文變幻的內容及其象徵的意義作一番粗略的探討。發現了全文結構經過一番細心安排，是根據「狂想」意念發展爲線索的。而其每個羅曼蒂克的狂想，都含有嚴肅的意義。借用林語堂先生的話：這是「碧姬芭杜的頭髮」，「似散亂而實整齊；似隨便偶然，而實經過千般計慮，百般思量剪裁而成的，貌似蓬髮，而實至頤而不可紊。——這就像一篇文章。」「散亂」和「整齊」是對立的，因此如何使蓬髮經過「千般計慮」，而能不露一絲人工痕跡，保持其「隨便偶然」，就需要一流的手藝了。「自由奔放」和「細心安排」，「浪漫」和「嚴肅」也是對立的，如何使文章經細心安排，而不失自由奔放？如何把嚴肅的意義，隱藏在浪漫故事之中？這也需要一流的文學天才。對此，本文提供了一個很好的示例。

關於本文的體材、主題、線索、分段、布局的手法，內容的變幻及其象徵的意義，與謀章成篇的特色，以上各段大致上都談到了。以下，筆者打算就本文的文筆與詞藻方面再談一談。

在文筆方面，本文的特色是氣勢雄偉，行文親切；這與本文作者的性格很有關係。因爲作者自己就是一位有眼光、有魄力、親切熱誠的學者；因此文如其人，在作者筆下，滿天星斗會在他上下四週動盪分裂不息；偌大的地球，也成爲一個流著些鎔岩的石球；而壁立千仞的岩岸，變成一道圍牆；巨松柏在這道圍牆上，便只有「爬滿」的份兒了。而且，作者筆觸所及，一切無生命的事物，也都栩栩地充滿活力；那些細流成爲嘉陵江的「發祥地」，江水浩蕩，「衝破了」迎面的巨壁，能把山脈「切斷」了。江濤拍岸之聲，既與松籟泉鳴交奏無盡之「歌」；紅桃的倒影，便也與碧流白石飄然起「舞」；而臺地的南北兩端，更伸出巨臂，和東岸的岸壁「相抱」了。修辭學上有所謂「鋪張格」「擬人格」的修辭法，作者運用得可算出神入化。

在詞藻方面，本文作者，因爲自少誦讀古籍，對中國古典文學，有著很深的修養，所以用字非常典雅。尤其開頭幾段，描寫嘉陵江與縉雲山的景色，很明顯的曾受水經注等山水文學名著的影響，如果把這幾段單獨提出，也是一篇難得的寫景的好文章。像「蟠根錯節」「一曲澄泓」「一蹴可幾」「一致百慮」「殊途同歸」都是屬於文言的詞彙，很是典雅。而用「碧琉璃一樣的」去形容「嘉陵江水」，用「壁立千仞」去形容「懸崖」，用「嶙峋」去形容「白石」，用「綠瓦紅牆雕樑畫棟」去形容「宮殿」，用「綠茵芊綿」去形容「草坪」，使本文於典雅之外，更增幾分富麗的氣氛。

記得論語子路篇記載著孔子的話：「不得中行而與之，必也狂狷乎！狂者進取，狷者有所不為也。」本文題為「江濱狂想曲」，把中間的「狂」字解釋為「進取」，倒是十分合適。因為作者楊家駱先生，自從十六歲時就發心從事整理國故，至今已四十多年，其間由人事的、物質的環境交織而成的困難，眞像「迎面而來的巨壁」，要是沒有一份「狂者進取」的豪情，那能「浩浩蕩蕩地衝破了」它，把它「切斷」！使人不解的是，進取如是的作者，為什麼在本文之末，偏偏要說：「仰看雲暗日沈，於是悵惘而歸。」呢？筆者為此特地去向本文作者請教，據答：「江濱狂想曲」係作於抗戰期間的重慶，當時作者把積稿兩百多箱，從南京運到四川，可是由於資料缺乏，以及轟炸的關係，工作的進度不免受到影響。因此作者心情的沈重是可以想見的。直到今天，中國學術名著出了八百册，二萬二千六百零八卷，與「十萬册」的目標尙有距離。已經寫成的二億言的中華大辭典方由中日兩國合作，利用照相排版機排印中，預計再有十年可以全部印出。而中國學典部份，已出版的有四庫全書學典等，全書什麼時候完成，還不能預計。讀者們讀了「江濱狂想曲」之後，面對著這深具嚴肅意義的國故整理出版工作，胸臆之間總不免有一股豪氣在鼓盪著罷。但願能各獻所長，協助這個有歷史價值的艱巨事業，順利完成。到那時，本文的作者，定然會：「仰看萬道朝霞，於是欣然而歸。」吧！

附錄

江濱狂想曲

楊家駱

從秦嶺瞭望嘉陵谷，祇見一片蒼翠的松海，其下蟠根錯節，往往浸潤於淙淙細流之中。這些細流所在，就是嘉陵江的發祥地。一曲澄泓，經過陝西省鳳縣，西南流至甘肅省徽縣，復折入陝西省略陽縣北，又西南流入四川省昭化縣，至合江縣東北，與渠江滙合，浩浩蕩蕩地衝破了迎面的巨壁，把縉雲山脈切斷，形成嘉陵江三峽。

像碧琉璃一樣的嘉陵江水，夾流在壁立千仞的懸崖之下，江上的谷風和水底的石牙，鼓盪起洶湧的波濤。其拍岸之聲，與山嶺的松籟，潛鳴的溫泉，交奏著無盡之歌。夾岸紅桃的倒影，襯在碧流下的嶙峋白石之上，而飄搖不定地舞著。西岸中部因岸石塌入江中，成爲凹入數十畝大的臺地，其南北兩端與東岸的岸壁相抱，於是構成這童話世界的圍牆。圍牆上爬滿了蒼翠的松柏和叢竹，有如一黛色天鵝絨的帳幕。奇花異卉，像圖案一樣地鋪滿於這臺地上，而圍繞於綠瓦紅牆雕樑畫棟的宮殿之側。走在筆柏夾立的通道中，或躺在綠茵芊綿的草坪上，仰看湛藍無際的天空，飄著幾朶浮雲，斜陽的紅光射在其白色的邊緣，成爲金黃的鑲條，絢爛奪目，勾出我無窮的狂想。

首先我從記憶中喚出了蜀中廣記引圖經「相傳黃帝於此（縉雲山）合藥」的神話，繼而默誦著陶宏景水仙賦：「增城瑤館，縉雲瓊闕，黃帝可以觴百神也」幾句。於是想著，黃帝既然在此觴百神，大概他的長生不死藥是鍊成了，但是稱為黃帝子孫的我們，為什麼不能一見這位銀鬚過膝的老祖父呢？這樣令我陶醉的景物和狂想，成為我的催眠曲，在夢中整個世界都是這樣美麗的樂園，而我所愛慕的古聖先哲，都長住於這樂園之中。

夢中我第一個要尋覓的人，就是那位老祖父——黃帝。我將要求他將那冗長的歷史，就他所聽到的傳說，和親眼看到的事實，以故事的方式講給我聽。無意中走到那所以「鐵瓦石柱碧琉璃」著稱的宮殿門前，只見殿內擠滿了古裝道貌的老者，我明明聽到他們在道寒暄，問姓名，於是知道這些人中，有老聃、孔丘、墨翟、孟軻、楊朱、惠施、公孫龍、莊周、荀況、韓非、劉安、董仲舒、賈誼、司馬遷、楊雄、劉向、王充、班固、鄭玄、顏之推、韓愈、李翱、周敦頤、邵雍、張載、程顥、程頤、朱熹、陸九淵、王守仁、顧炎武、黃宗羲、王夫之、顏元、戴震、康有為、譚嗣同、孫文、廖平、章炳麟、梁啓超，還有許多許多，未曾聽清楚他們的姓名。

這些正是我日夜思慕的聖哲，但待我急急跨進殿門時，卻又闃無一人，祇見四壁遮滿了書架。架上的書，都是洋裝巨册，書脊上一一燙印著大大的金字，總名之下，還有册數和各册的標題，總名稱為「中國學術名著」的有一萬册，稱為「中國學典」的有一千册。我目瞪口呆了一陣，不禁自言自語：「這些正是我要從事的，是誰先我完成？」正想抽取一册來看時，一位鶴髮童顏銀鬢拖地的老者出現於我的身旁，我不知怎樣會知道他就是我渴想一見的黃帝。

於是我對他施禮，申述我的請求。他掀髯笑允，順手抽出了「中國學典」第一册，遞到我的手上，這一册小標題爲「序論一——大千世界中人類舞臺建築史」。我急急翻閱其第一頁，原來是一字不著的白紙，第二頁、第三頁……仍然如此。正將發問，忽然覺得我和他都是站在一個渺無邊際下不見地的空中。一刹那間星斗滿布於我的頂端脚底和身邊，以至目力所及的遠處，動盪分裂不息，而終成規律的進行。他指點著而且講解著：

「在悠久而無起止的時間發展，和廣大而無邊際的空間容積所構成的空架上，我們觀測所可及的若干億片光雲，誰也無法說出它是何時開始存在。衆光雲之一——銀河，含有若干億恆星。諸恆星之一——太陽，是一顆旋轉極速的熔質所構成，當其最初旋轉時，抛出許多零星的碎片，這便是它所產生而又環繞它以回轉的九顆行星（此外尚有衞星、小星、流彗等各若干）。當其行星之一抛出而未凝固前，又因旋轉太快裂爲二片，大的一片即地球的本體，小的一片又成爲月球。地球的本體至少在五十億年以前就已繞着太陽而旋轉了。」

我聽到此處，四顧自己的立足地，仍然在那殿中，未離一步。但那册書已翻到一千零一頁，這頁白紙上只印了一團隨緣不甚整齊的紅餅，正凝神去看時，只見這一團紅色離紙而去，成一燃燒着鎔液而不甚規則的球體，烈焰烘烘，蒸騰着其周圍的濕氣。在其將不住的變化時，黃帝在旁繼續地說：

「其後地球的熱力日漸收縮，旋轉亦不似當年那樣快，所燃燒的物質——一種鎔岩，在外層的因而構成今日地球的硬殼。這固體的地殼內，則仍然爲白熱的岩漿。因地殼屢次滑動的關係，地形也有時會改變。其周遭的濕氣逐漸下降，滙流在地形低窪處爲江、湖、海、洋，這些流水與其蒸發而下降的雨雪，因沖刷和冰川的關係，又些微地改變了地形。」

這時我們已換閱其次册了，標題爲「序論二——人類未出演於其舞臺時，其序幕布景之層次」。「當其未布景前」，黃帝指着由一頁書中幻現出的一個流着些鎔岩的石球說。「地殼最初凝成無生岩，沒有一片土壤，沒有一根草木，更說不上動物，只是些嵯峨怪石而已。那不毛的裸體的地球，如此寂寞地渡過它那悠久的歲月。」順次翻揭其後各頁：太古代仍無生物，先古代看到些沙蟲、紅魚同綠色的沈澱物；前古生代看到些珊瑚和三葉蟲；後古生代看到些魚、水螅和湖沼森林；中生代看到些巨大兇猛的爬蟲；近生代看到些哺乳動物和草莽及陸地森林。注視這頁末行「後新紀」，哺乳動物之一類的人猿已進步而能直立步行，增加了它兩個前爪的功能，於是會將石片打碎來應用。所以比起它的兄弟輩如大猩猩、黑猩猩之類，略爲聰明伶俐一點；但它不能抵抗嚴寒的侵襲，更不能戰勝兇猛的獸類，所以分布的進行非常遲緩，只生存在比較暖和的區域以內。接着就是原人、眞人的相繼誕生。這時黃帝忽然掩卷長嘆，說：「人類在進化中飽經挫折，這些挫折有的基於外界的原因，有的卻是人類自己製造的。屢犯屢戒，屢戒又屢犯，至今仍在挫折之中。你曾研讀國史，當能知道不少過去挫折的實例，在你有生以後，更曾親眼看到今日挫折的實例。」

「老祖宗啊！請你告訴我，我們的國家民族怎樣纔可不再挫折下去？」我迫切地追問。

「這不是一蹴可幾的，要從基本工作做起。」

「什麼是基本工作？我可以做些什麼？」

「你應與你的同道從事『中國學術名著』『中華大辭典』和『中國學典』的編著。」

「這將有助於我們國家民族的免於挫折嗎？」

「今天雖不可能，但將由此而漸達於可能。」

「因爲在這些書所結集的智識與經驗中，尤其是聖哲們對人生意義和社會理想的探討，史地學家對人類發展和社會病態的記錄，自然科學家對各種質能的發見，社會科學家、應用科學家對每一現實問題應付的政策與技術，文學家、藝術家對美的贊禮，和惡的糾舉，這些都將引起每一讀者的興趣，盤旋於其腦際而不能去。」

「人生與社會的一切，如何由惡的到美的，如何將現狀經由政策和技術而達於改善，和此中必不容忽視的可能性與過程、配合等問題，既使每一個人在考慮着，自然會漸漸從個人自由發展的思想走向一致而百慮、殊途而同歸的終點。這終點如爲每一個人所共同祈求實現的對象，那麼，自無意見相左的阻力。惟有理智的一致，纔能穩操理想的實現！」

我正待追問下去，大夢已覺，仰看雲暗日沈，於是悵惘而歸。

「失根的蘭花」的欣賞

「失根的蘭花」選自陳之藩先生的「旅美小簡」。作者由驅車費城某大學校園說起（第一段），看見校園中從中國來的花（第二段），睹物思鄉，不禁流下淚來（第三段）。作者自少離家，由陝入蜀，無論所見與故鄉一樣或不一樣，從不曾傷感過（第四段）；然而到了美國，情感突然變化，這是離開國土的影響啊（第五段）！因此作者深感故國土地之芬芳和花草的豔麗（第六段），以爲只有在祖國，天地萬物才能呈現其純樸美麗（第七段）。離鄉如萍，離國似絮（第八段），想起鄭思肖的失根的墨蘭（第九段），作者不禁呼喊：「身可辱，家可破，國不可亡。」（第十段）。把本文的主題提了出來。這是本文全篇結構的大概。

下面把這篇文章的一些長處和短處，逐段先說一說。

第一段：校園風景的描寫，很給讀者在視覺和聽覺上美的感受。古樹小樓，綠藤綠草，都够悅目賞心的；「除了鳥語，沒有聲音。」多幽靜純樸的境界啊。其實，校園裏見到的，豈只是樹樓藤草？除了鳥語，果眞沒有別的聲音？只因作者心靈集中於美的世界，於是世界也爲作者特別呈現出它美的一面。這美的一面，藉作者之筆，又再現在讀者的耳目之前。本段敗筆，在「美得像首詩，也像幅畫。」九個字，嫌俗，也嫌抽象，以刪去爲是。

第二段：「在如海的樹叢裏，閃爍着如星光的丁香。」譬喩得妙極了！海與樹叢，星光和丁香，本質上完全不同；但樹叢的廣濶和海的廣濶相似，星光的密而顯眼和丁香的密而顯眼相似。作者的神思捕捉住這一相似之點，於是把本質截然相異的事物綰結在一起，成爲絕妙的譬喩。

第三段：「我不知爲什麼，總覺得這些花不該出現在這裏。」「淚，不知爲什麼流下來。」——連用兩個「不知爲什麼」；「它們的背景應該是來今雨軒，應該是諧趣園，應該是故宮的石堦。」——連用三個「應該是」；「因爲背景變了，花的顏色也褪了，人的情感也落了。」——又叠用「變了」「褪了」「落了」三詞。這就是修辭上所謂的「重複」，在文章氣勢上造成急促的效果；在讀者心靈上留下深刻的印象。只是「落了」一詞，有點費解。

第四段：作者首先表示自少離家，從未這樣流過淚。接着說明在異鄉所見，無論同於故鄉或異於故鄉，都不曾因而想過家。於是分別舉從來沒有看過的渭河水、咸陽城，和故鄉同樣紅的楓葉，同樣老的古松來證明。最後終於得到「我，到處可以爲家。」的一段結語。作者信筆寫來，脈絡分明。這和作者邏輯的心靈，科學的修養，可能很有關係吧！「到渭水濱，那水，是我從來沒有看過的，我只感到新奇，並不感覺陌生；到咸陽城，那城，是我從來沒有看過的，我只感覺它古老，並不感覺傷感。」兩句把時空的境界推得很遠，給人的感覺是「豪邁」；「我曾在秦嶺中揀過與香山上同樣紅的楓葉；在蜀中我也曾看到與太廟中同樣老的古松。」兩句又把時間空間拉回來，給人的感覺是「細膩」。作者藉渭水的滾滾濁流，使讀者去想像那天地的蒼蒼；借咸陽的古老城牆，讓讀者去體會那日月的悠悠；用楓葉把香山和秦嶺連結在一起；用古松把蜀中和太廟合為一體。借用佛家的說法，這是用一粒沙去看大千世界！這是納須彌山於芥子之中！結構精密，意境優美。

第五段：夢見故鄉的小屋和母親的白髮，很能感人。孔子從來不勉強人「學而時習之」，他只把自己「不亦悅乎」的一點經驗感受告訴別人；本文作者也無意說忠教孝，但愛國之思，孝順之情，卻自然而然地流露出來。「不愛看與故鄉不同的東西，而又不敢看與故鄉相同的東西。」兩句，尤其能够道盡遊子的胸懷。「我這時才恍然悟到」一句，是和第三段「我不知為什麼」相呼應。

第六段：由「花搬到美國看不順眼」，與起「人到美國也不安心」，於是憶起祖國，而童年割麥的印象便成為永銘心頭的版畫了。這段意思是很好的，但作者卻未能鮮明生動地把它表現出來。「故鄉土地之芬芳，與故鄉花草之豔麗。」這種人人能說的話，為什麼捨不得拋棄？以本文作者的才氣，不應該是「第三個把花比作女人的人」啊！

第七段：本段的中心意思是：天地萬物，只有在祖國才特別顯得可愛。換句話說「月是故鄉明。」這是很抽象的理論；可是作者卻用十分具體的事例來證明。牛女故事，竹籬茅舍，耕田老牛，兒語墓廬，都是所用具體的事例。這種化抽象爲具體的方法，使讀者獲得鮮明而眞切的感受，很値得學習。不過首句「沁涼」二字，似乎從前沒有人連用過，自鑄新詞，有時使人看來怪彆扭的。

第八段：由人生如萍，推出人生如絮，這是更進一層的說法，很有想像力。

第九段：用宋末鄭思肖畫無土蘭的故事，點明題目「失根的蘭花」的旨意。故事很切合實際情境。把「無土」改成「失根」，意義上也顯得更沉痛些。

第十段：十幾年來身嘗國破的滋味，覺得「身可辱，家可破，國不可亡。」以這種感受作爲結論，本文便不同於那些專說別愁離恨的酸詩纖詞，而呈現出迥然不同的世界。

關於本文構句用字方面，有幾個問題値得討論一下：

(1)排偶的運用問題

人事和物情，有許多是天然成對的。就人身來說：除了位於正中的鼻、口、心、胃等是單的之外；其他成雙的器官，如眼、耳、手、脚、肺、腎等等，必定是左右對稱的。推至人事，又有男女、父子、兄弟、姐妹、師生、長幼、貴賤、尊卑等等相對的關係。就空間來說：天上有太陽，又有月亮；地上有高山，又有大川。再看看時間方面的變化：一天有白晝，又有黑夜；一月有圓，又有缺；一年有寒，又有暑；這種種，都是無獨有偶的。語言文字，其功用本來就是表達人事和物情，於是也不能避免有排偶的出現。

在甲骨文中，可以看到初民們已有使用排偶的習慣，那就是甲文學家所謂的「對貞」了。例如殷虛文字丙編頁一：「癸丑卜爭貞：自今至于丁子，我災宙？癸丑卜爭貞：自今至于丁子，我弗其災宙？」就是一例。又如卜辭通纂上有：「癸卯卜，今日雨。其自西來雨？其自東來雨？其自北來雨？其自南來雨？」更是排比的濫觴。至於古書上排偶的例子多極了，像詩經裏的：「就其深矣，方之舟之；就其淺矣，泳之游之。」（邶風、匏有苦葉）；書經裏的：「剛而無虐；簡而無傲。」（虞書、舜典）；禮記裏的：「選賢與能；講信修睦。」（禮運、大同）；易經裏的：「乘馬班如；泣血漣如。」（屯卦、上六爻辭）；論語裏的：「用之則行；舍之則藏。」；老子裏的：「道可道，非常道；名可名，非常名。」都是排偶的。不過甲文和古籍上的排偶句法，都出於自然，不勞經營。戰國時代，排偶句法開始有意廻避同字，孟子滕文公上：「草木暢茂，禽獸繁殖。」可算好例。這種傾向，到了漢、魏，就更爲明顯，而且更要求詞性的相稱。陸機文賦：「遵四時以歎逝；瞻萬物而思紛。悲草木於勁秋；喜柔條於芳春。心懍懍以懷霜；志眇眇而臨雲。詠世德之駿烈；誦先人之清芬。」其中除「之」「而」「以」「於」等虛字外，兩句之中，再也不用同字了。上下兩字，沒有一個字重複，而且動詞對動詞，數目對數目，名詞對名

詞，連詞對連詞，很明顯地曾經過一番彫琢。到了六朝的駢文和唐朝的律詩，上下兩句常要求平
仄相對，使吟誦時顯得音節更加鏗鏘。於是，往往一個意思，本來一句話可以講完的，卻必須分
成兩句來說，而且硬要湊成對仗的形式，不免「以文害意」，這是何苦來呢？所以，文章裏用排
偶，只要合乎語言的自然現象，是可以的；但是硬湊成工整的對仗，卻大可不必。用這個觀點去
考察本文中許多排偶的句子，如：「綠藤爬滿了一幢一幢的小樓；綠草爬滿了一片一片的坡
地。」「一片是白色的牡丹；一片是白色的雪球。」「到渭水濱，那水，是我從來沒有看過的，
我只感到新奇，並不感覺陌生；到咸陽城，那城，是我從來沒有看過的，我只感覺它古老，並不
感覺傷感。」「我曾在秦嶺中揀過與香山上同樣紅的楓葉；在蜀中我也曾看到與太廟中同樣老
的古松。」「在夜裏的夢中，……在白天的生活中。」「不愛看與故鄉不同的東西；不敢看與故
鄉相同的東西。」「花搬到美國來，我們看不順眼；人搬到美國來，也是同樣不安心。」「故鄉
土地之芬芳，與故鄉花草的豔麗。」「在沁凉如水的夏夜中，有牛郎織女的故事，才顯得星光晶
亮；在羣山萬壑中，有竹籬茅舍，才顯得詩意盎然；在晨曦的原野中，有拙重的老牛，才顯得純
樸可愛。」「是兒童的喧嘩笑語，與祖宗的靜肅墓廬……」「頭可斷，血可流，身不可辱；身可
辱，家可破，國不可亡。」我們可以發現，它們大致上都合乎自然的原則的。

(2) 文言詞句的夾用問題

朱自清先生以爲：理想的白話文，是精鍊的口語，所用的字眼與語調都必須是白話的。他說：

文字寫在紙面，原是教人看的，看是視覺方面的事情。然而一個人接觸一篇文字，實在不只是視覺方面的事情。他還要出聲或不出聲地念下去，同時聽自己出聲或不出聲地念。所以「閱」「讀」兩個字是連在一起拆不開的。現在就閱讀白話文說，讀者念與聽所依據的標準是白話，必須文字中所用的字眼與語調都是白話的，他才覺得順適調和，起一種快感。不然，好像看見一個人穿了不稱他的年齡、體態、身份的服裝一樣，雖未必就見得這個人不足取，但對於他那身服裝，至少要起不快之感。而不快之感是會減少讀者與作品的親和力的，也就是說，會減少作品的效果的。

因此，朱先生認爲在白話中夾用文言，是不很適當，足以減少效果的。他說：

白話文雖得把白話洗鍊，可是經過了洗鍊的必須仍是白話；這樣，就體例說是純粹，就效果說，可以引起讀者念與聽的時候的快感。反過來說，如果白話文裏有了非白話的（就是口頭沒有這樣說法的）成分，這就體例說是不純粹，就效果說，將引起讀者念與聽的時候的不快之感。白話文裏用入文言的字眼，實在是不很適當的足以減少效果的辦法。

可是，現在國文課裏，文言也要讀，這就有了文言的教養；既然有了文言的教養，寫起白話文來，自然而然會有文言成分從筆裏溜出來，怎樣才可以融合這些文言成分，而不妨礙白話文的純粹性呢？朱先生認爲這是有辦法的，只要把握住一個標準，就是「上口不上口」。他說：

一些字眼與語調，凡是上口的，說話中間有這樣說法的，都可以寫進白話文，都不至於破壞白話文的純粹。如果是不上口的，說話中間沒有這樣說法的（這裏並不指杜撰的字眼與不合語文法的話句而言），那便是文言成分，不宜用入純粹的白話文。（見朱自清「精讀指導舉隅」一書中「我所知道的康橋」的「指導大概」）。

依朱自清先生所定「上口不上口」的標準，來審察本文中一些文言性詞句：如「用以自勵」「羣山萬壑」「竹籬茅舍」「詩意盎然」「晨曦」「人問其故」「卽形枯萎」「未覺其苦」，勉強還算「上口」，至於「靜肅墓廬」四字，就令人有「穿了不相稱的服裝」的感覺，似乎應該避免才好。

(3)底、的、地、得的用法問題

在文言文中，一般說來，介詞大都用「之」：如「趙之良將」，「一璧之故」。形容詞詞尾也多用「之」字，如「鄙賤之人」，「美麗之島」。副詞詞尾用「然」「焉」「乎」「爾」「如」「其」等等，如「油然作雲」，「惄焉如擣」，「煥乎其有文章」，「莞爾而笑」，「侃侃如也」，「白日忽其將至」。由於語音的演變和語法的類化，到了宋代，實際的語言中，介詞和形容詞詞尾都有用「底」的現象。如朱子語類小學：「後世初學，且看小學之書，那是做人底樣子。」陸放翁驀山溪：「好一個無聊底我。」辛棄疾戀繡衾：「我自是笑別人底。」都是例子。副詞詞尾，也有用「底」的，也有用「地」的。如柳永滿江紅：「添傷感，將何計？空只恁，厭厭地。無人處思量，幾度垂淚。不會得都來些子事，甚恁底死難拚棄？」「厭厭地」用「地」，「甚恁底」用「底」，都是副詞詞尾，便是好例。元、明、清白話小說中，「底」字漸漸不見，「的」字代之而起。如：「難入老師的法眼。」（儒林外史王冕），「的」是介詞；「見一個敗落的山神廟。」（水滸傳武松打虎），「的」是形容詞「敗落」的詞尾。「回頭看那天色時，漸漸的墜下去了。」（水滸傳武松打虎），「的」是副詞「漸漸」的詞尾。不過，副詞詞尾也有用「地」字的，武松打虎中「厭厭地相傍下山」，「撲地一聲響」，「簌簌地將那樹帶枝帶葉劈面打將下來」，「地」字全是副詞詞尾。「底、的、地」的來源，大致如此。至於「得」字，是由「至」字，「到」字演變而來。這可以論語述而篇：「不圖爲樂之至於斯也。」爲例來說明。這句話翻成白話，就是：「不料學習音樂竟到這種地步啊！」或「不料音樂學得這樣入迷啊！」「至」就是「到」或「得」的意思。再試讀武松打虎：「容易得晚」，「只聽得一聲響」，「奈何得沒了氣力」，幾個「得」字全由「到」字變來，都可還原成「到」字。現代作家，有人把「底、的、地、得」分化使用：「底」用在名詞代名詞之後，爲領攝介詞；「的」用在形容詞之後，爲形容詞詞尾；「地」用在副詞之後，爲副詞詞尾；「得」用在動詞之後，爲助動詞，或後附的介詞。也有人不管「底的地得」，統統只用一個「的」字。分用「底的地得」的好處是語法嚴謹；

統用「的」字的好處是乾脆了當。各人愛怎樣用就怎樣用。不過，要分就分，要不分就不分，有時分有時不分，卻會把讀者搞糊塗了。本文大致上不分，統用一個「的」字，如：「北平公園裏的花花朶朶。」（領攝介詞），「白色的雪球。」（形容詞詞尾），「不知不覺的流過。」（副詞詞尾），「窮苦的像個乞丐。」（後附介詞）。可是在「校園裏美得像首詩」一句中，後附介詞卻例外地用個「得」字，爲什麼不比照「窮苦的像個乞丐」，改作「的」字，使全文「的」字用法一致呢？

附　錄

失根的蘭花

陳之藩

顧先生一家約我去費城郊區一箇小的大學裏看花。汽車走了一箇鐘頭的樣子，到了校園；校園美得像首詩，也像幅畫，依山起伏，古樹成蔭，綠藤爬滿了一幢一幢的小樓，綠草爬滿了一片一片的坡地，除了鳥語，沒有聲音。像一箇夢，一箇安靜的夢。

花圃有兩片，裏面的花，種子是從中國來的。一片是白色的牡丹，一片是白色的雪球，在如海的樹叢裏，閃爍着如星光的丁香，這些花全是從中國來的吧！

由於這些花，我自然而然的想起北平公園裏的花花朶朶，與這些簡直沒有兩樣；然而，我怎樣也不能把童年時的情感再回憶起來。我不知爲什麼，總覺得這些花不該出現在這裏。它們的背景應該是來今雨軒，應該是諧趣園，應該是故宮的石階，或亭閣的柵欄。因爲背景變了，花的顏色也褪了，人的情感也落了。淚，不知爲什麼流下來。

十幾歲，就在外面飄流，淚從來也未這樣不知不覺的流過。在異鄉見過與童年完全相異的東西，也見過完全相同的花草，同也好，不同也好，我總未因異鄉事物而想過家。到渭水濱，那水，是我從來沒有看過的，我只感到新奇，並不感覺陌生；到咸陽城，那城，是我從來沒有看過的，我只感覺它古老，並不感覺傷感。我曾在秦嶺中揀過與香山上同樣紅的楓葉，在蜀中我也曾看到與太廟中同樣老的古松，我也並未因而想起過家；雖然那些時候，我曾窮苦得像箇乞丐，而胸中卻總是有嚼菜根用以自勵的精神。我曾驕傲的說過：「我，到處可以爲家。」

然而，自至美國，情感突然變了。在夜裏的夢中，常常是家裏的小屋在風雨中坍塌了，或是母親的頭髮一根一根的白了；在白天的生活中，常常是不愛看與故鄉不同的東西，而又不敢看與故鄉相同的東西。我這時纔恍然悟到我所謂的到處可以爲家，是因爲蠶未離開那片桑葉；等到離開國土一步，即到處均不可以爲家了。

花搬到美國來，我們看著不順眼；人搬到美國來，也是同樣不安心；這時候纔憶起，故鄉土地之芬芳，與故鄉花草的艷麗。我曾記得，八歲時肩起小鐮刀跟着叔父下地去割金黃的麥穗。而今這童年的彩色版畫，成了我一生中不朽的繪畫。

在沁涼如水的夏夜中，有牛郎織女的故事，纔顯得星光晶亮；在羣山萬壑中，有竹籬茅舍，纔顯得詩意盎然；在晨曦的原野中，有拙重的老牛，纔顯得純樸可愛。祖國的山河，不僅是花木，還有可歌可泣的故事，可吟可詠的詩歌，是兒童的喧嘩笑語與祖宗的靜肅墓廬，把它點綴美麗了。

古人說：「人生如萍」在水上亂流；那是因是古人未出國門，沒有感覺離國之苦。萍還有水流可藉；以我看：人生如絮飄零在此萬紫千紅的春天。

宋末畫家鄭思肖畫蘭，連根帶葉均飄於空中，人問其故，他說：「國土淪亡，根著何處？」國，就是根，沒有國的人，是沒有根的草，不待風雨折磨，即行枯萎了。

我十幾歲就無家可歸，並未覺其苦。十幾年後，祖國已破，卻深覺出箇中滋味了。不是有人說：「頭可斷，血可流，身不可辱」嗎？我覺得，應該是「身可辱，家可破，國不可亡。」

三　小說析評

「西遊記」析評

前言

拔根毫毛，嚼碎了，吹口仙氣，叫「變」，變成了成千成萬的孫悟空。一個筋斗，十萬八千里，上天見玉帝，南海謁觀音，冥世問閻羅，水底訪龍王。在上下四方、海濶天空的三度空間裏翺遊；在天上一日，人間一年的時光隧道中穿梭。地之遠近，時之古今，人之死生，在這裏統一了。西遊記，是我國神話文學中的奇花！

要了解吳承恩在西遊記裏想說的倒底是什麼？西遊記本身情節的探討和人物的分析是最重要的法門。因此，依據神話學的文學批評去發現西遊記的原型模式，依據心理學的文學批評去分析西遊記的主要角色，從而正確掌握西遊記的結構象徵與人物象徵，以了解此書的象徵世界，便是我最先想到的事。其次，西遊記故事的演化及其時代背景的探討，這種屬於發生學與社會學的文學批評，對全書主題要旨的了解自有相當幫助；而前人對西遊記研究的豐碩成果，也具一定程度的參考價值。下文，我就依這個綱要和原則，說說自己閱讀西遊記的一些心得。

西遊記的故事情節

西遊記整個情節，是由三個重要部門所組成。自第一回到第七回，寫美猴王的出生、冒險尋源、得洞稱王，以及大鬧天宮，被壓五行山下的經過。這一段故事，可能淵源於印度史詩拉馬耶那（Rāmāyana）中哈奴曼（Hanumān）大鬧魔宮。胡適「西遊記考證」鄭振鐸「西遊記的演化」都採此說。自第八回到十二回，寫取經的因緣與取經人的選擇，中間穿插着魏徵斬龍，太宗入冥的故事。唐變文中有唐太宗入冥記，太平廣記卷一二二「陳義郎」節，卷二三「袁天綱」節，以及永樂大典中「魏徵夢斬涇河龍」，為這段情節的依據。第十三回到一百回，寫唐僧取經，收徒遇難種種歷程。華嚴經入法界品曾記善財童子信心求法，勇猛精進，經歷一百一十城，訪問一百一十個善知識，得成正果。當是西遊記歷難的原型。玄奘大唐西域記和慧立的慈恩三藏法師傳，則是此段故事的重要根據。而大唐三藏取經詩話和金元雜劇中唐三藏西天取經故事，就是此故事的前身了。

西遊記第九十九回，曾綜述唐僧經歷的八十一難。其中有些「難」，是同一事件的演變。

「金蟬遭貶」是第一難。十二回記：「靈通本諱號金蟬，只爲無心聽佛講，轉托塵凡苦受磨，降生世俗遭羅網……。」墮落塵世本是世界性的神話。基督教舊約創世紀記載亞當和夏娃被逐出伊甸園，是又一個典型的例子。

第二難「出胎幾殺」，第三難「滿月拋江」是一件事。第四難「尋親報寃」也可看作此一事件的延伸。這些都是取經之前所受人世的苦難。

「出城逢虎」第五難，「折從落坑」第六難，是一件事。本來，設下陷阱，誘捕老虎，是人類對付野獸的手段之一。沒想到唐僧西遊取經，首先遭到的，就是與隨從三人連馬都跌落「寅將軍」老虎所設的坑坎之中。這是具有相當反諷效果的一筆。要是「將二從者剖腹挖心」之外，再把人皮製成虎衣，那就更精彩了。

第七難「雙叉嶺上」，前有猛虎，後有長蛇，左有毒蟲，右有怪獸。令人想起佛說譬喻經：「時有一人，遊於曠野，爲惡象所逐，怖走無依，見一空井，傍有樹根，卽尋根下，潛身井中。有黑白二鼠，互齧樹根。於井中四邊，有四毒蛇，欲螫其人，下有毒龍。心畏龍蛇，恐樹根斷，樹根蜂蜜，五滴墮口，樹搖散蜂，下螫斯人。野火復來，燃燒此樹。」所述的情境，彼處象爲無常，井係生死，險岸之樹根爲命，黑白二鼠爲晝夜，齧樹根爲急念滅，四毒蛇爲四大，蜜爲五欲，蜂爲邪思，火指老病，毒龍喩死。總之，喩人畏生老病死，使眞性障礙，爲五欲所困。不知此處是否也有弦外之音。

第八難「兩界山頭」，寫唐僧收孫悟空爲徒，回目叫「心猿歸正」；接寫悟空打死六賊：眼看喜、耳聽怒、鼻嗅愛、舌嘗味、意見慾、身本憂。回目叫「六賊無蹤」。名孫悟空爲「心猿」，以及給六賊取的古怪名字，十分有啓發性。在四十三回，行者對唐僧說：「老師父，你忘了『無眼耳鼻舌身意。』我等出家之人，眼不視色，耳不聽聲，鼻不嗅香，舌不嘗味，身不知寒暑，意不存妄想：如此謂之『袪褪六賊。』你如今爲求經，念念在意；怕妖魔，不肯捨身；要齋吃，動舌；喜香甜，嗅鼻；聞聲音，驚耳；覩事物，凝眸；招來這六賊紛紛，怎生得西天見佛？」正是「心猿歸正六賊無蹤」的最好注脚。

「陡澗換馬」是第九難。唐僧騎的白馬在蛇盤山鷹愁陡澗被小龍吃了。原來這條小龍本是西海敖閏之子。爲縱火燒了殿上明珠，他父告他忤逆。觀音菩薩親見玉帝，討他下來，教他與唐僧做個脚力的。沒想到反吃了唐僧的馬，和孫悟空鬭了起來。作者這裏似乎暗示許多爭執皆由於誤會。作者借小龍之口說：「他更不曾提着一個『取經』的字樣。」「何曾說出半個『唐』字？」又借觀音之口罵「那猴頭專倚自強，那肯稱讚別人！」至於回目叫「鷹愁澗意馬收韁」。用「意馬」來對「心猿」，用意是很不需多加說明的。

「觀音院僧謀寶貝，黑風山怪竊袈裟」列爲十和十一難。都因「財」字一關不能勘破。首先是唐僧面對美食美器，誇愛不盡；接着是行者鬭富，出示袈裟。而縱火燒寺，謀財害命，出於觀音禪院廣智廣謀的主意，對佛門弟子的「智謀」，實是一大諷刺。於是引起黑風山怪熊羆精的趁閧打劫，正應了唐僧「心生，種種魔生。」（十三回）的話頭。後來還是觀音菩薩變成了妖精，哄熊羆精吃了悟空變成的仙丹，才收伏了熊羆精，由觀音帶去做個守山大神。當觀音菩薩以廣大慈悲，無邊法力，億萬化身，以心會意，以意會身，變作妖精凌虛仙子，行者看道：「妙啊！妙啊！還是妖精菩薩？還是菩薩妖精？」菩薩笑道：「悟空，菩薩妖精，總是一念，若論本來，皆屬無有！」（十七回）這一段很值得讀者三思。

第十二難是「雲棧洞悟空收八戒」。豬八戒從此加入西遊的行列。

「黃風怪阻」，「請求靈吉」的十三難、十四難是一件事。黃風怪原是靈山脚下的得道老鼠；因爲偸了琉璃盞內的清油，燈火昏暗，恐怕金剛拿他，故此去了，卻在黃風嶺成精作怪，陷害唐僧。虧得孫悟空請來靈吉菩薩收伏了他。

「流沙難渡」，「收得沙僧」的十五難、十六難是一件事。

十七難「四聖顯化」頗富喜劇性：「黎山老母不思凡，南海菩薩請下山，普賢、文殊皆是客，化成美女在林間。」中年婦人娘家姓「賈」，當然是「假」的諧音，夫家姓「莫」，也是「無」的諧音。至於三個女兒叫「眞眞」「愛愛」「憐憐」。令人想起佛傳所記引誘佛祖的三名魔女：「欲染」「能悅」「可愛樂」來。母女四人要招唐僧師徒爲夫婿。結果唐僧不睬無害，八戒上當受辱。場面十分滑稽。維摩詰不思議經佛道品第八：「或現作淫女，引諸好色者。先以欲鉤牽，後令入佛智。」楞嚴經：「爾時阿難因乞食次經歷婬室，遭大幻術摩登伽女，以娑毗迦羅先梵天呪，攝入婬席，婬躬撫摩，將毀戒體。如來知彼婬術所加，齋畢旋歸，王及大臣長者居士，俱來隨佛，願聞法要。于時世尊放百寶無畏光明，光中出生千葉寶蓮，有佛化身結跏趺坐，宣說神呪，勑文殊師利，將呪往護，惡呪消滅，提獎阿難及摩登伽，歸來佛所。」可證這段文字絕非拿四聖開玩笑，而有佛經上的根據。

「五莊觀中，難活人參」的十八、十九難，是一件事。這是因「食」惹出的劫難。值得注意的是：在「大唐三藏取經詩話」中，出主意偷人參果的是唐三藏；到了吳承恩西遊記，出主意的變成猪八戒了。

「屍魔三戲唐三藏，聖僧恨逐美猴王」寫「貶退心猿」是二十難。這次化爲美女的，不是四聖，卻是屍魔；因此氣氛上，也不再充滿喜劇性，而富悲劇情調。唐僧的不識好歹，八戒的唆嘴挑撥，悟空的含寃被逐，在這一回有生動的敍述。

二十一難到二十三難，分別是：「黑松林失散」，「寶象國捎書」，「金鑾殿變虎」。寫的是「黃袍怪」的事。黃袍怪原是天上的奎星，與披香殿侍香的玉女私戀，玉女思凡托生爲主公，奎星下界變化作妖魔。作了十三年的夫妻。聽信狡性，縱放心猿的唐僧，闖了進去。於是邪魔（黃袍怪）侵正法（唐僧），唐僧變老虎，誰邪誰正，一時也分不清了。還好猪八戒義激美猴王，心猿重收，才能智降妖怪，克此三難。在這三難中，有幾句話要注意。其一、寶象國公主說：「我父王不是馬掙力戰的江山，自幼兒是太子登基。」其二、妖魔反說唐僧是妖精，作者寫：「你看那水性的君王，愚迷肉眼，不識妖精，轉把他一片虛詞當了實情。」李辰冬先生在「西遊記的價值」一文中指出：「自幼登基與水性的君王，與世宗的身份性格頗合。」明世宗十四歲登基，迷信仙道，任用奸邪。

「平頂山逢魔」是二十四難；「蓮花洞高懸」是二十五難。寫的是金角大王、銀角大王的事。那兩個怪，一個是太上李老君看金爐的童子，一個是看銀爐的童子，偷了盛丹的葫蘆，盛水的淨瓶，煉魔的寶劍，搧火的扇子，勒袍的帶，下界勾結狐狸精怪，來試唐僧「師徒可有眞心往西去也」的。回目一則曰「外道迷眞性」，再則曰「外道施威欺正性」。可見道家只是外道，會迷佛家的眞性，甚至會欺佛家的正性。

第二十六難是「烏鷄國救主」。當初這個烏鷄國王好善齋僧，如來佛差文殊菩薩來度他歸西，早證金身羅漢。沒想到言語相難，國王不識好人，反把文殊綑了送在那御水河浸了三日三夜。因此文殊坐下的青毛獅子下界，把烏鷄國王推下水井，浸他三年，自己化作國王的樣子，作了三年國王。佛門原來也報私仇的，倒成全了悟空，檢個便宜，又克一難！三藏曾奇怪國王何不在陰司閻王處具告？國王道：「他的神通廣大，官吏情熟。都城隍常與他會酒，海龍王盡與他有親；東嶽齊天是他的好朋友，十代閻羅是他的異兄弟，因此這般，我也無門投靠。」（三十七回）。這一段話對現實的諷刺十分強烈。

第二十七到三十一難：「被魔化身」，「號山逢怪」，「風攝聖僧」，「心猿遭害」，「請聖降妖」。全寫紅孩兒。在吳承恩的西遊記小說中，紅孩兒是牛魔王的兒子，羅刹女養的。後被觀音菩薩收伏，作座前的善財童子。在大唐三藏取經詩話中，有「鬼子母國」，國人大約都是三歲大。在楊景賢西遊記雜劇中，鬼子母許多兒子中有位叫愛奴兒的，玄奘不知是妖怪，叫猴子揹他，但愛奴兒愈來愈重，使得猴子都走不動，正是紅孩兒的原型。國語日報副刊「書和人」第一七七期有陳炳良「中國的水神傳說和西遊記」，說得很清楚。可以參考。

「黑河沈沒」是三十二難。鼉精仗着西海龍王是他的母舅，強占了黑水河神府，原來鬼神也講究裙帶關係的。鼉精還捉唐僧，想蒸來吃哩！幸虧孫悟空找上了西海龍王，才拿上岸來。

三十三難爲「搬運車遲」，寫的是和尚因爲祈雨敗於道士，被罰在車遲國任搬運的賤役。三十四難爲「大賭輸贏」，三十五難爲「祛道興僧」，寫的是悟空先放了五百囚僧，再大鬧三清觀，把清淨的太上老君等三清像都推倒在「五穀輪廻之所」去了。最後和道士鬪法，使虎力大仙、鹿力大仙、羊力大仙一一現出原形，場面十分滑稽熱鬧。中國歷史上與道滅佛也不是沒有，三武之禍卽其著例。明代世宗也寵信道士。嘉靖初年，道士張彥頨、邵元節都因祈雨求嗣，被封爲眞人。後來道士陶仲文亦以替太子祈禱有效，受帝寵異，加仲文少師兼少傅少保。李辰冬先生在「西遊記的價值」一文中說：「知道了世宗篤信道士，就知道這些話並不是無因而發的。」另外要指出的是：世宗曾下令毀玄明宮佛像，拆除文華殿的釋迦像。吳承恩讓孫悟空把三清像扔到厠所去，或許是對世宗滅佛的一種阿Q式的報復。

「路逢大水」三十六難，「身落天河」三十七難。水寬河凍，爲西遊取經必然的因難。大唐西域記卷一所云：「葉河出葱嶺北原，西北而流，浩汗渾濁，汩急漂忽。」又云：「春夏合凍，雖時消泮，尋復結冰。」也正是這種地理景象的寫照。只是西遊記中加了一段故事：通天河靈感大王要吃童男童女，被悟空八戒破了，卻設計弄寒飄雪，把河水凍了，賺得唐僧涉河落水。悟空請來觀音，用竹籃擒住了。原來靈感大王是觀音蓮花池裏金魚下凡。這「魚籃現身」是三十八難。

觀音收了金魚精。老黿馱着唐僧等渡過通天河，希望唐僧代問如來，幾時能脫本殼，可得人身。唐僧答應了。師徒們又遇一座大山。悟空化齋未回，八戒卻闖進獨角兕大王點化的院落，偷了三件納錦背心兒，連帶唐僧、沙僧都被兕大王捉去。這「金峴山遇怪」是第三十九難，回目叫「情亂性從因愛慾，神昏心動遇魔頭」。免不了又是悟空大戰兕大王，請來了托塔李天王、哪吒三太子、南方火德君、北方水德君助陣，全不濟事。這「普天神難伏」爲第四十難。如來金丹砂都無效，暗示悟空去找太上老君，原來兕大王只是老君走失的青牛。這「問佛根源」是四十一難。

「喫水遭毒」是四十二難。唐僧八戒誤喝了子母河水，懷了鬼孕，悟空悟淨大戰如意眞仙，取來落胎泉水，方解了此難。然後師徒到了西梁女國，女王要招唐僧爲夫，心猿定計，方擺脫了。這「西梁國留婚」是四十三難。但是「脫得煙花網，又遇風月魔」，蝎子精攝去唐僧，那色邪淫戲的手段又與西梁女王不同。悟空請來昴日星官，現出雙冠子大公鷄的本相，才制服了蝎子精。結束了這「琵琶洞受苦」的四十四難。考大唐西域記卷十一僧伽羅國條下云：「神鬼所魅，產育羣女，卽今西大女國是也。」又云：「昔此寶洲大鐵城，中五百羅刹女之所居也。伺商人至寶洲者，便變爲美女，持香華，奏音樂，出迎慰問，誘入鐵城，樂讌會已，而置鐵牢中，漸取食之。」也許就是西梁女國故事的淵源。

「再貶心猿」是四十五難，這次是悟空打殺幾個強盜引起的。自唐僧收了悟空爲徒弟，一路上，遇魔除魔，遇妖除妖，哪一件不靠悟空？現在悟空做事，偶一過當，卽被無情呪罵，而遭貶逐。究應如何是好？打唐僧一棍，自個兒取經去呢？還是向觀音菩薩訴苦？暫在南海歇歇，待唐僧回心轉意呢？眞假行者就在這種情境中被塑造出來，而「難辨獼猴」也成爲第四十六難。眞假行者求斷於如來，如來說了一句極具機鋒的話頭：「且看二心競鬬而來也！」所以回目便叫「二心攪亂大乾坤」。最後眞行者打死假行者，正象徵着忍辱取經的心勝了逞忿報復的心。

「路阻火焰山」，「求取芭蕉扇」，「收縛魔王」，第四十七到四十九難是一件事。悟空取得芭蕉扇後，連搧四十九扇，使火永不再發，替當地百姓除了一害。悟空鑽進羅刹女的肚子作怪，值得考據一番。在黑風山對付熊羆精，這手段原已要過，但這番更爲精彩。胡適以爲：印度最古紀事詩「拉麻傳」（卽拉馬耶那）中的哈奴曼，曾被老母怪一口吞下，哈奴曼心生一計，把身子變得非常高大，後來從老母怪右耳朶孔裏出去了，正是這故事的前身。

「賽城掃塔」，「取寶救僧」第五十與五十一難，寫的是打盜寶的老龍和九頭鳥的故事。

五十二難「棘林吟咏」可分兩方面說。前半寫「荆棘嶺悟能努力」，那勞動精神，是八戒十分可愛的一面。後半寫「木仙庵三藏談詩」，寫三藏與十八公（松）、孤直公（柏）、凌空子（檜）、拂雲叟（竹）說禪吟詩，赤身鬼（楓）一旁侍候。後來兩個青衣女童（丹桂臘梅）引着一個仙女（杏）來到，吟詩之餘向三藏示愛。看來詩禪亦是色媒，爲成佛一障。只是十八公所言：「道也者，本安中國，反來求證西方，空費了草鞋，不知尋個什麼！」倒也發人深省哩！

「小雷音遇難」，「諸天神遭困」，爲五三、五四難，情節有點跟「金兜山遇怪」相似。這次作怪的不是太上老君的青牛，而是彌勒佛面前司磬的黃眉童子，所以「問佛根源」是不必了。看來道敎也好，佛敎也好。都不免有不肖分子混在其間！

「稀柿衕穢阻」是五十五難。這一回，悟空又逮到機會鑽進蟒蛇肚中，弄橋變船豎桅的；八戒也再一次表現了一不怕臭，二不怕髒的勞動精神，硬在八百里長的稀柿衕，拱出一條大道來。

「朱紫國行醫」、「拯救疲癃」、「降妖取后」，列爲五十六、五十七、五十八難。故事類似「烏鷄國救主」。朱紫國王爲太子時，打獵射傷了西方佛母孔雀大明王菩薩的兩子，於是觀音菩薩跨的金毛犼下界，攝去皇后，致國王身耽啾疾，拆鳳三年。孫悟空攬上這事，替國王治疾，降妖、取后。當然免不了觀音降臨，騎走金毛犼。

盤絲洞的故事，最膾炙人口了，這「七情迷本」是五十九難，讓猪八戒出盡醜態。

六十難是「多目遭傷」。這條百眼魔君多目怪，是蜈蚣修成的道士，盤絲洞裏蜘蛛精的師兄。悟空請來紫雲山千花洞的毘藍婆，把蜈蚣收伏看守門戶去了。

六十一到六十四難，分別是：「路阻獅駝」，「怪分三色」，「城裏遇災」，「請佛收魔」。作怪的是文殊跨下的青毛獅子，普賢跨下的黃牙老象，和孔雀大明王菩薩同胞的大鵬金翅鵰。所以長庚傳報行者說：「那妖精一封書到靈山，五百羅漢都來迎接；一紙簡上天空，十一大曜個個相欽。四海龍曾與他爲友，八洞仙常與他作會。十地閻君以兄弟相稱，社令城隍以賓朋相愛。」悟空首降了老魔，這叫做「魔歸性」；又和八戒合力降了三怪，這叫做「怪體眞」；沒想到三魔厲害，唆使老魔二怪，在抬轎送僧之際，設下圈套，變起中途，三個魔頭與三個和尚，一個敵一個。眞是：「六般體相六般兵，六樣形骸六樣情，六惡六根緣六慾，六生六道賭輸贏。」這叫做「羣魔欺本性」。最後還是麻煩如來請來文殊、普賢，降了三魔。這就叫做「一體拜眞如」。看來魔者，也只是一念之差！

「比丘救子」，「辨認眞邪」是六十五、六十六難。比丘國王被白面狐狸所迷，日夜貪歡，弄得瘦倦不堪。國丈白鹿精獻藥，卻需一千一百一十一個小兒心肝作藥引。悟空救了小兒，敗了白鹿，八戒殺了狐狸。南極老人尋來，原來白鹿正是老人的一副脚力。考大唐西域記卷二，記「婆羅門乞其男女於此鬻賣！……捶其男女，流血染地，今艸木猶帶絳色。」也許比丘救子的故事與婆羅門殺小兒有點關係。李辰冬先生在「西遊記的價值」一文中指出，國丈影射陶仲文。「世宗稱陶仲文爲師，與國丈又相同。」而且世宗專求長生，獻白鹿、靈芝者遍天下。李先生所說，可能更有道理。

「松林救怪」，「僧房臥病」，「無底洞遭困」的六十七到六十九難是寫老鼠成精變爲美女。於是姹女求陽，元神護道，演出一幕靈肉之爭。松林道上，行者笑着要唐僧抱女妖上來，同騎着馬走。到了鎮海寺，唐僧就病倒了。病中念念不忘「那個脫命的女菩薩，可曾有人送些飯與他吃？」又告訴行者：「咽喉裏十分作渴，你去那裏，有涼水尋些來我吃。」西遊記中原有「和尚是色中餓鬼」（二十三回）的說法，這裏是否爲對性飢渴的諷嘲和暗示？至於這隻金鼻白毛老鼠精拜托塔李天王爲父，拜哪吒三太子爲兄。也可看作鼠輩巴結權貴，招搖鄉里的一種象徵。

第七十難是「滅法國難行」。這次悟空施變化，弄神通，百名小行者，百口剃頭刀，趁滅法國君臣睡覺時，統剃他一個光頭，從此皇帝成了和尚，滅法國改名欽法國！不亦快哉！明世宗嘉靖元年，下詔沒收大能仁寺的財產；九年毀佛像；十四年，不准大興降寺火後重建；十五年，毀宮中佛殿……。滅法國皇帝也許就指世宗吧！

七十一難是「隱霧山遇魔」。行者一棒打死的是鐵背蒼狼怪，八戒一鈀築死的是艾葉花皮豹子精。

「鳳仙郡求雨」，算是七十二難。鳳仙郡守與妻吵嘴，推倒了齋天素供。因此玉帝立了米山麵山金鎖，要等小鷄啄光米，小狗舐完麵，燈燄斷鎖，方准下雨。悟空勸郡守率民祭天，米山麵山皆倒，鎖梃亦斷。於是雨就下了。這個玉帝眞太小器些！

話說唐僧師徒，到了天竺國玉華縣，縣主玉華王乃天竺皇帝宗室，有子三人，好武好強，見三僧武功高強，一齊下拜，請求傳授。三僧收了三位王子爲徒，召匠依樣打造金箍棒、九齒鈀、降妖杖。三件兵器卻在晚間被黃獅精偷走了，黃獅精還開宴要慶「釘鈀會」哩。行者打敗了黃獅精，獅精請來了祖翁九頭獅子來報仇，一場好殺，各有斬獲。最後悟空請太乙救苦天尊來降妖，那九頭獅子正是天尊的坐騎。這七十三到七十五難，叫作「失落兵器」「會慶釘鈀」「竹節山遭難」。只因三僧好爲人師，才惹出這一窩獅子來。

「玄英洞受苦」、「趕捉犀牛」的七十六、七十七難是一件事。青龍山玄英洞中，有三隻千年犀牛精，自幼兒愛食酥合香油，在金平府裝佛降祥，每年元宵受民燈供，乘機收油。唐僧西遊，到此賞燈，被犀牛精捉到洞中審問。三僧大戰青龍山，還上天請來角木蛟、斗木獬、奎木狼、井木犴四星，終於捕殺了三怪。這一事件，非但暗諷了佛門揩油的現象；而且指出了：「愛賞花燈禪性亂，喜遊美景道心漓。」的具體事實來。

「天竺招婚」是七十八難。唐僧到了舍衞城祇樹給孤園布金禪寺，這正是佛傳所述給孤獨長者用黃金布地，把園買了，請世尊說法之處。事詳大藏經釋迦譜卷三釋迦祇洹精舍緣記第二十。唐僧在園中聽到小女啼哭之聲，原來那是天竺公主被風刮到此處。公主本是蟾宮裏的素娥，十八年前打了玉兔一掌，思凡下界，一靈之光，投胎天竺皇后之腹。十八年後，玉兔也私走出宮，攝走素娥，投諸荒野。自己冒充公主，皇宮快活。天上的恩怨，在人間如此發展，但只是唐僧不該思慕父母是拋打綉毬，成爲夫婦。玉兔竟也結綵樓、拋綉毬，欲配唐僧。於是在行者悟空棒下，太陰星君面前，月兔現了原形。這就是：「起念斷然有愛，留情必然生災！」

第七十九難是「銅臺府監禁」，跟「滅法國難行」的故事相映成趣。滅法國國王已殺了九千九百九十六個無名和尚，只等四個有名的和尚湊成一萬；銅臺府員外寇洪已齋了九千九百九十六個不好和尚，止少四衆，不得圓滿。因此寇洪見了唐僧等四人，格外欣喜，盛情供養。沒想到招致凶徒窺伺，刼財害命，連累唐僧等也受了一晚牢獄之災！歷史上信佛最篤莫過於梁武帝，偏遭侯景之亂，活活餓死。寇洪故事也許影射此事。不過悟空旣跟閻王相熟，寇洪回生，再活十二年，也在意料中了。

「凌雲渡脫胎」是八十難。「接引佛祖」在凌雲渡口，接引唐僧師徒上靈山，只見上流泱下一個死屍，唐僧見了大驚，原來就是自己！人若是不能從自己的臭皮囊中解脫，則永爲情欲所羈，是不能成佛的！

唐僧到了靈山，阿儺、伽葉引唐僧看遍經名，對唐僧道：「有什麼人事送我們？」唐僧未備禮物，阿儺就傳「無字之經」。這一節眞是神來之筆，大大調侃了佛門。燃燈古佛故意差白雄尊者奪了無字之經，好教唐僧再來求有字之經。共傳有字之經五千零四十八卷。如來叫八大金剛使神威送唐僧等回東土。可是觀音菩薩一算，唐僧只歷八十難。於是讓八大金剛把唐僧墜落凡地，正是通天河旁。老黿來接唐僧，好過對岸，忽問：「老師父，我向年曾央到西方見我佛如來，與我問聲歸着之事，還有多少年壽，果曾問否？」唐僧沈吟半晌，不能回答，老黿將身一幌，把四衆連馬並經，捽下水中。爬上岸來，衣也濕了，經也濕了，加上陰魔作號，欲奪所取之經，天明方息。這「通天河老黿作祟」是八十一難。湊足了九九之數。至於曬經時石頭沾住了經尾幾卷，乃是應不全之奧妙，與周易終於未濟同趣。胡適曾補「西遊記的第八十一難」，見胡適文存四集卷三，寫羣魔索命，倒也相當熱鬧。

唐僧當年離開長安西遊時，曾指着松樹告洪福寺僧：「但看松樹枝頭東向，我卽回矣。」一天早晨，僧人看見松樹一顆顆頭俱向東。唐僧果然取經回到長安。這段故事，本於大藏經神僧傳卷六：「初奘將往西域，於靈巖寺見有松一樹。奘立於庭，以手摩其枝曰：『吾西去求佛，汝可西長。若吾歸，卽欲東廻，使吾弟子知之。』及去，其枝年年西指，約長數丈。一年，忽東廻。門人弟子曰：『敎主歸矣。』乃西迎之。奘果還，至今衆謂此松爲摩頂松。」太平廣記卷九十二所錄文字全同。是西遊結束時一個十分有趣的插曲。

西遊記的結構象徵

上文，我已把西遊記的三部門八十一難加以扼要的敍述，同時把各部門的故事來源，以及各難可能含有的象徵意義，予以指明。我在下面就可以依據戈林（Wilfred L. Guerin）等所編的文學批評手册（A Handbook of Critical Approaches to Literature, 1966。徐進夫譯本易名爲「文學欣賞與批評」，幼獅公司六十四年四月初版。）第四章「神話與原型的批評」中「原始類型母題」一節所述，來探討西遊記的結構象徵了。

甲、創　造

這大概是一切原始類型母題中最根本的一項。事實上，幾乎每一種神話都涉及超自然存在的神祇如何創造宇宙、自然和人類。西遊記第一回，就揭示「靈根育孕源流出　心性修持大道生」的回目。詩曰：

混沌未分天地亂，茫茫渺渺無人見。
自從盤古破鴻濛，開闢從茲清濁辨。
覆載羣生仰至仁，發明萬物皆成善。
欲知造化會玄功，須看西遊釋厄傳。

接着寫「天地之數」「發生萬物」「盤古開闢」「四洲劃分」，正說明了此項「創造」的過程，這也是我中華民族集體潛意識中，所貯存的宇宙觀。爲西遊記原始類型母題之一。

乙、追　尋

英雄歷經艱難危險，斬妖除害，而獲得成功。如荷馬的優利西斯之追求故鄉依色卡，或亞瑟王的騎士尋求聖杯之類。

西遊記所追尋的，表面上是去靈山取經。骨子裏追尋的，應該是「心靈的安頓」和「人類的福祉」。

先說「心靈的安頓」：第一回敍美猴王離家修行，樵夫指示路程說：

不遠，不遠。此山叫做靈臺方寸山。山中有個斜月三星洞，那洞中有一個神仙，稱名須菩提祖師……。

這話跟基督教新約路加福音十七章二十一節所說：「上帝的國就在你們心裏。」實具相同意義。所謂「靈臺方寸山」，不就是「心」的別稱嗎？十四回云：

佛卽心兮心卽佛

也正是這個意思。二十三回有句話十分重要：

這回書，蓋言取經之道，不離乎一身務本之道也。

二十四回云：

只要你見性志誠念念，回首處卽是靈山。

八十五回云：

佛在靈山莫遠求，靈心只在汝心頭。

人人有個靈山塔，好向靈山塔下修。

都指明了學佛求經，只是修心。所以「縱放心猿」，禍害卽生，第三十六回，行者說：

師父休要胡思亂想，只要定性存神，自然無事。

因此，八十一難中許多難，都可以看作「縱放心猿」的結果。十三回說：

心生，種種魔生；心滅，種種魔滅。

十四回「心猿歸正六賊無蹤」直名六個攔路打刼的盜賊爲眼看喜、耳聽怒、鼻嗅愛、舌嘗味、意見慾、身本憂。皆是明證。

追尋「心靈的安頓」屬「自覺」的小乘境界；追尋「人類的福祉」屬「覺他」的大乘世界。

第八回敍述如來傳經的因緣云：

如來講罷，對衆言曰：「我觀四大部洲，衆生善惡，各方不一：東勝神洲者，敬天敬地，心爽氣平；北鉅盧洲者，雖好殺生，祇因糊口，性拙情疏，無多作踐；我西牛賀洲者，不貪不殺，養氣潛靈，雖無上眞，人人固壽！但那南瞻部洲者，貪淫樂禍，多殺多爭，正所謂口舌凶場，是非惡海。我今有三藏眞經，可以勸人爲善。乃是修眞之徑，正善之門。我待要送上東土，叵耐那方衆生愚蠢，毀謗眞言，不識我法門之要旨，怠慢了瑜迦之正宗。怎麼得一個有法力的，去東土尋一個善信，敎他苦歷千山，遠經萬水，到我處求取眞經，永傳東土，勸化衆生，卻乃是個山大的福緣，海深的善慶。

第九十八回更慨乎言之：

那東土乃南贍部洲。只因天高地厚，物廣人稠，多貪多殺，多淫多誑，多欺多詐！不遵佛教，不向善緣，不敬三光，不重五穀；不忠不孝，不義不仁，瞞心昧己，大斗小秤，害命殺生，造下無邊之孽，罪盈惡滿，致有地獄之災；所以永墮幽冥，受那許多碓搗磨舂之苦，變化畜類。有那許多披毛頂角之形，將身還債，將肉飼人。其永墮阿鼻，不得超昇者，皆此之故也。雖有孔氏在彼立下仁義禮智之教，帝王相繼，治有徒流絞斬之刑，其如愚昧不明，放縱無忌之輩何耶？我今有經三藏，可以超脫苦惱，解釋災愆。

都指出傳經所以「勸化衆生」「超脫苦惱解釋災愆」的。從這種立場來看，孫悟空的斬妖除怪，所尋求者正是人類的福祉，要爲人類除害。

丙、涉 世

接受一連串的嚴酷考驗、從無知、幼稚而變爲理智、成熟，成爲健全社會的一員。其過程通常包含三個階段：(1)分離；(2)蛻變；(3)返回。

在沒有分析西遊所遇各種刼難之前，我要指出：正如基督敎舊約創世紀把人類的一切罪惡追溯到在伊甸園所啖食的一個禁果。同樣的，西遊記中，唐僧之所以要千山萬水地去靈山取經，基本原因在：前世未聽如來說法。連唐僧的三個徒弟，都具有同樣理由。孫悟空是大鬧天宮，被鎭壓在五行山下的；猪八戒是蟠桃會上調戲了仙娥，下界投錯了胎的；沙和尙亦因蟠桃會上打碎了琉璃盞，落於流沙河的。甚至唐僧所騎的白馬，也不是西海龍王之子，違逆父命，化馬馱經的。正由於這種基因，於是他們必須與天國「分離」，承受種種魔難。大別可分兩類。

第一種出於內在人性的因素

人，爲了維持個人生命，必須吃喝穿衣；爲了延續民族生命，因而傾慕異性；而且作爲萬物之靈，人更具有思考、娛樂的活動。這些全是糾紛的來源。

許多劫難，是因「化齋」而起，且不說他。偸吃人參果，誤喝子母河水，則是個中較特出的例子。至於「觀音院僧謀寶貝，黑風山怪竊袈裟」，是一件袈裟引起的；「金峴山遇怪」，是三件納錦背心造成。這些劫難，起因都是吃和穿。

四聖顯化試禪心之第十七難；屍魔三戲唐三藏之二十難；西梁國女王留婚之四十三難；琵琶洞蝎精追配之四十四難；盤絲洞七情迷本之五十九難；無底洞姹女求陽之六十九難，天竺國公主招婚之七十八難。全是「色」字作怪。

平頂山逢魔，蓮花洞高懸，對手是太上李老君看爐的童子；搬運車遲，大賭輸贏，對手是與道滅佛的國王和道士；這是佛和道之爭；小雷音遇難，諸天神遭困，對手是彌勒佛的司磬童子，這是佛與不肖弟子之爭；玉華城三僧收徒，惹出一窩獅子，這「師獅授受」之難，證明了「人之患在好爲人師」。「木仙庵三藏談詩」更具諷刺性，三藏和十八公及杏仙等談詩說禪，也成一難。說明一落言筌，卽非佛法。玄英洞受苦，那是元宵賞燈惹出的劫難。最後一難老鼋作祟，則因輕諾失信。這種種，皆由思考上的缺失，以及貪圖娛樂而起。

第二種出於外來環境的因素

山水荆棘的阻隔，寒熱風霧的障礙，加上盜賊和野獸，使得追尋的路上，充滿着困難。在西遊路上，從蛇盤山、黑風山、平頂山……，到豹頭山、青龍山……，幾乎每一座山代表一件劫難。以至於後來唐僧每過一山，便心中害怕。水也如此，鷹愁澗、黑河、通天水……都留有災難的回憶。黑松林逢魔，荆棘嶺努力，稀柿衕穢阻。這些，代表地理上的阻隔。

黃風嶺上的巨風，麒麟山上的煙沙，隱霧山頭的迷霧，通天河的冰天雪地，火燄山的銅鐵成汁……。這些，又代表氣候上的障礙。

出城逢虎，路阻獅駝，雙叉嶺上的長蛇怪獸，黃花觀中的蜈蚣爲害，以及大象、大鵬、鹿、羊、兎、鼠等等，還有兩界山頭，觀音院裏，楊家後園，寇洪家中遇到的盜賊。更使得劫難重重，高潮迭起。

尤其值得留意的是：許多妖魔怪獸都是大有來頭的：黃風怪是靈山脚下得道的老鼠；黃袍怪是天上的奎星；金角大王和銀角大王是李老君看金銀爐的童子；烏鷄國的青毛獅是文殊菩薩的坐騎；黑河鼉精有個作西海龍王的母舅；靈感大王原是觀音蓮池裏的金魚；金䶮山的兕大王是老君走失的青牛；小雷音遇難，碰上的是彌勒佛司磬童子；朱紫國行醫，遇着的是觀音佛跨下金毛犼；比邱國丈白鹿是南極仙翁的脚力，無底洞中姹女是托塔天王的義女。太乙救苦天尊的坐騎在竹節山爲害；廣寒宮中的玉兎於天竺國冒充公主。李辰冬先生在「西遊記研究」一文中指出：「西遊記中的許多妖精，也是上界的神們下凡，以致吃人放火。」因而肯定「西遊行者爲人民除妖」，是十分精闢的見解。

經過了上述內在人性和外在環境雙重的考驗，於是唐僧脫胎換骨，孫悟空仁慈起來，猪八戒也不再好吃懶做了。這番「蛻變」後，唐僧被封爲「旃檀功德佛」，孫悟空被封爲「鬪戰勝佛」，猪八戒被封爲「淨壇使者」，沙和尚被封爲「金身羅漢」，白馬也封爲「八部天龍」。大家「返回」佛地了。

丁、不　朽

這是另一項原始類型母題。通常不出下述兩種形式中的一種：突破時間的拘限，返樸歸眞，回復到人類墮入腐敗與無常以前所享受的永生之福；或順着時間的神秘循環，而達到不朽的境界。西遊記所述屬於第一種。

西遊記主角孫悟空的生命，原孕育於開闢以來，每受天眞地秀日精月華感化的一個石頭，西遊記第一回這麼記載着：

有一塊仙石，其石有三丈六尺五寸高，有二丈四尺圍圓。三丈六尺五寸高，按周天三百六十五度，二丈四尺圍圓，按政書二十四氣。上有九竅八孔，按九宮八卦。四面更無樹木遮陰，左右倒有芝蘭相襯。蓋自開闢以來，每受天眞地秀，日精月華，感之既久，遂有靈通之意，內育仙胎。一日迸裂，產一石卵，似圓毬樣大。因見風，化作一個石猴，五官俱備，四肢皆全，便學爬學走。

其爲一「天地與我並生，萬物與我爲一」（莊子齊物論）之生命，是毋庸懷疑的。所以孫悟空能變爲動物、植物，甚至建築物；而且刀砍斧剁，火燒雷打，俱不能傷。具有變化與長生之能。在花果山上，不食人間煙火，過着自由自在無拘無礙的生活。這正是人類所最憧憬的。

足以使生命延長的人參果，同樣的是天開地闢的靈根，西遊記第二十四回記其事：

那觀裏出一般異寶，乃是混沌初分，鴻濛始判，天地未開之際，產成這顆靈根。蓋天下四大部洲，惟西牛賀洲五莊觀出此，喚名「草還丹」，又名「人參果」。三千年一開花，三千年一結果，再三千年纔得熟。短頭一萬年方得吃。似這萬年，只結得三十個果子。果子的模樣，就如三朝未滿的小孩相似，四肢俱全，五官咸備。人若有緣，得那果子聞一聞，就活了三百六十歲；吃一個，就活了四萬七千年。

依照艾莉雅德（Mircea Eliade）在「神話與實現」（Myth and Reality, Harper and Row, 1963）中的說法。中國道家之鍊丹，是企圖「將天地兩大宇宙原理的結合攝入自身肉體之中，藉以產生未有天地之前的那種至福和純眞的渾沌狀態。」西遊記必須肯定人參果爲天地未開之際所產的靈根，理由亦在此。老子曾有「我獨泊兮其未兆，如嬰兒之未孩」的話，人參果所以像三朝未滿的小孩，正透露了中華民族集體靈魂中對混沌天眞純樸之生命的渴望。

鐵扇公主的芭蕉扇，是另一個卓越的例子。第五十九回記云：

他的那芭蕉扇，本是崑崙山後，自混沌開闢以來，天地產成的一個靈寶，乃太陰之精葉，故能滅火氣。

在西遊記中，「火燄山」代表生命界的災難和生命歷程的阻塞。同回記云：

那山離此有六十里遠，正是西方必由之路，計有八百里火燄，四周圍寸草不生。若過得山，就是銅腦蓋，鐵身軀，也要化成汁哩。

而芭蕉扇既爲「自混沌開闢以來天地產成的一個靈寶」，所以具有消除災害，打通阻塞的功能。同回記云：

此仙有柄芭蕉扇，求將來，一扇息火，二扇生風，三扇下雨，你這方布種收割，才得五穀養生，我欲尋他討來搧息火燄山過去，且使這方依時收種，得安生也。

所謂「搧息火燄山過去」是阻塞的打通；所謂「使這方依時收種得安生也」是災害的消除。而六十二回所記「解燥除煩淸心了意」猶其餘事耳。

最後享受了永生之福。而那接引佛祖所撑的船，也必然「無終無始」，與天地同其悠久，而且必須爲「無底的」。第九十八回云：

三藏回頭，忽見那下溜中有一人撐一隻船來，叫道：「上渡！上渡！」長老大喜道：「徒弟，休得亂頑。那裏有隻渡船兒來了。」他三個跳起來站定，同眼觀看，那船兒來得至近，原來是一隻無底的船兒。行者火眼金睛，早已認得是接引佛祖，又稱爲南無寶幢光王佛。行者卻不題破，只管叫：「撐攏來！撐攏來！」霎時撐近岸邊，又叫「上渡！上渡！」三藏見了，又心驚道：「你這無底的破船兒，如何渡人？」佛祖道；「我這船：——

鴻濛初判有聲名，幸我撐來不變更。有浪有風還自穩，無終無始樂昇平。六塵不染能還一，萬劫安然自在行。無底船兒難過海，今來古往渡羣生。」

孫大聖合掌稱謝道：「承盛意接引吾師。——師父，上船去。他這船兒，雖是無底卻穩；縱有風浪，也不得翻。」長老還自驚疑，行者扠着膊子，往上一推。那師父踏不住脚，轂轆的跌在水裏，早被撐船人一把扯起，站在船上。師父還抖衣服，跺鞋脚，報怨行者。行者卻引沙僧八戒，牽馬挑擔，也上了船，都立在艄艪之上。那佛祖輕輕用力撐開，只見上溜頭泱下一個死屍。長老見了大驚。行者笑道：「師父莫怕。那個原來是你。」八戒也道：「是你，是你！」沙僧拍着手，也道：「是你，是你！」那撐船的打着號子也說：「那是你，可賀可賀！」他們三人，也一齊聲相和。撐着船，不一時，穩穩當當的過了凌雲仙渡。三藏纔轉身，輕輕的跳在彼岸。有詩爲證：——

脫卻胎胞骨肉身，相親相愛是元神。
今朝行滿方成佛，洗淨當年六六塵。

此誠所謂廣大智慧登彼岸，無極之法。四衆上岸回頭，連無底船兒卻不知去向。行者方說是接引佛祖。三藏方纔省悟。

以上所述，都屬第一種形式的不朽。下面再說第二種不朽的形式。

關於時間的神秘循環，西遊記第一回有簡略的敍述：

蓋聞天地之數，有十二萬九千六百歲爲一元。將一元分爲十二會，乃子，丑，寅，卯，辰，巳，午，未，申，酉，戌，亥之十二支也。每會該一萬八百歲。且就一日而論：子時得陽氣，而丑則鷄鳴；寅不通光，而卯則日出；辰時食後，而巳則挨排；日午天中，而未則西蹉；申時晡，而日落酉；戌黃昏，而人定亥。譬於大數，若到戌會之終，則天地昏曚而萬物否矣。再去五千四百歲，交亥會之初，則當黑暗而兩間人物俱無矣。故曰混沌。又五千四百歲，亥會將終，貞下起元，近子之會，而復逐漸開明。邵康節曰：「冬至子之半，天心無改移。一陽初動處，萬物未生時。」到此，天始有根。再五千四百歲，正當子會，輕清上騰，有日，有月，有星，有辰，日月星辰，謂之四象。故曰，天開於子。又經五千四百歲，子會將終，近丑之會，而逐漸堅實。易曰：「大哉乾元！至哉坤元！萬物資生，乃順承天。」至此，地始凝結。再五千四百歲，正當丑會，重濁下凝，有水，有火，有山，有石，有土，水火山石土，謂之五形。故曰，地闢於丑。又經五千四百歲，丑會終，而寅會之初，發生萬物。書曰：「天氣下降，地氣上升；天地交合，羣物皆生。」至此，天清地爽，陰陽交合。再五千四百歲，正當寅會，生人，生禽，生獸，正謂天地人三才定位。故曰，人生於寅。

這裏把天地之數分成十二會，天開於子；地闢於丑；人生於寅。到戌，天地昏曚而萬物否；到亥，則天地人物俱無，回復混沌狀態。如此周而復始，爲「大數」，至於一日，晝夜的循環，亦爲此時間的神秘循環之一。而介乎二者之間，當有地球冰河期與冰間期的循環，以及一年四季春夏秋冬的循環。此種觀念，起源甚古，史記孟荀列傳所記陰陽家騶衍的學說，已經如此。由於西遊記中不會說明如何順從此神秘循環的時間而達於不朽，此處也就略而不論了。

依照文學批評手册所列，神話的原始類型母題中還有「替罪」一項。西遊記中，孫悟空可說標準的替罪羔羊，一路上勇敢地與妖魔決鬪，卻屢受緊箍咒之痛苦。這一點，留在人物象徵節詳說。

西遊記的人物象徵

西遊記中的主角，本來應該是唐僧玄奘。關於玄奘，舊唐書卷一百九十一，大藏經神僧傳卷六，都有關於他的記載。唐沙門慧立寫的「慈恩三藏法師傳」，寫玄奘事跡最詳細，是我國傳記中的一部巨著。梁啓超的「一千五百年前之留學生」，則有較簡明的敍述。現在依據上述材料，先綜述歷史上玄奘取經的經過。

玄奘俗姓陳，河南洛陽人，父親深通儒術。兄弟四人，玄奘最小。幼時隨他二哥出家，遍讀佛教譯品。曾周遊吳蜀秦魏，訪問佛學大師。都不能使他滿意，於是發願去印度留學。那時是唐太宗貞觀三年，邊疆未和，禁止國人出境。玄奘一再請求，詔令不許。於是玄奘混在西域商人隊伍中偷跑了。從玉門關出發，經天山北路，越葱嶺，出熱海。一路上，高山峻嶺，飛砂走石，荒地野林，毒蟲猛獸，暴客偵卒，關卡國界，種種艱難險阻，飢渴困苦，眞非筆墨所能形容。這樣歷二十四國，到達北印度。然後遍訪五印度的佛寺，學會幾十種語言，向佛教各宗大師責疑問難，又與「外道」反復辯論。貞觀十九年，玄奘取得佛經六百五十七部，以二十四馬馱負而歸。先後在長安的弘福寺，慈恩寺，主持佛經翻譯，高宗麟德元年（六六四）卒，享年六十九歲。

玆自慧立「慈恩三藏法師傳」摘錄數節文字：

於是結侶陳表，有詔不許。諸人咸退，唯法師不屈。旣方事孤游，又承西路艱險，乃自試其心以人間衆苦，種種調伏，堪任不退。然始入塔啓請，申其意場，願乞衆聖冥加，使往還無梗。……邃卽行矣，時年二十六也。……時國政尙新，疆埸未遠，禁約百姓不許出蕃。……不敢公出，乃晝伏夜行。……〔出〕玉門關，……孑然孤遊沙漠矣。惟望骨聚馬糞等，漸進，頃間忽見軍衆數百隊，滿沙磧間，乍行乍息，皆裘毼駝馬之像，及旌旗槊纛之形；易貌移質，倏忽千變，遙瞻極著，漸近而微。……見第一烽，恐候者見，乃隱伏沙溝，至夜方發。到烽西見水，下飲盥訖，欲取皮囊盛水，有一箭颯來，幾中於膝；須臾，更一箭來。知爲他見，乃大言曰，『我是僧，從京師來，汝莫射我。』……從是已去，卽莫賀延磧，長八百餘里，古曰沙河。上無飛鳥，下無走獸，復無水草。是時顧影唯一，但念觀音菩薩及般若心經。初法師在蜀，見一病人，身瘡臭穢，衣服破汚，愍將向寺，施與飲食衣服之直。病者慚愧，乃授法師此經，因常誦習。至沙河間，逢諸惡鬼，奇狀異類，遶人前後；雖念觀音，不得全去；卽誦此經，發聲皆散；在危獲濟，實所憑焉。

行百餘里，失道，覓野馬泉，不得。下水欲飲，（下字作『取下來』解。）袋重，失手覆之。千里之資，一朝斯罄！……四顧茫然，人鳥俱絕。夜則妖魑舉火，爛若繁星；晝則驚風擁沙，散如時雨。雖遇如是，心無所懼；但苦水盡，渴不能前。是時，四夜五日，無一滴霑喉；口腹乾燋，幾將殞絕，不能復進，遂臥沙中。默念觀音，雖困不捨，啓菩薩曰：『玄奘此行，不求財利，無冀名譽，但爲無上正法來耳。仰惟菩薩慈念羣生，以救苦爲務。此爲苦矣，寧不知耶？』如是告時，心心無輟。至第五夜半，忽有凉風觸身，冷快如沐寒水，遂得目明；馬亦能起。體旣蘇息，得少睡眠；……驚寤進發，行可十里，馬忽異路，制之不迴。經數里，忽見青草數畝，下馬恣食。去草十步，欲迴轉，又到一池，水甘澄鏡徹。下而就飲，身命重全，人馬俱得蘇息。……此等危難，百千不能備敍。……

從這些記敍中，可以看出沙漠旅行的艱苦，也可以看出玄奘勇敢、積極、堅毅，而不畏困難的性格。大藏經神僧傳卷六記玄奘西遊：

行至罽賓國，道險，〔多〕虎豹，不可過。奘不知爲計，乃鎖房門而坐。至夕開門，見一老僧，頭面瘡痍，身體膿血，牀上獨坐，莫知來由。奘乃禮拜勤求，僧口授多心經一卷，令奘誦之；遂得山川平易，道路開闢，虎豹藏形，魔鬼潛跡，遂至佛國，取經六百餘部而歸。其多心經，至今誦之。

西遊記十九回「浮屠山玄奘受心經」，五十回記「蜃氣放光就如樓臺房舍」，都由這些記敍演化而出。(案：「心經」是「般若波羅蜜多心經」的簡稱。般若 Prajñā 義爲智慧；波羅蜜多 Pāramita 義爲到達彼岸；都是梵語的音譯。心經則是漢文。簡稱爲「多心經」，實在是不通的。)

西遊取經者本只玄奘一人。由於玄奘取經事蹟富有傳奇性，因而在民間愈傳愈奇，慢慢演變而成神話式的故事。宋元間已有「大唐三藏取經詩話」出現，書中除唐僧玄奘外，已創造了一個「猴行者」，成爲取經的主角；又有一個「深沙僧」，當爲後來「沙和尚」的前身。元人吳昌齡「唐三藏西天取經」雜劇，明楊致和「西遊記」，朱鼎臣的「西遊釋厄傳」，唐僧門徒，已是孫行者、猪八戒、沙和尚三人。吳承恩綜合前人有關西遊的故事，融入自己淵博的見聞，豐富的想像，卓越的見解，以詼諧的文字，創造了不朽的巨著「西遊記」，西遊人物，從此固定了下來。猪八戒三人。

在唐僧、孫悟空、猪悟能、沙悟淨四僧中，沙僧無多表現，可以不論。茲論唐僧、孫悟空、猪八戒三人。

個人認爲，無論唐僧也好，孫悟空也好，猪八戒也好，都是玄奘的化身。人心是很複雜而微妙的。在七十九回，行者變成唐僧，把肚皮剖開，骨都都的滾出一堆心來。都是些：

紅心、白心、黃心、慳貪心、名利心、嫉妒心、計較心、好勝心、望高心、侮慢心、殺害心、狠毒心、恐怖心、謹愼心、邪妄心……無名隱暗之心，種種不善之心。

可以看作人心複雜，以及行者就是唐僧的一個暗示。佛洛伊特把心靈區分爲三：原我、自我、超我。原我受慾望支配；自我受理性支配；超我受道德和宗教情愫的支配。在西遊記中，唐僧代表玄奘超我的一面；孫悟空代表玄奘自我的一面，猪八戒代表玄奘原我的一面。

甲、唐　僧

歷史上的玄奘那種豪邁大膽永不向環境低頭的性格，在西遊記裏的唐僧身上，已不能發現了。唐僧所保留的，只是對財色誘惑的堅決抗拒，不忍殺生的仁慈之心，對種種魔難的逆來順受，同時也表現出懦怯、妄信的性格。他給讀者的印象，可能是一板正經，沒有半點幽默感可言。

唐僧對財色的堅決拒絕，十分值得稱道。在烏鷄國，國王把皇位讓他，他不肯作；將鎭國寶貝，金銀緞帛獻與他，他分毫不受。在朱紫國，比丘國，也有類似的表現。對於女色，無論是四聖變的，妖魔變的，或是人間女王，他一概不爲誘惑所動。

唐僧兩次趕走悟空。第一次是因爲孫悟空不聽勸阻，打死了屍魔化身的小女、老婆婆、老公公。第二次是因爲悟空打死了攔路搶劫的強盜，而且把楊老頭的兒子割下首級來。殺人是唐僧絕對不能容忍的，卽使其人是強盜！這就看出唐僧的仁慈之心來。

我們說過：許多魔難來自天宮和佛門。孫悟空對此頗爲憤慨；但是唐僧從不抱怨。先舉十五回「鷹愁澗意馬收韁」爲例。行者責怪觀音菩薩：「你怎麼又把那有罪的孽龍，送在此處成精，敎他吃了我師父的馬匹，此又是縱放歹人爲惡，太不善也！」而唐僧呢，卻說：「菩薩何在？待我去拜謝他。」就撮土焚香，望南禮拜。再如六十六「諸神遭毒手彌勒縛妖魔」爲例，那妖魔原是彌勒佛面前司磬的童子，行者向彌勒佛高叫：「好個笑和尙，你走了這童兒，敎他誑稱佛祖，陷害老孫，未免有個家法不謹之過！」而唐僧聞言，又是「謝之不盡」。相形之下，唐僧一板正經得可以了。個人覺得，唐僧十分像基督敎舊約約伯記所描寫的「義人約伯」，無論上帝給他多少試煉、迫害、痛苦，約伯始終認定「受上帝懲乃爲有福」「上帝懲人以苦乃爲救其生命」。

循此發展，唐僧顯示出他性格中的懦怯和妄信。第十五回敍他的馬被龍吃了，你看他：

三藏道：「旣是他吃了，我如何前進？可憐呵！這萬水千山，怎生走得？」說着話，淚如雨落。行者見得他哭將起來，他那裏忍得住暴燥，發聲喊道：「師父莫要這等膿包形麼！」

全書提到唐僧「紛紛落淚」不知有多少。七十六回寫八戒錯報消息，說悟空被妖怪吃了，與沙僧分東西散伙，唐僧更「睡在地下打滾痛哭」！

唐僧不只懦怯，而且妄信讒言，不明是非。第二十七回寫到白虎嶺的屍魔變成一個女的要捉唐僧，被行者打死，而唐僧反以爲「故傷人命」。及至看到齋僧的飯食都是些長蛆、青蛙、癩蝦蟆一類東西後，卻有三分兒信了。怎禁猪八戒旁邊唆嘴，唐僧果然「耳軟」，念起緊箍咒，趕走了孫悟空。第三十八、三十九兩回，寫八戒捉弄行者，攛掇唐僧念咒，「那長老原是一頭水的」「信邪風」，果然又念起緊箍兒咒來。

這裏必須指出：「超我」的功能具有正負兩面。一方面是「善」的；另一方面就是「過」了。所以八十回姹女懸於樹，唐僧要行者去解救。行者會說：「師父要善將起來，就沒藥醫。」「超我」之「過」，張愛玲的「沈香屑——第二爐香」有精彩的描寫，可以參閱。西遊記裏的唐僧，抗拒財色，不忍傷生，代表「超我」的正面價值；而懦怯妄信，易受欺騙，以及缺乏幽默感，正代表「超我」的負面。

乙、孫 行 者

假如說唐僧相當於舊約聖經裏的「約伯」；那麼孫行者就相當於希臘神話裏的「普魯米修斯」。一個敢於向丘比特或玉帝挑戰的人。

在孫行者的血管裏，原充滿着叛逆的血液。他曾下海向龍王強索兵器和衣着；又到冥間向閻王拿來生死簿，把猴類名字一筆勾消。他還打到天宮，自稱齊天大聖。是十分「自我中心」的。但是，無論多少個筋斗，他也翻不出如來的掌心，從五行山下被解救出來，接着又被套上了金箍。於是，他留心着情境的變遷和現實的要求，設法去順從它們。緊箍兒呪是一具電子遙控器，約束着孫行者行爲的動向。

不過，他仍然自尊自重，樂觀奮鬪，敢作敢爲，好打不平。賣弄着他的神通和幽默。

在蛇盤山，諸神暗佑，三藏滾鞍下馬，只管朝天磕頭，行者卻在路旁活活的笑倒，說：「老孫自小兒做好漢，不曉得拜人，就是見了玉皇大帝，太上老君，我也只是唱個喏便罷了。」他西遊一路經過寶象國、烏鷄國、車遲國、西梁女國、祭賽國、朱紫國、比邱國、滅法國，只有向行者磕頭的皇帝，從沒有向國王跪拜的悟空！

西遊路上，悟空一直是興高采烈的，遇妖除妖，遇怪除怪，總是抱着必勝的信心。卽使一時失利，他也很少哭泣，反而笑着。像在金峴山，他和哪吒等折兵敗陣，十分煩惱，仍舊在笑。哪吒問他，他說：「你說煩惱，終然我老孫不煩惱？我如今沒計奈何，哭不得，所以祇得笑也！」

對於有來頭的妖怪，他也從來不怕。他敢上天宮，下地府，去西方，到南海，查個水落石出。當着頭頭的面，指責他們的不當。自己偶而錯了，也絕不推諉責任。他偷了人參果，大仙認爲唐僧做大不尊，要先打唐僧。他就開言：「偷果子是我，吃果子是我，推倒樹也是我，怎麼不先打我？打他做甚？」許多禍，是唐僧和八戒闖出來的，但是一肩承擔下來，奮勇打鬪消滅妖怪的，總是悟空。有時救了唐僧，還被唐僧埋怨甚至驅逐，成爲替罪的羔羊。

有些劫難，還是悟空主動攬下來的。像烏鷄國救主；賽城掃塔，取寶救僧；朱紫國行醫，拯救疲癃，降妖取后；比丘救子，辨認眞邪。他性格上，就有一種爲人間打不平，爲人類除妖怪的成分。

他的神通和幽默，更使這個尖嘴猴腮的天地精靈，成爲雅俗共賞、老少咸宜的卡通英雄！

也許，印度的哈奴曼故事傳到中國，先成爲水神「無支祁」，再通過猴行者，而形成孫行者，就如胡適之所說的。也許，那個唱着「二郎搜山圖歌」：

後來羣魔出孔竅，白晝搏人繁聚嘯。
終南進士老鍾馗，空向宮闈啗虛耗。
民災翻出衣冠中，不爲猿鶴爲沙蟲。
坐觀宋室用五鬼，不見虞廷誅四凶。
野夫有懷多感激，無事臨風三歎息。
胸中磨損斬邪刀，欲起平之恨無力。」

救日有矢救月弓，世間豈謂無英雄？（節）

的吳承恩，把自己投影在孫悟空的身上。但是，孫悟空繼承了歷史上眞玄奘那種樂觀、奮鬪、積極、堅毅的性格，是誰也無法否認的。

丙、豬八戒

要說豬八戒也是玄奘的化身，怕大部分讀者一開始很難接受。因此，我先從西遊記的演化中舉一證據。在「大唐三藏取經詩話」第十一章：

行者道：「我八百歲時到此中偷桃喫了，至今二萬七千歲不曾來也。」法師曰：「願今日蟠桃結實，可偷三五個喫。」猴行者曰：「我因八百歲時，偷喫十顆，被王母捉下，左肋判八百，左肋判三千鐵棒，配在花果山紫雲洞，至今肋下尙痛。我今定是不敢偷喫也。」

可見想偷蟠桃吃的是唐僧。

到了西遊記第二十四回：

八戒正在廚房裏做飯，先前聽見說：取金擊子，拿丹盤，他已在心；又聽見他說，唐僧不認得是人參果，卽拿在房裏自吃，口裏忍不住流涎，「怎得一個兒嘗新！」

想偷人參果吃的變成豬八戒了。這不是豬八戒是唐僧另一化身的證據嗎？

作爲一個肉身凡僧，餓了想吃，冷了想穿，有時也不免憐香惜玉，這是很自然的事。當玄奘「口腹乾燋」時，他難道不想吃？當玄奘「如沐寒水」時，他難道不要穿？甚至當他下馬陪妖魔變的美女步行，病中念念「女菩薩」有沒有人送飯給她，潛意識中眞的一無雜念？但是，作爲一位「聖僧」，是不可以如此的，這就是終必須創造一個豬八戒的原因。

豬八戒好吃。第十八回「高老莊行者降魔」，高老數落八戒：「食腸卻又甚大，一頓要吃三五斗米飯；早間點心，也得百十個燒餅纔彀。」第九十六回「寇員外喜待高僧」，更把豬八戒的一付饞相寫得淋漓盡致：

這一席盛宴，八戒留心對沙僧道：「兄弟，放量放懷吃些兒。離了寇家，再沒這好豐盛的東西了！」沙僧笑道：「二哥說那裏話？常言道：『珍饈百味，一飽便休。只有私房路，那有私房肚？』」八戒道：「你也忒不濟！不濟！我這一頓儘飽吃了，就是三日也急忙不餓。」行者聽見道：「獃子，莫脹破肚子！如今要走路哩！」說不了，日將中矣，長老在上舉筯，念謁齋經。八戒慌了，拿過添飯來，一口一碗，又丟彀有五六碗，把那饅頭、餢兒、餅子、燒果，沒好沒歹的，滿滿籠了兩袖，纔跟師父起身。

豬八戒貪財。金皘山遇怪，便是豬八戒偸拿三件納錦背心兒弄出來的。那第五十回「情亂性從因愛慾．神昏心動遇魔頭」寫的就是這件事。夏志清在「西遊記硏究」更指陳：「八戒看到有田產財富的美女時，激起治家的本能；對沒有田產的妖精則表現粗魯，並不認眞。」

豬八戒好色。第二十三回「四聖試禪心」，八戒跑到黎山老母前，連「娘」都叫了。第七十二回：「盤絲洞七情迷本　濯垢泉八戒忘形」，八戒更丟人顯眼，跌得頭腫臉青。第九十五回太陰君帶着霓裳仙子收伏了玉兔，豬八戒又動了慾心，忍不住跳在空中把霓裳仙子抱住，出盡醜態。

吃，原是維持生命的必要手段。而且勞動要以吃飽作前提的。所以第六十七回寫「稀柿衕穢阻」，豬八戒必須先吃了成堆的乾糧，才有力氣上前拱路；而拱了兩日，又把何止七八石飯食，一滂用之。而「色」，亦是生物界延續生命的一種本能。只是必須節制而已。至於「貪財」，夏志清說：「和其他沒有精神稟賦的一般好色者一樣，八戒只在占有和經管大農莊中看到挑戰……在八戒身上，吳氏刻劃了在追求受到尊敬的世俗目標方面發現滿足的每個人。」

原我不惜一切來滿足本身需要，當然要加抑制；超我是道德的檢察官，過分發達也容易造成「罪疚情結」，或成為一位「濫好人」。自我約束了原我，平衡了超我，是內在世界與外在世界之間的仲裁。所以，西遊取經積功最偉的，不是唐僧，不是豬八戒，而是孫悟空！

結　語

總之，西遊記是根據歷史上玄奘取經的故事演化而成的神話小說。作者以豐富的想像，滑稽的文字，嘲弄着超我，呈露着原我，誇大着自我，而歸結於一個人怎樣在原我、自我、超我間導致平衡。作者強調：如何克服內在人性的暗潮洶湧和外在環境的危機四伏，以求取心靈的安頓和人類的福祉。而又能將此主題落實於與邪魔六賊抗爭的心猿意馬；而置其場景於似幻而眞的火焰山、通天河、稀柿衕。對人性、宗教，和當時社會，頗有相當的了解、生動的描述、巧妙的諷刺。且使讀者享受其神怪與機智之餘，卻也觸發面對生命眞相的智慧。

「梁父吟」析評

情節簡介

「梁父吟」本是漢樂府相和歌辭中的楚曲調名。這裏仔細品評的，是白先勇以此爲題的一篇小說，收在「臺北人」書中。

情節發生在深冬午後的天母「翁」寓，七旬上下的樸公，主持了王孟養的公祭典禮後，由五十歲左右的雷委員陪送回家。樸公邀雷委員到書房用茶。談起自己和王孟養共同參加辛亥革命的舊事。對當天公祭表示了一些感慨，特別是對王孟養的兒子王家驥的西化頗多微詞。談話中穿插了年方八、九歲，由美返國的孫兒效先侍奉湯藥的一幕。雷委員陪樸公下棋，見樸公打盹，於是告辭離去。

全文採用了極其嚴格的「客觀觀點敍事法」，內容有堅強的史實依據。對中國經籍及文學典故的繼承，以及象徵含義的豐富，都十分值得稱道。寥寥幾個人物，代表着老一代、中年一代，和新生一代，幾乎是中國近代史的濃縮。

敍事觀點

所謂「敍事觀點」，是作者對讀者展示他作品情節活動的角度。美國當代頗負盛名的文藝理論家瑪倫·艾爾伍德（Maren Elwood）在所著「寫作小小說」（Write the Short Short。臺灣有丁樹南譯本，後附佳作例選，易名爲「小小說的寫作與欣賞」，純文學出版社出版。）說到她曾從文藝刊物上挑出一百則小小說，加以統計，發現小小說敍事觀點有五：

一、全知觀點；

二、客觀觀點；

三、主角第一身觀點；

四、主角第三身觀點；

五、旁觀敍事者第一身觀點。

個人閱讀小說，更發現有：

六、旁觀敍事者第三身觀點；

七、多頭觀點。

「梁父吟」的敍事觀點，採用「客觀觀點」。

這裏，我必須簡單介紹一下什麼是「客觀觀點」。以客觀觀點敍事法寫成的作品，完全敍述事實而不及其他。作家置身於作品之外，使所呈現的事物保持客觀之面貌。卽所謂「作者的分離」。詳細地說：作者站在一個連續的時空，客觀地報導事情發生的經過。沒有內心刻劃，而由言語行動表情來反映人物心理；不牽涉過去，除非對話中展示過去；對所發生的一切，沒有分析、沒有解釋、沒有結論，而完全由讀者自己去分析、去解釋、去下結論。這種敍述法，乃師承科學研究的客觀態度。

「客觀觀點」與傳統章回小說所慣用的「全知觀點」截然有別。作者使用「全知觀點」時，認爲自己是無所不知、無所不在的。他對自己筆下人物，從過去到未來，從外貌到內心，從言行到思想，一切一切，無不瞭若指掌。因此，他可以直接向讀者提示；也可以通過故事中任何人物的言行思想間接地向讀者提示一切。作者可以引導讀者到任何空間任何時間去。

打幾個譬方：「舞臺劇」是客觀觀點；「說書」便是全知觀點了。「明月松間照，淸泉石上流」是客觀觀點，「徘徊枝上月，空虛可憐宵」便是全知觀點了。

白先勇的梁父吟，嚴格地遵守着客觀觀點的規則，甚至比海明威的「殺人者」更標準！

作者置身於「一個深多的午後，臺北近郊天母翁寓的門口」，看見「一輛舊式的黑色官家小轎車停了下來」，讀者自可體會翁寓的主人是位大官，否則怎有「官家小轎車」？但是，決非當今顯要，因爲車到底已經「舊式」了。於是「車門打開，裏面走出來兩個人」。作者稱「前面是位七旬上下的老者」，稱「緊跟其後是位五十左右的中年人」。一段到底，始終名之爲「老者」「中年人」，因爲作者還無從知道他們的姓名。一直到開門的「老侍從」稱中年人爲「雷委員」，雷委員稱老者爲「樸公」，樸公喊老侍從爲「賴副官」。作者都聽到了，於是下文便改稱爲「雷委員」「樸公」「賴副官」。後來「翁效先」的出現，稱呼上亦如此。至於「樸公」姓「翁」，讀者可由「翁寓」門牌獲知；名「樸園」，讀者可由書房對聯的上款「樸園同志共勉」而獲知。

辛亥革命的往事，藉樸公與雷委員的對話而展開。這樣，讀者知道樸公、仲默、王孟養三人是四川武備學堂的同學，在哥老會的掩護下，暗運軍火入武昌，同編入一組。在起義之前，三人效那劉關張桃園三結義，結拜成兄弟。日後幾十年間，三個人東征西討。樸公作到了「長官」；王孟養作到了「總司令」。我們知道：青年人夢想未來；中年人創造現在；老年人回憶過去。這些往事由樸公口中說出，是十分恰當自然的。

對話的內容由辛亥革命轉入到當天公祭。王家驥，這位觀念西化的中年人成爲談話的重點。一幕傳統與西化之爭，就這樣地藉對話而掀起另一高潮。樸公從不曾直接提到「王家驥」這個名字，而是說：「孟養的那個男孩子」，後來甚至有事也不直接對王家驥說，要雷委員「你去告訴他的那些後人」。厭惡之心是十分明顯的。接着樸公小孫子效先的出現，情節回復到當時的書房。下棋、打盹、告辭。送客之時的最後叮嚀，更把情節推向未來。

就這樣，藉着當時的言談活動，使情節串連着時間三態。這正是客觀觀點必然的敍事手法。利用客觀事物的陳述，引起讀者主觀意識的想像，也是客觀敍事觀點常用的方法。從「舊式的黑色官家小轎車」來判斷樸公的身份，前面已提到。此外，從鄭板橋所寫的對子：「錦江春色來天地，玉壘浮雲變古今。」胡漢民所錄 國父遺囑：「革命尚未成功，同志仍須努力。」可以看出樸公風雲際會的事業。從紫檀木太師椅、烏木大書桌、漢玉鯉魚筆架、天籟閣珍藏古硯，可以看出樸公榮華富貴的享受。從大藏金剛經和翻得起毛的線裝資治通鑑，可以看出樸公修己治人的學養。從滿院紫竹及文徵明寒林漁隱圖，可以看出樸公寄居林下的志趣。從身材碩大，銀髯飄然，遲緩而穩健的脚步，擺手而不回頭的姿態，捋鬚微笑的神情，更可以想像到樸公的健康、威儀，和性格。

作者對小說中出現的其他角色：雷委員、賴副官、翁效先，亦莫不採用這種客觀手法。

客觀觀點敍事法的好處，對作者而言，可以逼使作者更仔細地去觀察人物，更精確地去記錄言語、表情、動作。不能偷懶地用主觀的敍述去搪塞。對讀者來說，也必須更注意文字背後隱藏的意義，培養自己的敏感性，從而提高了自己的欣賞力，同時可能感到一種獨立思考被尊重的滿足。雖然實際上這種滿足仍是作者刻意安排的結果。對作品而言，「事實勝於雄辯」，客觀觀點敍述法只訴諸事實，在處理「激情」小說時，反較感傷主義者的感情泛濫更能打動讀者心弦，使讀者信服。

不過，文藝小說到底是作家心靈的產物，舉凡經驗、想像、情感、人生哲學、技巧等，無一不屬於主觀意識的範疇。作者使用客觀觀點敍事法寫作小說之前，對於角色性格之賦予，情節活動的掌握，顯然而且必然也是「全知」的。因此，所謂「作者的分離」實際上決不可能。只是作者在展現事物的過程中，運用技術去對自己的情感或意念加以掩飾；然而作者的情感或意念，仍然隱藏在字裏行間。另外，在客觀觀點之下，情節活動每局限在連續的一段時空之中，場景的移轉不便，只合於寫短篇的情節小說，不適於寫心理分析小說，也不太適合於寫長篇小說。然這些道理，我們都可以藉閱讀「梁父吟」而更加明白。

史實依據

假如讀者對武昌起義的史實很熟悉的話，可以發現梁父吟中樸公所述的革命回憶是十分寫實的。茲先引「梁父吟」的原文，再一一證明或補正於下：

一、「文學社的幾個同志走漏事機，總督下令滿城捕人，制臺衙門門前已經懸上了我們革命同志的頭顱了。」

案：據李廉方「辛亥武昌首義記」：「小朝街八十五號，為文學社辦事處，總指揮部即設其內。是日（陰曆八月十八日）……時鐘將十二時，外間寂然，而傳令被阻，亦無所聞。正惶惑間，忽聞敲門聲甚厲。同志等知有變。堯澂即持炸彈下樓，甫及梯，軍警已破門入，逕登梯。堯澂擲彈，中梯身，碎片反射，負傷撲下，遂被縛。其餘諸人越後牆，登鄰屋頂。人多頂塌，皆被捕……。瑞澂大爲震動，當命鐵忠、雙壽及武昌府陳樹屏在督署會審。庭訊時已四鼓。以彭楚藩爲憲兵，首先提訊，楚藩慷慨自陳，鐵忠即命明正典刑……。訊劉堯澂，堯澂更厲聲說：『要殺便殺，何必多問！』推出時大呼：『少數滿人壓制四萬萬漢人，同胞呀！大家起來革命！』又訊楊宏勝，見其面被炸傷，焦如黑炭，問過姓名後，未訊一語。鐵忠等私語少許，即寫就旗牌。宏勝罵道：『好，只管殺，你們的末日就要到了！』於是彭、劉、楊三烈士皆在督署前斬決。」

二、「我們馬上接到脂胭巷十號的命令：事出倉猝，提前發難。」

案：據胡祖舜「武昌開國實錄」：「一面特設機關於武昌胭脂巷十一號，由楊玉如等商推胡祖舜主持之。」胡祖舜爲此屋主人，所述不可能錯，其他文獻也全部作「十一號」，白先勇以爲「十號」，誤。

三、「當晚午時，以砲鳴爲號。」

案：「午時」當作「子時」，砲鳴爲號，見熊秉坤「辛亥湖北武昌首義事前運動之經過暨臨時發難之著述」：「先是，昨晚即十八日下午，鄧玉麟偕楊宏勝愴惶來營，入坐於前隊三棚，即徐少斌棚。當召坤曰：「……今夜無論如何困難，一聽砲聲，汝等即先行佔領。」

四、「那天夜晚，也眞好像天意有知一樣，竟是滿城月色，景象十分的悲肅。」

案：據居正「辛亥劄記」：「是日淒淒風雨，天若爲三烈士洒淚者。入夕，明月當空，萬籟俱寂。」

五、「我們一隊人便走向蛇山楚王臺去集合。」

案：據李廉方「辛亥武昌首義記」：「各隊官兵既集合，左隊司書周定原曰：『難既發，當速占楚望臺，據軍械庫。』於是整隊馳往楚望臺。」白先勇誤書「楚王臺」。王望音近而誤。

六、「第二天我們便通電全國，稱中華年號爲『黃帝紀元四千六百零九年』。」

案：據曹亞伯「武昌革命眞史」：「起義成功，乃設謀略處，議定事項：『……第五條：稱中華年號爲黃帝紀元四千六百零九年。』」白先勇此處原文照錄，一字未誤，連「零」字也不加改動。

小說原非眞歷史；但是，從前面所引梁父吟六條文字，已可發現白先勇這篇小說具有高度的寫實性質。

我們又知道：小說乃至文學、藝術的模擬眞實，不必是只對一特定事物的模擬，它可以從同類的其他事物中加以選擇、組織、塑造成一種「類型」，使其具有更廣泛的涵義，與更普遍的代表性。因此白先勇又從其他革命運動史料中選取素材，融入辛亥故事之中。仍先錄原文，再加說明於下：

七、「仲默和他夫人楊蘊秀，剛從日本回來，他們在那邊參加了同盟會，回來是帶了使命的：在四川召集武備學堂的革命份子，去援助武漢那邊大舉起義。那時四川哥老會的袍哥老大，正是八千歲羅梓舟，他帶頭掩護我們暗運軍火入武昌……。你知道嗎？那天運軍火進武昌，就是由楊蘊秀扮新娘，炸彈都藏在她的花轎裏。」

案：此處所說「仲默和他夫人楊蘊秀」的故事，似從黃克強和他的夫人徐宗漢女士的故事演變而成。據馮自由「革命逸史」第三集「徐宗漢事略」：「辛亥三月黃花崗一役之前，宗漢率其親屬爲黨軍秘密輸運槍械彈藥，由香港至廣州，異常盡力。並在香港擺花街設置機關製造炸彈。及發難期近，則移至省河南溪峽，擔任分發彈械於選鋒同志。其門外貼大紅對聯，僞飾喜事，故人不之疑。」所謂「炸彈都藏在她的花轎裏」，即由「僞飾喜事」渲染而來，此本是黃花崗起義事，白先勇借以描寫武昌開國女同志之英勇。至於「哥老會」與革命黨的關係，據李廉方「武昌革命首義記」：「共進會本同盟會員張伯祥、余晉城以川幫孝義會首領，約同長江流域哥老會首領或與哥老會通聲氣者，如湖南焦達峯、江西鄧文輝等，在日本東京所組織。」而「羅梓舟」似即「羅子舟」，據曹叔實述「四川保路同志會與四川保路同志軍之眞象」：「非同盟會而同情於革命者，則有秦載賡、秦省三、周鴻勳、羅子舟、朱勉驕、胡檀、吳慶熙諸同志……。川督趙爾豐……調兵四出……。屢爲我王子驤、秦載賡、羅子舟、胡檀諸軍所敗。」白先勇把這些史料揉合在一起，因而產生上引這一番亦眞亦假的話頭來。

除了樸公革命回憶外，梁父吟中其他記事也很紀實。例如：

八、「另一壁也懸了一付對聯，卻是漢魏的碑體，乃是展堂先生的遺墨。」一案：展堂是胡漢民的號。據中央月刊七卷十二期王壯爲「開國元勳中幾位大書家」：「胡先生的書法，專攻漢隸曹全一碑，畢生爲之，絕無遷易。」這段文字雖發表在「梁父吟」之後，但仍然可以證明胡漢民確工漢碑。

至於如「臺北」「天母」等地名；「奚復一」其人，眞實性不在話下。只是小說中主要角色的名字：翁樸園、仲默及其夫人楊蘊秀、王孟養、王家驥、雷委員、賴副官、翁效先等等，卻是杜撰的。

這些眞眞假假的人物，半眞半假的事情，合在一起，使人容易產生信服的心理。胡適於「論短篇小說」中，指出：「凡做歷史小說的，不可全用歷史上的事實，卻又不可違背歷史上的事實。」正好可以移來作「梁父吟」史實依據的結語。

典故繼承

儘管「梁父吟」一文，在敍事觀點採用了西方的新手法；但是，語言運用方面，卻部份繼承了章回小說的傳統語言；而且，對經籍典故，詩賦作品，亦頗多採納引用。

首先，「梁父吟」這個題目，便是有所本的。前面已經指出：它是漢樂府相和歌辭中的楚曲調名。這裏，我要進一步指明，它是一種「葬歌」。樂府詩集所云：「梁甫，山名，在泰山下。梁甫吟，蓋言人死葬此山，亦葬歌也。」是。三國志蜀書諸葛亮傳說「亮躬耕隴畝好為梁父吟」。藝文類聚卷十九吟部有諸葛亮梁父吟，全文是：「步出齊城門，遙望蕩陰里。里中有三墳，纍纍正相似。問是誰家冢？田強古冶子。力能排南山；文能絕地理。一朝被讒言，二桃殺三士。誰能為此謀，國相齊晏子。」對壯士不得其死，深致哀歎。白先勇的小說梁父吟，同樣是敍述國葬儀式的公祭典禮。作者借樸公之口，一則言死者王孟養「狂狷」，再則言死者「性子是太剛了些」。因此，白先勇採用「梁父吟」作小說的篇名，可能不是無意的。

小說的語言，很受章回小說的影響：

例如作者描寫樸公：

「老者身着黑緞面起暗團花的長袍，足登一雙絨布皂鞋，頭上戴了一頂紫貂方帽，幾綹白髮從帽沿下露了出來，披覆在他的耳背上，他的兩頤卻蓄着一掛豐盛的銀髯。」

這種人物的描寫法，與水滸傳描寫史進：

「史進頭戴白氾陽氈大帽，上撒一撮紅纓，帽兒下裹一頂渾青抓角軟頭巾，頂上明黃縷帶，身穿一領白紵絲兩上領戰袍，腰繫一條揸五指梅紅攢線搭膊，青白間道行纏絞脚，襯着踏山透土多耳麻鞋。」

以及紅樓夢描寫賈寶玉：

「頭上戴着束髮嵌寶紫金冠，齊眉勒着二龍戲珠金抹額；一件二色金百蝶穿花大紅箭袖，束着五彩絲攢花結長穗宮絛，外罩石青起花八團倭緞排穗褂，登着青緞粉底小朝靴。」語言何等相似！

而「我還記得，他（王孟養）喝得一臉血紅，把馬刀往桌上一拍，拉起我和仲默兩個人，便效那劉關張三結義，在院子裏歃血爲盟，對天起誓。」更直接援用了三國演義中的典故。還有：「他站到黃鶴樓的欄杆上，揮着一柄馬刀，朝了我們呼喊道：『革命英雄——王孟養在此。』」這幾句話，使人想起三國演義張翼德大鬧長板橋一回：「燕人張翼德在此！誰敢來決死戰？」歐陽子在「梁父吟影射含義的兩種解釋」中據此以爲「第一種解釋——以張飛影射王孟養」。他還使人想起水滸傳刼法場石秀跳樓一回：「梁山泊好漢全夥在此！」

最有趣的是雷委員誇獎翁效先的話：「『了不得！了不得！』雷委員喝采道，『這點年紀就能有這樣的捷才。樸公，』他轉向樸公又說道，『莫怪我唐突，將來恐怕「雛鳳淸於老鳳聲」呢。』」簡直就是紅樓夢十五回中北靜王當着賈政的面誇獎賈寶玉：「令郎眞乃龍駒鳳雛！非小王在世翁前唐突，將來『雛鳳淸於老鳳聲』，未可量也。」語言的翻板。非但所引李商隱詩句相同，而且所用動詞「唐突」亦同。

從前面這些例子，我們可以發現白先勇對中國古典小說相當諳熟。而梁父吟的語言，也分明地受到古典小說用語的影響。

梁父吟中有不少詩句：

「雛鳳清於老鳳聲」是一個例子。這本是李商隱寄韓冬郎兼呈畏之員外詩：「十歲裁詩走馬成，冷灰殘燭動離情。桐花萬里丹山路，雛鳳清於老鳳聲。」中的末句。而且是頗有深意的，我在下面再說。

書房裏掛的鄭板橋的眞蹟：「錦江春色來天地，玉壘浮雲變古今。」又是一個例子。這原是杜甫登樓一詩的頷聯。全詩是：「花近高樓傷客心，萬方多難此登臨。錦江春色來天地，玉壘浮雲變古今。北極朝廷終不改，西山寇盜莫相侵。可憐後主還祠廟，日暮聊爲梁父吟。」白先勇採用此詩頷聯爲對子，一方面表明了翁樸園、王孟養這幾位來自四川錦江流流的革命人物，眞的改變了古今，給天地帶來一片春色；另一面又巧妙地暗藏「日暮聊爲梁父吟」，點出題目「梁父吟」。

王欽之輓王孟養的聯了，所嵌「出師未捷身先死，中原父老望旌旗」，亦取自杜詩蜀相：「丞相祠堂何處尋？錦官城外柏森森。映階碧草自春色，隔葉黃鸝空好音。三顧頻煩天下計，兩朝開濟老臣心。出師未捷身先死，長使英雄淚滿襟。」歐陽子據此，以爲：梁父吟「第二種解釋——以諸葛亮影射王孟養」。

「葡萄美酒夜光杯，欲飲琵琶馬上催。醉臥沙場君莫笑，古來征戰幾人回？」這首「涼州詞」，白先勇借翁效先口中背了出來。而陸游的「示兒」：「死去元知萬事空，但悲不見九州同；王師北定中原日，家祭無忘告乃翁！」白先勇卻把它化爲樸公的告語：「還有一句話，是你老師臨終時留下來的：日後打回大陸，無論如何要把他的靈柩移回家鄉去！你去告訴他的那些後人，一定要保留一套孟養常穿的軍禮服，他的那些勳章也要存起來，日後移靈，他的衣衾佩掛是要緊的。」這就是家祭無忘告乃翁了！

白先勇在「梁父吟」中，不只是繼承了傳統小說的語言；引用了古典詩詞的句子；而且更有意無意地容納了許多經籍中的典故和思想。

例如：樸公用「狂狷」來品評王孟養的爲人。狂狷二字，便出於論語子路篇：「不得中行而與之，必也狂狷乎！狂者進取，狷者有所不爲也。」樸公認爲：王孟養之所以才智未能展盡，是因爲「有他許多驕縱的地方，不合時宜。這不能怨天尤人，還是要怪他自己的性格」狂狷正是性格上的缺陷，驕縱不合時宜，與儒家中庸之道違背。

又說：樸公說「當然古訓以哀戚爲重，可是……」。語亦本於論語八佾篇：「禮，與其奢也，寧儉；喪，與其易也，寧戚。」

樸公宅內的院子裏，別的樹木都沒有種，單沿着圍牆卻密密的栽了一叢紫竹。這與論語子罕篇「歲寒然後知松柏之後彫也」有沒有關係呢？

至於樸公側過身，微笑着問雷委員：「你們背地下都把他比做七月裏的大太陽——烈不可當，是嗎？」我想，這個靈感可能是從左傳文公七年：「酆舒問於賈季曰：『趙衰、趙盾孰賢？』對曰：『趙衰，冬日之日也；趙盾，夏日之日也。』」而來。七月裏的大太陽，不正是「夏日之日」嗎！

特別値得我們注意的是樸公書房裏擺的兩本書：一本是「翻得起了毛的線裝資治通鑑」，另一本是「大藏金剛經」。讀資治通鑑，爲的是治人；讀金剛經，爲的是修行。而修己治人，正是中國人明德親民、內聖外王的大學問、大修養。

歐陽子說：「我們細讀『梁父吟』裏作者對樸公的描寫，卽發現樸公除了具有不屈不撓、貫徹始終的創國精神，更秉具中國五千年積留下來的傳統文化之精神。」這話好極了。我個人還以爲：白先勇對於中國經籍和道統，是頗有認識而且頗能掌握的。

象徵含義

任何一種抽象的觀念、情感，與看不見的事物，不直接予以指明；而由於理性的關聯、社會的約定，從而透過某種意象的媒介，間接加以陳述的方式，文學上稱之爲象徵。

梁父吟的象徵含義可分兩方面來說。

第一是人物的象徵。

依年齡可分爲三類。年老的一輩全是參加過辛亥革命的，有：

翁樸園：武備學堂出身，官至「長官」，爲人謹愼。

仲默：在日本參加同盟會，回國召集革命份子，大舉赴義。官位不詳，爲人厚道。

楊蘊秀：在日本參加同盟會，回國參加革命。女，後與仲默結婚。

王孟養：武備學堂出身，官至「總司令」。爲人富才略機智，然狂狷剛烈，驕縱不合時宜。

羅梓舟：哥老會袍哥老大，掩護革命份子起義。

白先勇用這些人物象徵中華民國的締造者，認爲中華民國就是由在國外回來的同盟會員號召下，以及我國民間秘密會社的掩護下，以武備學堂學生爲主力，建立起來的。

中年一輩的，有：

雷委員：王孟養的學生和幕僚。當他和樸公一同參加公祭而回，年老的樸公仍然「踏着遲緩而穩健的步子」，而他年方五十左右卻「面容顯得有點焦黃疲憊」。他和樸公講話的態度，或是「趕快接口」，或是「沒敢答腔」，或是「充滿敬意」，或是「試探着說」，或是「附和稱讚」。與樸公對弈，下到二十手，就「有一角被樸公打圍起來，勒死了。」健康、氣度、才智，似乎都趕不上老一輩。

王家驥：王孟養的兒子。長住美國，信仰基督教。治喪委員和他商量事情，他一件件都給駁了回來。父執說的話，他竟有點不耐煩的樣子。發訃文沒有列繼母的名字。

白先勇用這兩個人物象徵中國中年的一代：留在國內的，爲老一輩的光輝所淹沒，顯得庸碌無能；遠托國外的，卻拋棄傳統，觀念西化。

新生一代，有：

翁效先：在美國出生，剛接回國時一句中國話也不會說，跟他祖父唸點書，現在卻也背得上幾首唐詩了。孝順祖父，能侍奉湯藥。對雷委員立正行禮，頗有禮貌。到院子扶回祖父的是他。白先勇創造這樣一位小孩，是否有意讓他象徵着：從全盤西化之思想迷失中返回，重新肯定中國傳統文化，扶持中國傳統文化呢？

第二是事物的象徵。

梁父吟中，許多事物含有象徵的涵義。

篇首，雷委員送翁樸園回家，一進門內，「那個老侍從便馬上過去把大門關上。」篇末，雷委員向翁樸園告辭，老侍從賴副官又「蹣跚的走過去把大門關上。」兩次「把大門關上」，當然是傳統的中國閉關自足的象徵。

宅內的院子裏，栽了一叢紫竹。是不是取其高風高節，挺拔堅貞呢？

「一隻饕餮文三脚鼎的古銅香爐，爐內積滿了香炭，中間還插着一把燒剩了的香棍。」辛亥革命的老英雄們，的確燃燒了自己的生命，散發過生命的芬香。那麼，後來翁樸園又「點了一把龍涎香，插到那隻鼎爐內。」龍涎香象徵誰？會不會暗示外國回來跟着翁樸園「唸點書」（古書）的翁效先？這樣說來，龍涎香實是龍種的中國人所散發的芳香。連那隻「饕餮文三脚鼎的古銅香爐」，竟也是我們注重「民食」的古老中國的象徵了。

下棋自古便作爲世局的象徵。杜光庭的「虬髯客傳」便在虬髯客見到李世民後，寫下「此局全輸矣，於此失卻局哉！救無路矣！復奚言！」罷弈而請去的。因此，老人說的：「也好，那麼你把今天的譜子記住。改日你來，我們再收拾這盤殘局吧。」便是含有機鋒的話頭了。

文中效先侍奉湯藥，樸公對雷委員說了一番頗含玄機的話：「你還記得我和你老師北伐打龍潭那一仗嗎？我受了炮傷。」「那時還年輕，那裏在意？現在上了年紀，到底發着了。天寒的時候，腰上總是僵痛。電療過幾次，並不見效。我便到奚復一那裏去抓了一帖藥，服着好像還剋化得動似的。」這幾句話，初看容易忽略過去。要是跟「臺北人」書中「冬夜」一段話參看：『我在臺大醫院住了五個月，他們又給我開刀，又給我電療，東搞西搞，愈搞愈糟，索性癱掉了。我太太也不顧我反對，不知那裏弄了一個打針灸的郎中來，戳了幾下，居然能下地走動了！』余教授說着，很無可奈何的攤開手笑了起來。『我笑我們中國人的毛病，也特別古怪些。有時候，洋法子未必奏效，還得弄帖土藥秘方來治一治。像打金針，亂戳一下，作與還戳中了機關——』說着，吳柱國也跟着搖搖頭，很無奈的笑了起來。」意思就十分明白了：原來中國人的病，包括個人的和國家的，都要用中國的藥醫。

小說的結束，一段描寫蘭花的文字值得留意：「那兒有一個三疊層的黑漆鐵花架，架上齊齊的擺着九盆蘭花，都是上品的素心蘭，九隻花盆是一式回靑白瓷螭龍紋的方盆，盆裏舖了冷杉屑。蘭花已經盛開過了，一些枯褐色的莖梗上，只剩下三五朵殘苞在幽幽的發着一絲冷香。可是那些葉子卻一條條的發得十分蒼碧。」老成雖然凋謝，但繼起有人，一條條的依然發得十分蒼碧呢。

以上所述，無論人物象徵或事物象徵，其個別含義已指明如上。這裏，我們還要作一番綜合的工夫。於是，我們可以發現梁父吟實在以人物象徵爲「中心象徵」。老一輩，象徵中華民國的過去：革命建國。中年一輩的，象徵着五四以來的徬徨和迷失。新生一輩，在西方文化的洗禮下，卻回頭重新肯定傳統，象徵着中華傳統文化的復興。而所有的「事物象徵」，如：翁樸園重新點燃的「龍涎香」；「改日收拾殘局」的叮嚀；「剋化得動」的漢藥；以及素心蘭一條條發得十分蒼碧的葉子：便都是環繞在那「中心象徵」四周的「附屬象徵」。暗示着傳統文化香火的傳遞；整理國故殷切的期盼；唯有傳統文化方能救國的信心，以及文化復興的繼起有人。使全文的主題襯托得益發明顯了。至此，我們當能恍然大悟：「雛鳳淸於老鳳聲」不僅是恭維之詞，它代表着這一代希望之所寄。

海明威曾經說過：好的短篇小說像一座冰山，十之七八浸在水裏，露出水面不過十之二三。塞斯頓（Jarvis A. Thurston）說得更詳細：「如同現代詩、現代短篇小說的內容是濃縮的。它使用象徵以期籠括廣而深的主題；於是，在最佳的作家筆下，短篇小說幾可與長篇小說分庭抗禮。現代短篇小說使用象徵，既然能够獲得主題上的廣度、深度，與戲劇化的力量。是以，現代短篇小說不再自甘於是一篇『故事』或一個『素描』而已。」白先勇的梁父吟，絕不僅在述說故事，或作幾位人物的素描。它通過了象徵的手法，把中華民國的歷史壓縮在短幅小篇之中，同時預示着對傳統文化之重新肯定。

結　語

在白先勇「臺北人」一書中，有不少膾炙人口的短篇：像「永遠的尹雪艷」，像「金大班的最後一夜」，像「遊園驚夢」。但是我個人偏愛的，卻是「冬夜」和「梁父吟」。覺得這兩篇較能與自己的心靈相應。「冬夜」此處不談；「梁父吟」向我們展示的，是由革命大業所顯發的蓬勃的民族生命，是五四以後思想方面的困惑，是重新肯定傳統文化的企盼。作者把情節活動落實到辛亥起義以來的事蹟之中，藉傳統經籍與古典文學的繼承與引用對傳統文化作一回應。敍事客觀而具有誘使讀者信服的力量。內容和技巧之間的妥帖配合十分值得稱讚。而象徵手法運用之妙，更使全文文意稠密，餘韻不盡。

「漁歌子」析評

前言

六十四年五月以前，文壇上沒有陳郁夫這個人。那年五月十四日和十五日，中央副刊出現他首次發表的短篇小說「孺子」。生命自身的樸實呈現深深感動了我，也立即引起文壇上一些迴響。接着，陳君「燃犀集」陸陸續續地在中副刊出，那種對人生的正確體認，固然要靠心臺的靈明，但也有賴對我國生命哲學一番博學、審問、愼思、明辨、篤行的工夫。這原應是民族文學必具條件之一；恰恰也正是時下多數小說所共同欠缺的。我對陳君作品刮目相看，興奮地看到中副、聯副上他一篇接一篇的小說。我進一步發見作者生活面之遼闊。儘管技巧上不够圓熟和意識上仍可商榷的地方也並不是沒有。我發心要評介它。趁着陳郁夫第一本短篇小說集「漁歌子」的結集出版，我想，這是評介的恰當時候。

分篇評介

「漁歌子」包括十二篇短篇小說。內容大致可分三類：有說童年故事的，有說學府故事的，有說鄉土故事的。

甲、童年之什

「孺子」「蝙蝠與飛象」「浴在火光中的觀音」，描述的全是孩童成長的痛苦歷程。

首篇「孺子」，以從臺北回淡水祖父母家寄居的小孩阿雄為主角。描述清明前後，阿雄等候母親回家，沒有等着。於是跟鄰居坤和、黑皮兄弟，及西村阿順，共十來位小孩，在北淡公路邊的墳場，替上墳的人割草，賺取零用錢的故事。作者採取「第三人稱主角觀點」來敍述。整個情節，透過阿雄的意識、行動，和觀照而展開。

全篇人物相當多。阿雄的同伴，就有十來位。其中坤和是國中生。當有人要阿雄割草，阿雄羞得想躲起來，坤和會挺身而出，迅速揮動鐮刀。他替阿雄父親的墓立土地公，送紅漆給阿雄寫墓碑，挑出蜂蛹替阿雄塗大疱，和善中顯得幾分成熟。黑皮卻只會追蝴蝶，找野草莓。當大家忙着找墓割草，他會從褲袋中掏出一個大番石榴，惹起孩子們一陣羨慕聲。西村阿順是連死人骨頭也不怕的孤兒。所以阿雄看見傾倒的骨罈，手脚發軟，他敢轉回來扶阿雄跑。加上主角阿雄，四個小孩，四種個性，刻劃得相當活潑。而掃墓人羣，如：帶女朋友去石門，順便先來掃墓的湯姆，祖墳在那裏都忘記了。女友茱麗，關心的是絲襪已被野草勾破了兩道。另外帶兩位女兒同來掃墓的中年婦女，倒是非常和藹仁慈的樣子，兩個衣着考究的女孩亦別有一種天眞。至於支使阿順等割了差不多兩小時的草，又檢石頭，卻只分阿順等幾顆糖菓就想打發的「吝嗇鬼」，那是爲富不仁的樣板了。阿雄的祖父母着墨不多。母親爲人幫傭，辛勞中保持一分人際間的平和。檢骨的阿塗伯十分突出，把散出的骨頭一塊塊揀起來，在衣上擦擦，又放回骨罈裏。讀者算是開了眼界。如此衆多的人物，而且能讓他們在實際活動中呈現出各人的性格和樣子，這是十分難得的。

孺子的主題，顯然在描寫城市兒童回鄉居住後生活觀念和方式的改變。從對母親的過分依賴，以及城市生活疏離的存在情態中，返回鄉村，重新體驗一種自立而又能與他人相互交通的純眞、莊嚴和喜悅。至於說孺子是貧苦兒童的奮鬪史詩，那恐怕是十分皮相的看法。

配合這種主題，作者採用前後對照的手法。

剛回淡水的阿雄，原本可說是腼腆、懦弱，而不能開玩笑的。他甩開坤和搭到自己肩上的手，表示他拒絕人際的親熱。他作事猶豫，怕鬼，怕陰森。等着媽媽，想跟她要二十元去參加班上旅行。他不經意地用脚把雜草撥開，發現湯姆父親的墓。湯姆問「誰找到的」？他舉手而又縮手，想躲起來，耳朵熱熱的。下午他主動到墳場來，這是轉變的開始。但是，他看到上墳的母女三人衣著考究，仍會頓然自慚形穢。他不敢自己幫她們割草，只敢找坤和來除草。事後聽到那大女兒問她媽咪：「他們是不是專門替人家割墓草的？」還會感到一陣辛酸。他看到一個傾倒的骨罈，會以爲自己撞倒的，手脚發軟，必須阿順拖着他往下跑。

第二天上午，他「耐下心」作功課，打掃曬穀場。倒不是他眞的體認到這些行爲本身有什麼價值。他只是「希望母親來時看到他正在做功課或工作」，把它當作討好他人的必要表現而已！所以到了下半，他就耐不住了，又跑到墳場去。這次是爲了替自己父親墳墓割草。阿順和坤和的主動幫忙，揭除了封閉着阿雄心靈的最後一層繭。當阿順說到一定用牛糞塗那「吝嗇鬼」的墓碑，阿雄表示自己的反對。這是心靈交通的表徵。接着幾天假期，他終於敢開口向人問：「要不要人幫你們割草？」或「姓什麼？我們來幫你找！」也敢於跟阿順他們去採野蜂巢了！

小說結尾某些敍述，非但能回應上文，而且能點出主題。當媽媽問阿雄「你月考考完了沒有」？他本想說考第一名，但又嚥下去。考第一名並不是爲了討好母親，或特別值得誇耀的。母親給他五十元零用錢，他也不要了。他可以自己賺錢去參加班級旅行！而當阿順說：「我媽媽未死之前，也對我很好！」阿雄不自覺地握住阿順粗大的手。這與開始時阿雄甩開坤和的手，又是何等強烈的對比！最後阿雄主動要求暑假海水浴場開放時，跟阿順去賣東西；同時把母親給他的蘋果，拿來和坤和、黑皮、阿順等同享。這時的阿雄，行爲自主，心靈開放，已不復是當日孤寂、封閉、依賴、自憐的小孩子了！

在阿雄所有的改變中，有一點需要特別討論：就是阿雄變得「說謊居然不心慌」的問題。這顯然受坤和冒充是阿雄的哥哥的影響。就文論文，當阿雄怯於爲人割草，坤和說「我是他朋友，我來替他割。」也就可以了，用不着說「我是他哥哥」。而當阿雄母親回來，問阿雄「來土地廟前做什麼」？阿雄不作聲便行，甚至承認自己去割墓草也無不可，何必硬說「我來等你」呢？「說謊」在全篇小說的獨特道德視野中是沒有必要的。

作者安排了許多與願相違的事實。例如：湯姆要阿順等找「姓馬的墓」，專來替人找墓割草的阿順兩次找到馬姓的墓碑，都不是湯姆要找的。偏偏在等媽媽的阿雄偶然看到一角墓碑，「不經意地」用脚把雜草撥開，正好就是了。又如：阿雄一直希望媽媽回家時，他正在讀書或工作。可是：他左等右等，媽媽不來；去墳場跑上跑下，正好才被野蜂咬個大疱，偏偏媽媽來到。而最妙的是：兩脚全是泥沙，媽媽帶給他穿的，卻會是一雙嶄新的皮鞋。世界本質的眞相，原是互相矛盾的；尤其在主觀意念和客觀現象之間。作者這些跡近「場景反諷」的安排，是否代表對這世界矛盾本質的體驗？至於阿雄以爲自己蹬下石頭傾倒了骨罎，嚇得手足發軟，一夜惡夢。而最後發現林投樹擋住了滾石，骨罎不是自己傾倒的。反諷之外，更有一種懸宕的戲劇效果。

「蝙蝠與飛象」跟「孺子」有許多相似的地方：都以小孩爲主角。孺子裏的阿雄，父親早死，母親幫傭，自己幫人割草以賺取零用錢；蝙蝠與飛象裏的阿祥，父親出海長久不回，母親嘗試以賣魚維生，自己也賣油條、撿蝦子來協助家計。兩篇都以主角觀點敍述故事。孺子用第三人稱，敍述他自己的故事，蝙蝠與飛象用第一人稱，訴說我自己的故事。兩篇主題也很類似：在小說開始，阿雄等着母親，想要二十塊錢好參加旅行，而阿祥本來連睡覺也要抱着媽媽或枕頭的。由於同伴或老師的影響，兩人都能有決定性的突變，趨向成熟。

蝙蝠與飛象的標題後，有幾句開場白，有助於對小說的了解：「成長是一種痛苦的過程。記憶所及，每一次成長，都像是脫了一層皮。」爲了顯示這個主題，作者創造了兩個具有代表性的少年：一位是王鴻文，會讀書，天天穿鞋；一位是羅朝根，不會讀書，一身油垢垢的衣服，臉孔髒兮兮。至於小說的主角阿祥，原與王鴻文「一邊」的。由於父親出海沒有消息，家庭突然陷入困境，所以要與羅朝根「一邊」了。但是，阿祥發覺，自己既不能擁有王鴻文的富裕；也不甘心於羅朝根的骯髒。他是不容於飛禽也不容於走獸的蝙蝠。因此，他故意不洗臉，要做一行，像一行。就在這時候，小學老師開導了他。他想起飛象，既能在地上跑，也能在天上飛；他要像羅朝根一樣工作，但不學他的骯髒和不用功。這種主題，顯然較諸孺子阿雄：學坤和之勤奮，也學坤和的說謊，要正確得多。

以「蝙蝠和飛象」爲題目，說明了作者有意識地運用「象徵」手法。儘管蝙蝠爲實際存在的而飛象則否，但這種「童話式」的事物象徵，跟觀點人物阿祥之經驗恰恰合適，不足爲病。此外，作者在敍述小學老師開導阿祥的一段中，先敍：「她問我包包重不重，用洋傘替我遮住太陽。我突然覺得一股熱淚，奪眶而出。」再敍：「我感覺老師的傘影又到我頭上來。」這裏的太陽成爲人世嚴酷的象徵，傘影是保護人免於接受酷烈的象徵。也都是象徵手法的有意運用。

「浴在火光中的觀音」具有相當程度的複雜性和曖昧性。這是一個以日據時代美機轟炸淡水臭油站爲背景的地下分子愛國活動的故事。作者以稚童阿龍的觀點，採取第一人稱來敍說。故事從相思樹林一片火光中，母親拖着自己躲避空襲說起，倒敍自己如何從睡夢中被母親搖起奔逃，接着敍述逃到小坪頂外祖父家，逃難的村民說起有間諜放信號。於是阿龍想起一個多月前放風箏，遇到一位斯斯文文的陌生人，查問淡水飛機場和臭油站的位置，還說要送他一綑細麻繩做風箏線。從記憶回到現實，阿龍久久不能成眠。第二天母親下山又回到山上，說日本人捉到間諜，看起來斯文斯文，挨家問大家認不認得。阿龍嚇得發高燒，整晚說夢話。母親一再阻止阿龍，不許他說認得那間諜。燒終於退了，阿龍跑到放風箏的地方，一綑鴨蛋大小的細麻繩赫然放在樹根分叉處。中午吃臭蕃薯時，他對母親說：「阿母，我那日在山上，一定是做惡夢，做一場很怕人的惡夢。」母親只看他一眼，好像沒有聽到他的話。

作者把現在和過去穿揷起來，忽而順敍目前事實，忽至倒敍往事回憶。情節之開展，部分以觀點人物的意識流動爲線索。較孺子、蝙蝠與飛象，顯得幾分撲朔迷離之美，很能跟間諜故事的神秘氣氛相符合。這是情節結構方面的複雜和曖昧。作者以第一人稱作爲敍述者，所述可以說是自己認清現實的成長歷程；也可以說是地下分子反抗日本統治的目睹記。換句話說：敍述者旣爲故事的主角，又是故事中的故事的旁觀者。這是敍事觀點的複雜和曖昧。作者一則言：「一陣火光透入小窗，照亮我們房內，照亮母親愴惶的臉。」「我看佛案上的白瓷觀音，沐浴在閃動的火光中。」那麼，觀音是母親的象徵。再則言：「夢見那個斯文斯文的年輕人，滿臉是血，我驚醒好幾次；夢見那片火海，夢見浴在火光中的觀世音菩薩。」那麼，觀音又是愛國抗日分子的象徵，臭油站的炸毀正是戰爭資源的消滅。更一再快鏡頭轉換：「我想到母親，想到浴在火光中的觀音。我正想去找母親，突然想到一個人，我心頭像被重重的捶了一下，背脊冰涼起來。間諜！那斯文斯文的年輕人。」「我心中一下子想到那人，一下子想到那片火光，一下子想到觀音，一下子想到母親。」所以，觀音既象徵愛家的母親，也象徵愛國的間諜。這又是事物象徵的複雜和曖昧。使小說更加耐人尋味，並且大大提高了它的藝術性。

乙、學府之什

「奈何天」「青原與關關的故事」「鷹未揚」「心燈」「山中」，描述學府人物的種種活動。

「奈何天」用第一人稱我，敍述自己一位摯友「淑瓊」的故事。從文後所附「蕭南」女士所作「天涯長憶舊時情」，我們發現「奈何天」情節的眞實性。甚至主角「淑瓊」的名子也是眞實的。從而文中作者的自我敍述：人間的孤兒，從小受雙親不睦折磨，師範畢業，教完四年國小，考進師大國文系……。同樣地具有眞實性的可能，提供讀者了解作者的一些參考資料。

正如蕭南所說：「淑瓊二十幾歲的生命，從小學到大學畢業，幾乎都是在掙扎奮鬪中度過；沒有完整的家庭，沒有寬裕的生活。但從未聽她埋怨過什麼，對於母親她從小就有一份近乎痛心的憐惜，對於父親她崇拜孺慕之情無時消滅，至於兩個弟弟，她不但是長姊，有時更兼有慈母的情懷。而她自己從小到大都是堅強、自勵，對未來總充滿了信心。如此一個有旺盛生命力的人，在科學昌明的今日，在她剛開始接觸到人生幸福一面時，竟因產後流血過多致死。」奈何天的悲劇就在這裏了。從亞里斯多德開始，一說到了「悲劇」，總連想到「情感的淨化」。但是奈何天給人的感受，不只感情淨化而已；它更提供一種社會問題：貧窮與父母失和之對生命的嚴重摧殘！一簞食，一瓢飲，在陋巷，人不堪其憂，淑瓊儘管能够不改其樂，但環境不衞生加上發育時期的營養不良，註定了她的命運：不幸短命死矣。這種幾千年來始終存在的生命現象中的無可奈何，我們應該責之於天，或是歸之於人呢？

「青原與闋闋的故事」由七個也可獨立的超短篇小說連串而成。

青原是建築系三年級學生。闋闋在文學院迎新會演奏月光曲，青原發現了她，然後登門造訪，相偕郊遊爬山，尋師會友，以至暑期小別。作者創作了一個近乎理想主義的愛情故事，而仍舊讓它留在現實的背景之中。因而故事給人十分眞實的感受。這裏有相互的提昇，這裏有自我的檢討，這裏有對宇宙萬物的同情和憐惜。

首篇「花」。寫青原採下一朶野百合，瞧瞧後不禁有些失望，把花遞給闋闋。闋闋不受，青原就把花隨手一丟。因而引起一場十分使人羨慕的「爭辯」。關關最後幾句話似乎代表此篇的主旨：「無論什麼東西，我們碰了它，它改變了原來的樣子，我都會覺得負了責任，要是我沒把握負起責任，我便不碰。……我不能像佛陀普度衆生，像聖人仁被萬物，我只好在開始時謹愼。」

「礦工」顯示出作者對人類一種了解之同情。青原和關關翻山到了煤礦之鄉。關關不喜歡礦工那樣喝酒和賭博。青原說：「在岸上的人嘲笑那些溺水的人胡亂掙扎便沒有道理。……坑隨時有塌下來的危險，除了頭盔前一點光之外，四周黑得比沒有星光的夜還黑。空氣充滿煤灰，沈悶得令人窒息。……他們太耗體力，不吃高營養的魚肉，不喝些酒，便沒法驅逐一天的疲勞。……說到賭博，其實他們輸贏並不大，你難道叫他們也跟我們一樣去爬山？」礦坑安全和礦工正當休閒生活之輔導，是刻不容緩的了。

「獵」則是青原自述獵鳥的故事。用汽鎗獵鳥，十隻中只有一二隻死去，打斷翅膀的，牠會無聲地一張嘴一張嘴，用那無邪的眼睛恐懼地看着你，拼命把身體擠向草叢裏，這時你只有兩條路好走，補牠一彈，或揑死牠。於是，你心弦振動，但又體會到仁心善性何其薄弱。終於青原把鎗塗上黃油，用布包起來，等借給他的朋友回來取走。可是多少鳥已死在自己手中。一顆良心的發現，不知要多少人爲他犧牲啊！

「天長地久」有長者的畫像。借蕭老師的口，說出孟子性善、盡心、養氣的大道理。「只要把本心喚回，忠實於自己本來的那一念，便可以接上宇宙的大源頭，便不會有空虛感。……使本心由小而大，充塞整個宇宙。」這是正面提出。可惜有點玄，只怕對理學沒有研究的讀者不易了解。又說：「一般人一生中往往太掛惦利害，不能直道而行，掩藏閃躲，直不起腰來。」這是反面抨擊。聽在心裏，額頭要冒汗的，豈僅青原一人而已。

「琴心」借郊遊聞琴，補敍青原認識關關的經過。在迎新會中，關關一曲「月光」，使青原著魔。把月光曲的演奏安置在熱烘烘的晚會中，不但有烘雲托月之妙，而且也顯出時下〇〇七式的愛情觀中，青青與關關的故事之超凡脫俗。

「蘋果樹、歌唱、黃金時代」中，寫的是暑假。青原回家去了，關關在等着信。兩地相思，關關自呼自言着：「你要使他成為提携你上昇的力量，你要也使自己成為對他有益的人。」接着是昔日高中同學來訪，回憶兒時，同聲歌唱，又是人間天堂的美好景象。

「橋、杉木、茶」是青原給關關的一封信。橋是青原父親五元、十元募捐了三、四年才築起來的。杉木和茶是青原母親和祖母辛辛苦苦一鋤一鋤把山地開墾出來，種植起來的。母親要賣杉木，供青原讀書。青原卻製茶賣個好價錢，把杉木留給妹妹。信末，青原邀請關關去他家「遠足」一天。

就小說技巧來看，這七篇青原與關關的故事，手法單純，不曾運用什麼特殊技巧。但是，作者很成功地創造了一對偶像人物。Elizabeth Bowen 在「寫小說的要訣」中認為：一本小說至少要有一個能令讀者與奮鼓舞的角色，使讀者覺得自己彷彿正面對一個他所愛的人一樣。而陳郁夫在此創造了兩個。在現實的男女關係中，這故事不僅是空谷足音，而且也足以誘發人類崇高的性靈。這樣純真的愛情，如果使用什麼特殊技巧去敍述，反顯得矯揉造作了。

「鷹未揚」是由大三學生阿文敍述自己從小學一直到高中都同學的好友阿富的故事。阿富的名字有點反諷意味，事實上他的家庭不算富裕。加上聯考兩度落榜，閒在家裏，簡直像隻「臭頭雞仔」，一天到晚挨駡，連在餐桌上多挾塊肉吃，都會挨弟妹的白眼。看到父親實在太辛苦，一度乾脆去幫父親採石。當兵回來改行送瓦斯，仍舊準備重考。有天摔傷了，也不敢讓家人知道，叫阿文幫他代送一天。阿文第一桶瓦斯，就是送到「新美玉」。下午還碰上拉了一褲髒東西的老公公，就擱了不少時間。偏偏回來時半路機車熄火，害得阿富等以爲出事，急得不得了。阿富的母親一直嘀咕阿富「自已的頭路不做」，阿富的父親也責備他不去工作。逼得阿富喃喃道：「我……我是不是還是你們的兒子？」這時，阿富的父親才發現阿富手肘後大塊擦傷，是昨天送瓦斯過平交道遇到火車急煞車摔成的，還差一點被火車軋死。阿富的爸爸醒悟過來，說：「你今年如果考上，我再怎樣也讓你去讀！……我們那裏會永遠做粗工？……」

此文原名「雛鷹之歌」，在中副發表時，編者把題目改爲「舐犢情深」，結集時又易此名。文末本來還有一段。說到阿文跟父親爬山，告訴父親阿富的故事。父親擡頭看看天空，阿文也隨着看去。只是一脈脈綠嶺的上空，有一隻鷹在盤旋……。

「阿富他父母的作爲，代表自然界一切父母的作爲。」爸爸說，「小鷹長大了，老鷹會斷絕牠的食物，逼牠們飛下懸崖，自己去覓食。」

「我看過母鷄把小鷄啄得吱吱叫。」我說。

「就是這樣，阿富的爸爸，他們沒讀多少書，他們的作爲最接近自然界的動物。只有人才會溺愛自己的子女。他們一再啄子女離開，去過獨立生活，遇到子女大受委屈，心仍會很疼痛的，到底人還是人。」

這一大段，結集出版時刪去。理由當然是避免正面暴露主題。但「鷹未揚」三字的命意，也無着落了。

「心燈」是大學生「自覺覺他」過程的表白。侯廣元從石碇翻山來到坪林，和一些爬山或露營的大學生一起等車回臺北。他們拼命往車門擠，有些更紛紛從車窗爬進去。一些婦孺驚叫起來。一隻憤怒的手，指着侯廣元的鼻子喝道：「你們受什麼教育的！」這聲獅子吼使侯廣元頓悟了。他從車窗跌下，退出擠車人羣。後班車仍擠，侯廣元最後一個上車。站在他身邊兩個鄉下老人談論起「少年人」來。從回到家裏，這嫌不好，那嫌不好；說到吵着賣田留學；還有學成歸國不肯和父母同住的。使侯廣元幾乎懷疑在說給他聽了。於是侯廣元自我反省：假期爲什麼跟些不太認識的人來爬這座山？回家不也是爬山？義務替病童補習功課，感謝聲中，心裏飄飄然。卻爲什麼不回家給最需要補習的兩個弟弟補習？眞是「所該厚者薄，所該薄者厚」！第二天，侯廣元乘車回家去。下車不久，田埂上遇見父親，童年回憶湧上心頭。父子到家，母親正在劈柴。侯廣元接過柴刀，一面劈，一面和母親談起家常來。午飯後，廣元邀大弟阿青到後山走走，一面除草一面從基本的集合論替阿青複習。還開導他人生最重要的是把人做好。對於小弟阿明，廣元有一分憐惜。也許母親常拿阿明作傾談自己憂心的對象，阿明有超乎年齡的操心。廣元憐惜着：童心一失，歡笑永不回來。在家住了一夜，早上醒來，廣元心中很充實，在坪林等車那一幕，突然浮上心頭。

心燈旁涉及一些社會及教育問題。如：農村人口流入都市；兩代愛情觀念之不同；大學考生塡寫志願；功課受挫，挽回自尊，因而造成不良少年；耕耘機代替耕牛；電腦代替人腦。這些，都是廣元陸陸續續「想起」而「沈思」着的。固然托爾斯泰在「復活」裏對人性、宗教等有冗長的討論；羅曼羅蘭的「約翰克里斯朶夫」長篇累頁地介紹巴黎的藝術界；卡繆的「瘟疫」裏亦不乏對上帝的爭辯。但是，這些討論、介紹、爭辯，都不免有正面暴露主題，阻礙情節進展的弊病。心燈中「沈思」部分所佔文字比例太高，作者好像想把自己的觀念見解，一般腦兒傾注於讀者心靈之中。而侯廣元對阿青的那番談話，也好像有指着讀者鼻子強說敎的味道。

「山中」藉一次山難而刻劃出三種背景不同的知識分子不同心態。作者用「我」爲敍述角，一面說自己的故事，一面說同伴小驥和老葛的故事。

「我」曾經是小驥的小學老師。後來留美，在加州受到一個日本敎授的刁難，沒有拿到博士。潦倒之時，得賢帶他旅行，安慰他，幫他重新申請學校，就這樣「她抓到一個土蛋」。而他終於拿到學位，和得賢結爲夫婦，雙雙回國。金錢、地位、名譽、家庭，應有盡有；唯一遺憾是：得賢全然不能體察一個人子的心意，不肯接受他父親同住。每回父親來訪，舉止像個客人，他的心便淌血，夫婦便又要冷戰一場。因此，他一天到晚跑棋社，假期就去爬山。

小驥具有雙重人格：有崇高的理想，卻是拙劣的實行者。他不滿意現代知識分子心裏想的，不外乎漂亮的成績單，好申請獎學金，到外國去，藉學術上的成就而名利雙收。因此他認爲：要緊的是心裏關懷什麼，並且找個目標持續下去。他憧憬着：「人類如果也像這些原始森林一樣，千百年來站在這裏默默相對不相紛爭多好。」可是在實行上，他視父親如寇仇。僅僅因爲小時候和弟弟下圍棋，父親出言幫他弟弟，害他輸了。後來不論父親對他多好，他都不理父親。起初是故作姿態，後來變成習慣，最後羅織父親許多罪名，倒像眞的恨起父親來。小驥留法，父親提早退休，全部退休金捧給小驥，小驥連一句話都沒有說。到了法國，也許是巴黎零下三度的氣溫使他清醒了。他想到小時候父親牽着他手散步。爲了要和父親和好，他回來了。但仍沒有辦法跟父親像小時候一樣相處，他只好去爬山。作者讓小驥一頭栽到乾溪底，頸椎受傷，把他『處死』了。

老葛十六七歲參加青年軍。受訓沒有完畢，日本人便投降了。一聲命令，隨部隊到東北打八路。在四平初上戰場，歷經塘沽撤退，上海保衛戰，退到臺灣來。現在中校退役，在花蓮修路。小驥認爲老葛「每個階段都有一個奉獻生命的目標」。「我」也認爲老葛「似乎代表某種永恒的形像」。小驥受傷後，老葛下山求救，扮演的是救世主的角色。

全文以夢始：「懵然間醒來，殘夢猶留心頭。……人眞是不幸，白天已受够人事的折磨，晚上還要再受噩夢的蹂躪。」快結束時又是一夢：「我的夢奇詭而恐怖。得賢在我臉上撲上一層一層的白粉，我躺着不能動彈，無法抗拒，但我內心極不願意。……夢境一變，我看到自己死白的臉舖在地上，有人把那臉的皮一層層揭起，像撕白千層的樹皮一樣。」所以此文在中副發表時，題目爲「層層揭起」。其間似有微言大義在。

常常接觸到一些知識青年。他們有優秀的智慧，豐富的知識，崇高的理想；但其中不乏心靈空虛，觀念偏頗，行當乖僻者在。他們掛在口邊上是：失落、無根、荒謬；事實上也的確如此。「山中」寫的，就是知識分子的空虛，以及拯救之道。小驥應該算是很有思想的人，可是連自己父親都不能處好，更談不上民胞物與了。作者置之於死地，可能不是無意的。「我」空有孝思，但受阻於妻子，同樣有「失根」的空虛、迷惘，和遺憾。作者把他留在荒山待救。只有每個階段都有生命目標的人，是永恒的代表。作者讓他承擔下山求救的責任。

文末有這麼幾句話：「我們普遍缺乏的是一種對人類與萬物的關愛，那是一種同體感，使我們的生命與宇宙有結合爲一而不感孤獨。現在我們把心力都放在一己的餵養上，沒有接上那個源頭，所有的力量只是一己求舒適的慾望，難怪我們要空虛無力。」值得留意。

丙、鄉土之什

「阿福伯」「夜訪」「漁歌子」「大橋下」，寫的是本省土生土長的一些人物和事情。

「阿福伯」在全書中，是唯一採取外部觀點，以完整的全知敍事手法來說故事。小說的前半部，由水土師在老人茶店跟村民閒話里長選舉，引出阿福仔要競選里長。下半部由阿福伯當選里長，寫到他親自去清臭水溝。大家先是圍觀，不久，紛紛來幫忙。臭水溝很快清理乾淨了。

阿福伯的性格，作者借水土師之口，有如下的描述：「今天去扒蛤蜊，明天去捉青蟹，後天去賣豆腐花，……我記得他曾在市場賣過魚，……對了！他也曾在巷口替人補雨傘修皮鞋。……總講一句，他弄過一百樣。……」他所以要競選里長，是因爲和人打賭。大水溝蓋子破了一個大洞，有一晚阿福伯整個人掉進去了。還有路燈壞了，里民大會不知說過多少遍，每次里長都說向鎭長報告，一拖拖到現在。阿福伯順口說「如果我做里長」如何如何。殺豬本仔笑他：「輸就輸在你不是里長。」因此，阿福伯要做一下里長給殺豬本仔看看。

作者替阿福伯塑造出一個時時改行，不務正業的形象，然後在一次打賭中使之突變。我想，可能基於「浪子回頭金不換」「放下屠刀立地成佛」之理念。人物的轉變是小說家取之不竭的題材，心靈頓悟在客觀事實上是有可能的。但是：這樣一個缺少耐力，一直改行的人，爲了打賭而競選里長，怎樣能夠當選？難道「同情票」眞能發揮決定性的力量？還有只想「做一下子里長」

的人，又如何能長久地爲民謀福呢？在人物塑造和節情安排雙方面，都有些欠圓熟。

阿福伯當選後立卽去清水溝。於是男的、女的、老的、少的，有的拿鋤頭，有的拿鏟子，有的帶扁擔畚箕，有的提水桶。阿福伯忽然有種難以言喻的感覺。他覺得自己和他們之間，似乎有線相引。有時他才心意一動，他們已照他心意在做了。十幾年來，每個走過這條臭水溝的人，都覺得應該淸淸，沒想到現在眞的淸掃了。每個人的心中都像正在洗去自己汚點一樣快樂。作者這樣描寫着，目的是要通過事實證明了一個觀念：一個人如能奉獻出他的力量，爲人羣服務，使個人生命與其他生命相結合，生命才會落實，才有光彩。只是主題太露了。

「**夜訪**」故事很有眞實感，接觸到許多家庭問題，對人性有透澈的呈現。

作者採用第三人稱主角觀點來敍述。情節開始於無處可廻避的小室。年齡漸老的司機夜訪成家分居的兒子，正和媳婦看着電視，等候兒子回家。由螢幕上警匪追逐的鏡頭，想着今天自己倒車撞翻巷口水果攤。由電視機旁鏡框裏的相片，想起兒子尋短早逝的母親。由兒子遲遲回來，想起後妻當年的挑撥使得父子分居。情節就在老司機的外部觀照和內心獨白交互呈現間進展着。等到十一點多，兒子仍未回來。老司機只好走，卻在巷口跟兒子碰到了。父子邊談邊走回到小室，老人說起想買輛車，要兒子回家開自己的車，大家一起住。可是兒子剛替大發開車才半個月，還向大發借了五千元。老人忽然覺得對兒子的虧欠。老人囑咐兒子在大發處先多見一些世面，要回家開車時他再買車。離別時，兒子關切地問起老人的糖尿病。使老人喉頭有些熱呼呼的。

作者也未諱言父子婆媳夫婦之間的某些衝突，對人性的弱點也不曾掩飾。作者把翁媳目光相遇，譬喻作「劍光交擊」。寫出作公公的對媳婦許多猜忌。更藉敍述者的回憶，倒敍自己妻子病重不能起床，公婆反說她偷懶；自己非但沒有體諒妻子，還刮她耳光，以致妻子尋短的悲傷事實。對後妻的離間，兒子的分居，也有形象眞實的描述。這些，都代表着「本心的陷溺」，而非「本心的喪失」。所以老人能在一瞬間改變了對媳婦的敵意。而當老人要兒子回去，兒子雖有事實困難一時不能，但也會關心起老人的身體來。這證明了無論陷溺多深，「本心」是可以「喚回」的。

我不知如何批評「漁歌子」這個短篇。作者用這篇篇名作爲書名，說明了作者對此篇的愛好。聯副六十五年度短篇小說選集也選了此篇，可見這篇還頗受編者的青睞。我個人也承認此篇素材不錯，作者對漁民生活有十分深入的體驗或觀察。而且作者在結構方面也花費一番苦心，把兩代辛酸恩怨，穿插於十二個小時風浪搏鬪之中，不是十分簡單的。主題尤其令人激賞。父子之愛平時從不覺得，有時還會口角。但一旦父親生病，或兒子出事，天性就自然流露出來。漁村民衆間彼此關照，寫來也非常動人。

問題在故事有兩點不合情理。第一：颱風警報已經發佈，滿天橙紅中，有二條青氣透上天空，一幅大風大浪來臨前的景象。和健仔不顧老父的叱罵阻止，村民的好意相勸，獨自划船出海釣魚。接近淡水河口，雨急急地打在身上。他心一沈，「颱風眞的要來啦！」接着風雨一陣大似一陣，他卻不知回去，仍把一段一段掛着魚鉤的繩索放入海中。直到一道道房屋那麼高的浪直壓下來，大地一片墨黑，他才運槳與巨浪搏鬪。結果翻落浪中，船影都找不到了。和健仔五、六歲就隨父親出海，現在都快三十的人了，並非初次「討海」，怎會如此無知而冒險？作者一面借和健仔的口說：「氣象報告那會準？」一面代和健仔計算：「艙裏又多了十幾條活魚……明早賣個三百多塊沒有問題……這樣再釣個幾次，就可以把（標）會錢湊足！」實在都不成理由。這是情節安排上的不合情理。第二：作者用第三人稱主角來敍述故事，時採意識流的手法。例如，當颱風已到，船快沈沒時，他想到這船是他們父子謀生的工具，這當然合理。但是接着又想到自己有一次和老的頂嘴，還認爲母親死眞很寃枉。後來又想到自己一天到晚不滿老的，現在與他有什麼不同？當此保命保船都來不及的時候，這些意識流的浮現，就很不合理了。落水之後，四周像一個倒扣的黑碗。作者還讓和健仔繼續去想，想他弟弟拿菜刀要殺他，反被車撞死。想自己快三十歲了，還無某無交，於是一張一張女人的面孔在腦中閃過。意識流手法適合於主角是老年人，神經質的人，知識分子……最好的時機是坐車、散步、養病、睡前睡後……。讓一位四肢發達頭腦簡單而年紀輕輕的漁夫在一片大海中跟狂風巨浪搏鬪時來回憶往事而意識浮現，這是敍事手法上的不合情理。

「大橋下」是以人力市場爲題材的小說。在臺北三重之間，有座臺北大橋。大橋下面，一大早就聚集了各方的英雄好漢，等候工頭來雇用。作者藉第三人稱主角「盧仔」的視點，對這個人力市場有十分鮮明的描述。觸及了生命現象的眞相；也提供了一些社會問題。全文首尾呼應，略帶反諷意味。中間部分的情節發展，一層緊似一層。

順着大橋走向臺北的盧仔，被酸風一刮，眼淚鼻涕直流下來。於是想起老婆把大衣拿着追到巷口要給他穿，自己卻生氣地推開說：「你要我看起來七、八十歲是不？我又不是給雇去舉旗仔的！」心中有點後悔。接着，從打紅毛土工人中被挑出去；再失去一日兩百的雜工仔的工作機會；欽仔他們有工作不找他而去找別人；賣米乳的老頭勸他去舉旗仔，一下午也可賺一百、百五的，他很生氣；最後一輛小發財司機找四位搬運工都不要他。對於年已五十二，挖土被壓壞了腿的盧仔，傷後第一天來找工作，承受的就是這一次比一次嚴重的打擊！於是他回想三十多年前，有一次到南港鐵工廠做粗工。頭家看他做事認眞，問他要不要做學徒。他覺得粗工自由自在，拒絕了。他記得那晚父親罵他：「人會老呢！你想你永遠像現在，兩包紅毛土挑得動？少年不學一項功夫，老來要到那裏去賺吃？你爸啊如有功夫，今天也免和你這樣挑得要死。」那時他十九歲。他又想起父親後來去鋸木廠給人看更，又叫他去學磨鋸子，他也拒絕了。那時他已二十九歲。有一羣做工的朋友，晚上常去喝米酒。有一次父親在水門邊碰到他，叫住他這樣說：「我跟你講講啦，你這樣沒好尾啦！我做一世人的苦力怎不知？緊去娶一個某啊！上好去學一項功夫。」那時只希望快點掙開父親的手，免得同伴笑。此刻父親穿着舊大衣的形象在腦中湧出，那樣子就是現在的自己啊……他忽然抬頭，望望天色，轉身向等候舉旗仔的老人羣中走去。迎面而來的人爲他口中喃喃「罔賺……百四也好……發燒……」的話搞糊塗了。

小說觸及兩個嚴肅的論點：生命眞相和勞工問題。記得在「心燈」中，有這麼幾句話：「床前的地一片陰濕，那是父親每晚咳嗽吐痰的結果。他記得小時候每早都要從灶下剷點柴灰覆在痰上，不過那時候咳嗽的不是父親，而是祖父。」這代表着生命之流中一些微妙的循環。「大橋下」，盧仔腦中湧現父親穿着舊大衣的形像，忽然感覺到那樣子就是現在的自己。又是這種微妙循環的體認。一個堅強的生命，常會想到如何改變這些循環。所以心燈裏的侯廣元會把窗拉開，讓新鮮空氣流入。床上棉被都拿出去曬。大橋下的盧仔每次想到兒子，就說：「我那阿錦要給他讀書，他常常拿獎狀回來。」都代表掙脫這些惡性循環的努力。但是，正如我在評介「孺子」時所曾指出，主觀意念與客觀事實之間，時常是矛盾的。「夜訪」中，老父親在兒子屋子裏等了兩三個小時，兒子沒回來；出了巷口，來來回回三四趟，有個人影正往裏走，他停下來看清楚。不是兒子。這時有個人與他擦肩而過，他沒留意；偏是兒子了。同樣是生命眞相中矛盾現象的寫照。在「大橋下」，盧仔推開妻子要他穿的大衣，說「我又不是給雇去舉旗仔的」！中間穿插着賣米乳老頭勸他去舉旗仔，他臉色都變了。最後，他卻自動走向去舉旗仔的老人羣中。這不又是意念和事實之間的矛盾嗎？對生命矛盾本質的體驗，使人們超越了對宇宙的希望感和失望感，而對自己的能力達到完全的認識，因而更易面對一些尷尬的處境。

「大橋下」既然寫的是人力市場，那麼，作者對勞資問題的看法，應該探討一下。記得「孺子」中阿雄的母親是傭工，她送祖母一件外衣，說頭家給她的；還有兩個很大很大的蘋果，也是頭家送她的。青原與關關的故事之七「橋・杉木・茶」也提及「我父親工作的煤礦老板自動用卡車載來一車報廢的鐵軌，他說煤礦最近沒有賺錢，送來一車鐵軌當鋼筋用。所以我們那座橋，恐怕臺灣難找到幾座比它更堅固的。」可以發見：作者筆下所錄的臺灣勞資關係，是十分融洽的。「大橋下」亦然。盧仔被土壓傷，他說：「醫藥費都他出的，出院又給我五千元，也叫工頭去看我兩遍，人不壞啦！……我們這種沒勞保的，出大事，都要頭家出，這次給他用掉三、四萬，實在給我們很不好意思。……」也是很好的例證。至於勞工生活之所以窮困，青原和關關的故事之二「礦工」指出了工人喝酒和賭博。「漁歌子」同樣提到「整天只會喝酒賭十八仔」，外加「新桃源」的一些女人。「大橋下」的輝仔「賺三百至少拿二百到婊子那裏去」，盧仔鐵工磨鋸工都不肯學，「晚上常去夜市喝米酒」。勞工保險的推廣，勞工技術教育的加強，勞工正當娛樂之輔導，也許是解決問題的正確方法。

還有一點必須指出，作者筆下的勞工，雖然不免有些缺點；但作者對他們，仍有一番深厚的同情。所以，在「漁歌子」裏，我們為漁村民衆的互助精神所感動。在「大橋下」，我們也看到苦力們：「心中感激，但臉上一點也不表示。他們都是這樣，每次在這種情況，都若無其事。但下次彼此絕不會忘了互相關照。」

綜合檢討

「漁歌子」這本短篇小說集，作者要表達的倒底是什麼？用些什麼手法去表達？其效果又如何？在這一節，我要把意見歸納在這三個重心裏，對此書作全面而綜合的檢討。

甲、漁歌子的觀念世界

漁歌子裏，人物衆多，兒童、青年、老頭子；幸福的、孤苦的；徬徨於大學門外的、徜徉在大學門裏的、歐美學成歸國的；挑土舉旗仔的、捕魚扒蛤蜊的；還有日據時代從事地下工作的。……作者熟悉他們怎樣在清明幫人割草；去漁港撿箱子外面的小蝦；一面送瓦斯賺錢，一面準備重考大學。怎樣爬山、露營、擠車、戀愛，以及博士考試時受外國教授的刁難。他還曉得打石塊時怎樣先錐孔，砍柴枝時要斜着刀鋒。……作者寫出了一個人心靈的自我衝突與成熟；情侶、夫婦、父子、翁媳、母子之間的爭辯、矛盾和化解；以及師生、鄰居、親戚、朋友之間的至情的世界。……同時也紀錄下；電視機使講古式微；老牛的工作交給了耕耘機。塑膠管取代了竹管成爲山區供水的管道；半浮半沈的塑膠卻污染了海水，使魚減少了。農村人口大量流向城市，能源危機時期工廠紛紛停工……作者善感的心靈、豐富的生活體驗，把這個時代臺灣地區各色各樣人物的悲歡離合、成長與痛苦、奮鬪與無奈，呈現出來。使得漁歌子的觀念世界既遼濶而又深邃。

乙、漁歌子的形式技巧

在敍事手法方面，作者最喜歡採用第三人稱主角觀點來敍述，如：孺子、夜訪、漁歌子、大橋下、心燈，這五篇都是由「他」來說「他自己」的故事。有時用第一人稱主角觀點，如：蝙蝠與飛象，由「我」來說「自己」的故事。或用第一人稱同伴觀點，如：奈何天，由「我」來說「同伴」淑瓊的故事。至於使用第一人稱主角觀點兼敍同伴的也不少，如：浴在火光中的觀音，除了說自己，還說到一位間諜；鷹未揚，說自己，也說到好友阿富；山中，寫自己、小顯、老葛三人的故事。另外，青原和關關的故事，部分用關關觀點敍述，部分用青原觀點敍述，共有兩個敍述者。以上十一篇，無論主角敍述，同伴敍述，兩個敍述者敍述，都屬「內部觀點」。唯一的例外是阿福伯，作者採用全知敍事法，屬「外部觀點」。內部觀點好處在：敍述者可以依據自己的觀點而展開情節；還隨時可以用回想去補充現在的行動；對讀者來說，與作者的心理距離最近，容易產生親切感和眞實感。「漁歌子」作者，很能掌握這些優點而加以發揮。但是這種敍事法也有些缺點，例如，處理情節複雜頭緒多端的長篇，便受到許多限制。我十分希望作者以後的作品不要老用「內部觀點」，也應該嘗試一下「外部觀點」，包括全知的、客觀的、移動的，以及哲學上的「我」來敍述。如果要作一位世界性的偉大小說家，熟練各種敍述方法是極其必要的。

文字技巧也十分值得稱道。尤其是對話部分。試看「浴在火光中的觀音」中，阿龍母親對祖母說：「阿龍說那樣憨啦！頭上飛機呼呼叫，也不會找個地方躲起來，說自己一個人在田路上跑啦！」兩個「說」字，簡直把鄉下婦人的語言寫活了。有時用些通俗典故，如「阿福伯」：「如果沒有你們來扶，里長怎麼做得成？劉備也要關公、張飛扶，才能做皇帝，我阿福仔，全靠你們大家幫忙啊！」也別有趣味。某些對話用來突破第一人稱主角敍述法的限制。例如浴在火光中的觀音，由阿龍以「我」的身分來說自己的事。阿龍不可能發現自己整晚說夢話，於是作者讓阿龍母親告訴他道：「整晚說夢話，亂叫，現在又在亂講啦！」至於透過對話表現一個時代的特色，如浴在火光中的觀音：「哈！金仔伯！你吃這什麼煙？怎麼這種怪味道？」「我知道，木瓜葉對不對？」「能吃就好！管他什麼做的！勝過煙癮一發就流鼻涕。你們如愛吃，給你們吃一口。」「哇哈！我講木瓜葉就是木瓜葉！不過好像中間又加進些什麼，味道還不錯！」「小聲一點！等一下給飛機聽到！」把日據時代物資缺乏生活困難的景象鮮活地刻劃出來。可惜，偶有些篇，例如「心燈」，作者用敍述者的沉思方法來表達某些事實和觀念，相較之下，就遜色多多。

丙、漁歌子的成就效果

在今年元月號「幼獅文藝」上，我應邀寫了一篇「如是我盼」，對當前的文壇表示了一己的意見。其中第三段是這樣的：「我感謝：文藝作家們對人性缺陷，有所揭發，爲社會上被忽略的一羣，常作呼籲，這些，都是個人與社會反省與改進的最佳刺激；但是，人性的輝煌一面，社會的光明一面，亦可以通過適當而生動的文辭加以表達，使人類能夠更自信地站立起來，在奮鬪前進中得到更多安慰與鼓勵！」

當我仔細讀完「漁歌子」，我驚喜地發覺，這正是我期待着的文學作品哪！漁歌子對人性的缺陷，曾有所揭發。如：大學生的好高騖遠，不務實際；工人的酗酒和賭博；以及父子夫婦之間的一些衝突。也寫出社會上被忽略的一羣：碼頭邊撿魚蝦的小孩，大橋下待雇用的老人。但是，作者總是強調：「我們人的本心，不論陷溺多深，都不會喪失，只要把本心喚回，忠實於自己本來的那一念，便可以接上宇宙的大源頭，便不會有空虛感。」所以，心燈裏的大學生，回家務實；大橋下的工人，抱傷作工要給兒子讀書；鷹未揚、漁歌子所寫的父子衝突，最後都化解了。為人類自我反省與改進，樹立了模範。

漁歌子對人性的輝煌一面，社會的光明一面，有更多的描繪。蝙蝠與飛象中的孺子，那種在痛苦中成長的歷程，青原與關關的故事中，那種生命間相互提昇的愛情；鄉里的互助；師生的敬愛；不是都使我們更自信地站起來，在奮鬪前進中得到更多的安慰與鼓勵嗎！

每次讀着漁歌子，我都感到一種親切和喜悅。

結語

總結一句話：漁歌子的作者，頗能體認此時此地人生眞相。像說自己或同伴的故事一樣，用鮮活而帶有鄉土氣息的語言，娓娓道來。安慰我們，鼓勵我們；使我們反省，使我們改進。讀後有一種親切喜悅的感受。

四　新詩測試

「深淵」的測試

前言

作爲語言之一，詩最是進步與精練。詩人永遠是語言的功臣，使語言不斷地推陳出新，以減低熟悉度，增加新鮮感爲能事。因此，詩的修辭爲一切語言修辭提供了最佳的範例；並且顯示語言發展的方向。但是，詩畢竟不以修辭爲其最重要的目標。尤其是現代詩人，受佛洛伊特精神分析學的影響，認爲如果不把壓抑在意識底層的潛意識表露出來，就無法呈現生命的全部存在。於是企圖通過外在而有限的物象世界，而達到暗示內在而無限的心性世界的目的。而這種內在潛意識的暗示或表露，雖然也可以視爲一種象徵；然而由於潛意識本身的微妙複雜，和象徵的高度曖昧，常使修辭學者和文學批評學者有無從措手的遺憾。某些詩人們，例如「深淵」集的作者瘂弦，在「詩人手札」中便宜稱現代詩所展示的，是「大家早已具有而不自覺的情感經驗」；甚至是「不是大家共有的或舊有的情感經驗」（「深淵」二三二頁）。因此，「從嚴格的意義來說，詩唯有自己解釋，否則，它就不能解釋。」（「深淵」二四〇頁）。而於詩的批評欣賞方面，詩人認為：「如果沒有眞實，感性的眞實，我們便無法來品評現代作品。」（「深淵」二三二頁）；而「最壞的批評是根據學問」（「深淵」二四〇頁）。在這種尷尬局面下，讀者常惶惑於「你可曾見過一條河？」㊀。甚至連作為詩人瘂弦的好友，而且精於文學批評，如姚一葦先生，如周伯乃，對深淵集中某些句子，竟然也有解釋紛歧的時候㊁；或不能不承認：「除了自己能解釋以外，它就不能解釋了。」㊂。筆者對現代詩和現代詩人，都十分陌生。攀着修辭的「橋柱」㊃，嘗試對在「深淵」表層盪漾的語言，作一「測量」；於「深淵」底層洶湧的意識，作一「試探」：並作為自己在現代詩的奇山異水中尋幽訪勝的一個起步。

附註

㊀ 這是一篇小說的篇名。內容略為：某小說家傳授他的畫家朋友一種成名捷徑。畫一些離奇的圖形，自稱新創。如果有人要求解釋那張畫的意義，可以遲疑一會兒，朝那發問者的鼻子上噴一口煙，然後問：「你可曾見過一條河嗎？」畫家依計行事，果然聲名大噪。畫家對他的老朋友小說家否認那些畫是胡鬧，堅持畫中很有意義。小說家憤怒地要求解釋那意義。於是畫家遲疑了一會兒，朝小說家的鼻子噴了一口

煙，問：「你可曾見過一條河嗎？」大江出版社出版的「愛情與邏輯」小說集中有此篇，可參閱。此處筆者無意暗示現代詩爲胡鬧。但現代詩中有「贋品」和「僞詩」存在，一如瘂弦在「詩人手札」中所指出者，實爲一不容否認的事實。

㈡ 姚一葦與梁書業對瘂弦「坤伶」第二章釋義不同。姚文見中外文學三卷一期；梁文見中外文學三卷三期。

㈢ 見自由青年月刊四十三卷三期周伯乃作：從「深淵」中躍出來的瘂弦。

㈣ 瘂弦「詩人手札」：「他們停在那裏不願前進，恰如托爾斯泰晚年講的一個故事：『有幾個人在河上駛船，風浪忽然大起來，其中一個說：『讓我們攀住這艘船吧。』別的說：『不行，如果我們駛近前面的橋，攀着橋樑比較安全。』於是放掉了船，讓空船駛去，自己卻吊在橋上。最後一個個掉在河裏，淹死了事。』是的，那些『理論家』們總設法找到一些橋柱：莎士比亞、拜倫，或丁尼生，然後把整個身體吊在那裏。」見「深淵」集二三〇頁。

「深淵」的音樂感

盼望在現代詩中發現平仄協韻的講究，那是十分豪華的信念了。現代詩的讀者，逐漸淡忘了：從韻脚的音素中，可以領略節奏的壯闊或淒咽；從韻脚的疏密中，可以領略節奏的弛緩或快速；從韻脚的轉換中，可以領略節奏的單調或曲折。當然，他們也不再奢望：藉複詞的平仄，去領略節奏的平舒或勁切，藉句尾詞的單雙，去領略節奏的抑揚頓挫㊄。偶而邂逅了「深淵」中這樣的句子：

噢，娜娜，不要跟我談左拉（「深淵」七〇頁「無譜之歌」）㊅

且總有點什麼
藏在貧窮和延命菊的中央
在烏非基宮內，
拉非爾每分鐘都在死亡！（「深淵」一一九頁「佛羅稜斯」）

魚飛翔，在天空
鳥戲泳，在水中（「深淵」一六六頁「給超現實主義者」）

多麼可憐！她的睡眠，
在菊苣和野山楂之間。（「深淵」一八〇頁「出發」）

我等或將不致太輝煌亦未可知

水葫蘆花和山茱萸依然堅持
去年的調子（「深淵」一八四頁「下午」）

輕輕思量，美麗的咸陽（「深淵」一八六頁「下午」）

夜在黑人的額與朱古力之間
黎明還沒有到來
雨傘丢棄各處
月光老去而市場沉睡
房屋的心自有其作爲房屋的悲苦
很多等候在等候
久久望着
來時的路
死者的玻璃眼珠（「深淵」一八九頁「非策劃性的夜曲」）

噫死，你的名字，許是這沾血之美

這重重疊疊的臉兒，這斷了下顎的兵隊

（「深淵」二一〇頁「從感覺出發」，死字協韻，美隊協韻。）

要怎樣才能給跳蚤的腿子加大力量？
在喉管中注射音樂，令盲者飲盡輝芒！
把種籽播在掌心，雙乳間擠出月光，
——這層層疊疊圍你自轉的黑夜都有你一份，
妖嬈而美麗，她們是你的。
一朵花、一壺酒、一床調笑、一個日期。

（「深淵」二二七頁「深淵」，量芒光韵，麗的期韵。）

……。

聽覺神經一振，那是意外的喜悅，竟有點「只應天上，人間那得」的感受了。

必須聲明的是，這些現象並不表示現代詩人已抛捨了所有影響詩節奏的要素。相反的，現代詩人揚棄了古典音樂中的複音對位，而趨向搖滾樂的廻旋反複。

「深淵」給人的音樂感受主要的乃基於下述各種修辭技巧：

一、重　疊

重疊，在意義上恆表示連續、多數，和強調；在音感上，它常藉聲音的同一，擴大語調的和諧，茲再分目舉例於下。

1. 字的重疊：

默默地贈給我們最最需要的奶汁！
奶汁裏含有青青的草味，
珊珊不喜愛那草味。（「深淵」二一一頁「一九八〇年」）

三句之中，用了「默默」「最最」「青青」「珊珊」，四處疊字，因而語調和諧，這當然是詩人有意的安排。又如：

遠遠地，遠遠遠遠地（「深淵」一五六頁「給橋」）

那重疊而重疊的文字，聽來培感幾許無奈，無限哀怨。

2. 詞的重疊：

昨天的昨天的昨天（「深淵」三四頁「早晨」）
絕望和絕望和絕望的日子。（「深淵」一八一頁「出發」）
官能，官能，官能！（「深淵」二二八頁「深淵」）

這裏，我們聽見了對日子一天一天地回憶，一聲一聲的歎息，以及掙扎在深淵中不斷的呼號！

3.語的重疊：

羊兒們在嚼草，在嚼草
味吉爾投下很多影子，很多影子
傑帕斯河哭泣一個下午，哭泣一個下午（「深淵」一〇二頁「羅馬」）

那苦柏樹下，青草地上，拉丁歌手彈着吉他，拖長着尾音。你聽見嗎？我是聽到的。

二、反　覆：

某一相同的詞句，秩序性地反覆出現，謂之反覆。宇宙人生多的是反覆現象；在心理學上，它基於「練習律」的學習定律；在美學上，它以其刺激之幅度與全在，引起均勻的肌肉亢奮，給人一種赫然有力的感受；在音樂上，反覆出現的相同音節恆構成旋律的主題㈦。

1.領托字之反覆：

宋詞中原有領托之法。領字如柳永卜算子：「念兩處風情，萬重煙水。」的「念」字，領四字二句，有貫串語勢的功能。托字如溫庭筠更漏子：「一葉葉，一聲聲，空階滴到明。」的「空階滴到明」，領三字二句，有總結上文的作用㈧。

「深淵」集中許多領托字採反覆的形式。如「阿拉伯」：首章前五句和末句，反復用「自」；

二章中間七句，反覆用「或」；三章首三句，反覆用「哪裏」；四章一、二、四句，用「而又」；末章除三、六兩句外，句首全用「一些」；屬領字的反覆。又如「如歌的行板」：首章用了九個「之必要」，次章用了十個「之必要」，都在句末；屬托字的反覆。

2.句中詞之反覆：

以「山神」末章爲例：

樵夫的斧子在深谷裏唱着
怯冷的狸花貓躲在荒村老嫗的衣袖間
當北風在煙囪上吹着口哨
穿烏拉的人在冰潭上打陀螺
多天，呵多天
我在古寺的裂鐘下同一個乞兒烤火

首句中的「在」字，在二、三章反覆出現；次句中的「在」字，在二章也曾出現；第三句中的「當」，在一、二、三章全有；第四句「在」字，在首章也有；第五句「多天，呵多天」，唯「多」字，首章改作「春」，次章改作「夏」，三章改作「秋」；末句「我在」，四章均出現；「一個」亦四章都有，唯次章字作「一家」爲異，構成此詩音樂的基調。

再以「乞丐」爲例。在「小調兒那個唱」「蓮花兒那個落」「酸棗那個樹」中，「那個」二字，音樂性超過意義性，使全詩充滿一種民謠風。

3.句的反覆：

如「斑鳩」詩計六章。一、二、五、六章，每章兩句；中間三、四章，每章四句。形式相當整齊。而「斑鳩在遠方唱着」出現在首尾兩章的末句，以及中間四章的首句。節奏十分簡單明暢。

又如「耶路撒冷」一詩，五章。章五句，首尾兩句反覆：首章「小小的十字星，在南方」首尾反覆；次章是「鴿子們叼來一枝橄欖葉，在南方」；三章是「七個白色的童貞女，在南方」；四章是「果子們都已成熟，在南方」；末章是「每匹草葉中住着基督，在南方」；也都首尾反覆。加上每章三四句首字都是「去」，組成了這首的主要旋律。

4.段的反覆：

「深淵」集中，許多首詩，首尾兩段反覆，而文字略有更動，形成呼應。如「一九八〇年」，首章是：

老太陽從蓖蔴樹上漏下來，
那時將是一九八〇年。

末章是

第二天老太陽又從蓖蔴樹上漏下來，

那時將是一九八〇年

末章比首章多了「第二天」「又」四字，省去「年」末的句號。前呼後應，律在其中。

有時詩人也把反覆的兩章置於開頭的第二段和倒數的第二段，如「倫敦」詩中的：

乞丐在廊下，星星在天外

菊在窗口，劍在古代

反覆出現在兩段的末尾。「外」「代」協韵，乞丐的「丐」是句中藏韵，所以十分順口。

有時一詩數章，每章更易幾字，如「歌」。首章是：

誰在遠方哭泣呀

爲什麼那麼傷心呀

騎上金馬看看去

那是昔日

第三句「金馬」，二、三、四章改爲「灰馬」「白馬」「黑馬」；第四句「昔日」，二、三、四章改爲「明日」「戀」「死」。此外文字，一成不變。令人想起詩經「鵲巢」之類的詩篇：

維鵲有巢　維鳩居之

之子于歸　百兩御之

維鵲有巢　維鳩方之
之子于歸　百兩將之
維鵲有巢　維鳩盈之
之子于歸　百兩成之

其音樂感更極其濃厚了。特別請大家注意的是：詩經國風在今日當然很古典，但在當時卻可視爲一種搖滾樂。

三、變　化

將「重疊」「反覆」諸技巧加以變化，於是有「頂針」「回文」「錯綜」，音樂感也由單純而趨向於繁複了。

1. 頂針：

前一句的結尾，來作下一句的起頭，叫作頂針。頂針，在心理學上，基於自主意識中的中心觀念而形成；在美學上，基於統調的原理。常在文學作品中擔任橋樑的任務，使作品緊湊、和諧，並且有一種頭尾蟬聯上遞下接的趣味。這種方法，可以上溯至詩經時代，大雅「既醉」是典型的例子㈨。

頂針又分「聯珠」「連環」兩格。

「深淵」集中的「乞丐」，首章末二句「春天來了以後／以後將怎樣」，次章末二句「大家的太陽照着，照着／酸棗那個樹」，三章末二句「與乎藏在牙齒的城堞中的那些／那些殺戮的慾望」，四章「且注滿施捨的牛奶於我破舊的瓦鉢，當夜晚／夜晚來時」，五章「大家的太陽照着，照着／酸棗那個樹」，末章「以及我的棘杖會不會開花／開花以後又怎樣」；上下二句或上下兩行之間，用同一詞彙來連繫，便屬「聯珠格」。

又如「希臘」一詩：首章以「無弦琴」結，次章便以「啊，無弦琴」起；次章以「愛琴海」結，三章便以「啊，愛琴海」起；三章以「花朵們紛紛落下」結，四章便以「啊，花朵們」起；四章以「歌」字結，末章便以「啊，歌」起；而末章末句「一個希臘向我走來」，又與此詩首章句「啊，一個希臘向我走來」黏連起來，便屬「連環格」。

2.**回文**：

上下兩句，詞彙大多相同，而詞序恰好相反，叫作「回文」。源於宇宙及生命中的循環、相關、因果諸現象⑩。

「深淵」集中，如「憂鬱」末章：

只有憂鬱沒有憂鬱

是的，尤其在春天

沒有憂鬱的
只有憂鬱

又如「羅馬」五章：

嚼嚼草，搖搖項鈴
搖搖項鈴，嚼嚼草

再如「給超現實主義者」六章：

你從哪裏來
(清晨五點，寒星點點)
你往何處去
(寒星點點，清晨五點)

都用「回文」格，天趣盎然。

3.錯綜：

把「重疊」「反覆」的句子，或抽換詞面，或變易語次，稱之爲「錯綜」㊁。

如「赫魯雪夫」，三章首句作：

是的，赫魯雪夫，一個好人

四章首句作：

一個好人，是的，赫魯雪夫

五章首句作：

赫魯雪夫，好人，是的，好人

這是「變易語次」。

又二章末句作

但他的的確確是個好人

四章末句作：

他實實在在是一個好人

五章末句作：

他的的確確是個好人

這是「抽換詞面」。不過，使我不解的是，五章末句何不改作：

他正正經經是個好人

在「如歌的行板」中，瘂弦用過「正正經經」四字！

又如「芝加哥」，首章：

在芝加哥我們將用按鈕戀愛，乘機器鳥踏青

自廣告牌上採雛菊，在鐵路橋下

鋪設淒涼的文化

末章：

在芝加哥我們將用按鈕寫詩，乘機器鳥看雲
自廣告牌上刈燕麥，但要想鋪設可笑的文化
那得到淒涼的鐵路橋下

首章「戀愛」「踏青」「採雛菊」，末章改成「寫詩」「看雲」「刈燕麥」，這是「抽換詞面」。首章「在鐵路橋下／鋪設淒涼的文化」，末章改成「但要想鋪設可笑的文化／那得到淒涼的鐵路橋下」，這除「交蹉語次」之外，更曾「伸縮文身」。無論語意上與節奏上，都令人有廻旋起舞的感受。

「重疊」「反覆」「變化」，構成「深淵」的旋律，使缺乏平仄協韻等講究的現代詩，仍能帶給讀者一些音樂的感受。

附註

㈤ 這個問題，曾永義「影響詩詞曲節奏的要素」一文有簡明而具系統的敍述，見中外文學四卷八期。

㈥ 國語「娜」音ㄋㄨㄛ，「拉」音ㄌㄚ，不同韻。此處當據法文，娜娜讀作 Nana，左拉讀作 Zola，協韻。

㊆ 詳拙著「修辭學」第二十二章「類疊」，臺北三民書局出版。
㊇ 參閱「學粹」十六卷一期羅尙「塡詞領托法舉隅」一文。
㊈ 詳拙著「修辭學」第二十六章「頂眞」。
㊉ 詳拙著「修辭學」第二十七章「回文」。
⑪ 詳拙著「修辭學」第二十八章「錯綜」。

「深淵」的繪畫感

一切文學作品，原都屬於綜合藝術。就其爲口頭語言而論，文學以音響與時間爲要素，切近於時間藝術或音響藝術；就其爲書面語言而論，文學以形象與空間爲要素，切近於空間藝術或形象藝術。詩既爲文學形式之一，所以它之爲綜合藝術，同時具有音響和形象雙重因素，實十分明顯。這是我說明了「深淵」集給我的音樂感受之後，再解剖對「深淵」集的繪畫感的理由。

自詩經時代，中國的詩就以相當鮮明撲人的形象出現。小雅采薇篇有：

昔我往矣，楊柳依依；

今我來思，雨雪霏霏。

四句十六字中，季節的變遷、空間的轉移、人事的倥偬，都藉映襯的文字，作冷靜的對比。於是征人久役於外的寂寞悲傷，也就鮮明地表現出來，撩起了讀者眼前的具體形象。

現代詩人對內心世界的探索，其興趣遠超於對外在世界的默察。職是之故，現代詩中繪畫成份，也相對地減少。「深淵」集中，於外在形象着墨不多，但偶有渲染，多能使人視覺一亮。如：

春季之後
燒夷彈把大街舉起猶如一把扇子（「深淵」五九頁「戰時」）

車前草汁洗公主的頭髮
銀絞鏈繫鸚鵡於棲木上
放金雞於宮殿的冷瓦
白豹皮舖滿大理石的廊廡
我是一個黑皮膚的女奴（「深淵」八九頁「女奴」）

到六月他的白色硬領仍將繼續支撐他底古典
每個早晨，以大戰前的姿態打着領結
然後是手杖、鼻煙壺，然後外出
穿過校園時依舊萌起早歲那種

成為一尊雕像的慾望（「深淵」一二九頁「C教授」）

寫景逼眞；寫地能捕捉異國情調；寫人更於衣着之外，注意到其人儀容與神態。

有時詩人把現實所見和想像上的幻境混合在一起，構成一幅似幻而眞的世界：

桅桿幌動
那銹了的風信雞
啄拾着星的殘粒（「深淵」六六頁「死亡航行」）

是如此的天衣無縫，這使我想起王國維「人間詞話」中幾句話來：

有造境，有寫境，此理想與寫實二派之所由分。然二者頗難分別。因大詩人所造之境必合乎自然；所寫之境亦必鄰於理想故也。

像下面這首詩首二兩章：

被鋼鐵肢解了的，這城市中
一些石膏做成的女子
不知為什麼，她們
總愛那樣
微笑
甚至整個前額陷在

刺蘼與瓦礫之間

而當長長的畫廊外
長春藤失去最後的防衞
在重磅燒夷彈的
火焰樹的尖梢
天使們，驚呼而且
飛起（「深淵」一一五頁「那不勒斯」）

的確使人無法名之爲「寫境」或是「造境」。而外在世界的選擇、組織、和描述，總難免主觀因素摻雜其間。劉勰在文心雕龍物色篇就曾指出：

詩人感物，聯類不窮。流連萬象之際；沈吟視聽之區。寫氣圖貌，既隨物以宛轉；屬采附聲，亦與心而徘徊。

說明了詩人受物質環境的刺激，便會產生規則的聯想作用，而形成一道意識流。首先，詩人必須於「流連萬象之際」，對客觀環境細加觀察；然後「沈吟視聽之區」，運用其感官對外物加以選擇和組織。在觀察、選擇、組織之後，方能：「寫氣圖貌，既隨物以宛轉」，表明在描寫聲氣、圖畫形貌方面，必須宛轉地表現出客觀情境。而且：「屬采附聲，亦與心而徘徊」，表明通過文采語聲的媒介之時，此客觀情境卻已受主觀意識的左右。「神思」篇云「神與物游」，也正是這種意思。明末大老王夫之在「夕堂永日緒論」中更拈出「情」「景」二字，而主：

> 情景名爲二而實不可離。神於詩者妙合無垠，巧者則有情中景，景中情。

也許，這是王國維「人間詞話」所說：

> 境非獨謂景物也。喜怒哀樂亦人心中之一境界。故能寫眞景物眞感情者，謂之有境界，否則謂之無境界。

之所從出。

由這種觀點來看「深淵」，如「秋歌」首二章：

落葉完成了最後的顫抖
荻花在湖沼的藍晴裏消失
七月的砧聲遠了
暖暖

雁子們也不在遼敻的秋空
寫牠們美麗的十四行了

暖暖

及「京城」首章：

京都喲

快快用你最後的城齒

咀嚼那些荒古的回憶罷

廻廊上的長明燈就要熄了

瞳孔穿過大漠也看不見胡馬

在月光下

都能具體表現透過詩人主觀觀照下的外在世界，而透露詩人感情的心靈世界自在其中。情景交融，「妙合無垠」，是頗有「境界」的句子。

當然，集中也不免有些失眞或平淡的描繪。如「遠洋感覺」首章首二句：

譁變的海舉起白旗

茫茫的天邊線直立、倒垂

鮮明！旣是寫實的，又富想像的，而且情景交融，幾乎具備上述繪畫感的全部條件。但是，我懷疑，在這種情況下，一個「暈眩」者如何能如下文所述聽得見及感得到：

風雨裏海鷗悽啼着

?如何看得見牠
　掠過船首神像的盲睛
?更不用說觸及並嘗及
　(牠們的翅膀是濕的、鹹的)

了。我想，這些描繪，不但不能「引起讀者渾身的感覺」；而且有失眞實，套用詩人自己的話：「感性的眞實」，而很難使感覺敏銳的讀者信服！

至於像「一九八〇年」二章：

　我們將有一座
費一個春天造成的小木屋，
而且有着童話般紅色的頂
而且四周是草坡，牛兒在嚙草
而且，在澳洲。

以及「一般之歌」首章首四句：

鐵蒺藜那廂是國民小學，再遠一些是鋸木廠
隔壁是蘇阿姨的園子；種着蒿苣、玉蜀黍
三棵楓樹左邊還有一些別的

再下去是郵政局、網球場，而一直向西則是車站

恐怕卽使放在散文中，仍嫌平淡些。也許，詩人在此所呈現的，只是純粹的經驗世界。就像王維的某些詩句：例如輞川閒居贈裴秀才迪：「渡頭餘落日，墟里上孤煙。」又如山居秋暝：「明月松間照，淸泉石上流。」企圖通過這種白描的文字，更能顯示「一九八〇」的「童話」性；和「一般之歌」的「一般」性？我不知道。

「深淵」的意義感

古典詩也好，現代詩也好，假如鑑賞的過程僅止於旋律和形象的感受；那麼，非但並未「探驪得珠」，恐不免「買櫝還珠」之憾。文心雕龍知音篇說得是：

夫綴文者情動而辭發；

見文者披文而入情。

如何通過作品文字所表現的「意象」，而直探詩人內心深處的「意識」，這是千古不易的欣賞法則。茲分「意識的探求」與「意象的表現」兩目，一抒個人對「深淵」詩集意義方面的感受。

一、意識的探求

「深淵」集收詩七十首，分七卷。卷一「野荸薺」和卷二「戰時」，大部份是詩人早期作品

㈡。意識較單純明顯，內容卻相當廣泛。幾乎在所有適合乎詩之生長的土地上，詩人都嘗試翻翻土，播下顆種子。卷三「無譜之歌」，多屬海員感覺。卷四「斷柱集」，展示出詩人的世界觀和歷史觀。卷五「側面」，全爲人物之速寫。卷六「徒然草」，爲懷友之作。卷七「從感覺出發」，大部份是詩人後期作品㈢，或爲意識之流的自動激發，或爲令人驚悚的靈魂探險的記實，比較難於了解。

我幾乎花了一個月的時間，把「深淵」集反反復復地看了十多遍。發現：儘管詩人在「詩人手札」中強調非「舊有的情感經驗」（「深淵」二三二頁）；但是，由「深淵」集題材主旨的歸納和分析所得，詩人的意識實際上是相當「傳統」的。只是，詩人已不甘「囿於傳統之人道主義的羞怯和潔癖」（「深淵」二二九頁）；而且把注意力放在「人類內心生活」中「流動、飄忽、游離、非具象與無法確定的一面」（「深淵」二四一頁）。因此，在題材方面，更爲博大；在主旨方面，更爲深刻。如此而已。

劉若愚原著，杜國清中譯「中國詩學」上篇第五章，指出「中國人的一些概念與思想感覺的方式」：描寫自然的美以及表現對自然的喜悅。敏銳的時間意識，且表現對時間一去不回的哀嘆。將朝代的興亡與自然的永恆相對照，而感歎英雄的徒勞；或藉某種史實以評論當時社會。脫離世俗的憂慮和欲念；與自然和諧相安的一種心境。悲嘆流浪和希望還鄉。以形形色色的樣相歌詠愛。象徵着從這現世的痛苦和個人的感情中逃避的「醉」。而更「普遍」而「易被了解」的，還有離別的悲哀和戰爭的恐懼。

如果容許我將「深淵」集的題材主旨跟「中國詩學」所指出的「中國人的一些概念與思想感覺的方式」作一對照，那麼，對於詩人哪些意識是「傳統」的？哪些意識為非「舊有的情感經驗」？就會有更清晰的了解。

1.自然：

先錄「春日」於下：

主啊，嗩吶已經響了
冬天像斷臂人的衣袖
空虛，黑暗而冗長

主啊
讓我們在日晷儀上
看見你的袍影
在草葉尖，在地丁花的初蕊
尋找到你
帶血的足印

並且希望聽到你的新歌
從柳笛的十二個圓孔
從風與海的談話

主啊，嗩吶已經響了
令那些白色的精靈們
（他們爲山峯織了一冬天的絨帽子）
從溪，從澗
歸向他們湖沼的老家去吧

賜男孩子們以滾銅環的草坡
賜女孩子們以打陀螺的乾地

吩咐你的太陽，主啊
落在曬暖的

老婆婆的龍頭拐杖上

啊，主
用鮮花綴滿轎子行過的路
用芳草汁潤他們的唇
讓他們喋吻

沒有渡船的地方不要給他們製造渡船
讓他們試一試你的河流的冷暖
並且用月季刺，毛蒺藜，酸棗樹
刺他們，使他們感覺輕輕的痛苦

嗩吶響起來了，主啊
放你的聲音在我們的聲帶裏
當我們欣開
那花轎前的流蘇

發現春日坐在裏面的時候

「主」，是基督徒對上帝的稱呼。依據新約約翰福音一章一至四節：「太初有道，道與上帝同在，道就是上帝。……萬物是藉着他造的。……生命在他裏頭。」我們可以認定「上帝」只是創造萬物，包含生命，與太初同其悠久的「自然之道」。而「春日」一詩，也就可以看作詩人對「自然之道」的祈求。詩人指出：日光是自然的袍影；生命是自然的足印。柳笛的圓孔、風和海的談話，是自然的新歌。而山峯上的積雪融解，亦無非自然的命令。「賜男孩子」以下三節，使人想起禮記禮運大同章：「使老有所終，壯有所用，幼有所長。」「沒有渡船」一節，使人想起孟子告子篇下：「天將降大任於是人也，必先苦其心志，勞其筋骨，餓其體膚，空乏其身，行拂亂其所爲；所以動心忍性，曾益其所不能。」末節言「放你的聲音在我們的聲帶裏」，詩人這就以上帝的代言人自居，而詩便是自然的語言了！這種意識，你說够不够傳統呢？

當我們讀着「深淵」集中某些詩章，如「一九八〇年」：

屋後放着小小的水缸。

天狼星常常偷偷的在那兒飲水，

獵戶星也常常偷偷的在那兒飲水，

孩子們的圓臉，也常常偷偷在那兒飲水。

牛們都很聽話；
刈麥節前一天
默默地贈給我們最最需要的奶汁！
奶汁裏含有青青的草味，
珊珊不喜愛那草味。

山谷離我們遠遠的，
沒有什麼可送我們，
送給我們一些歌，一些回聲，

你說
這已經够好了。

詩中所描繪的那種自然和生命合而爲一的境界，眞使人們嚮往和感動。

洛夫在「中國現代文學大系」「詩」「序」中說得好：「中國詩人與自然素來具有一種和諧的關係，我心卽宇宙，『贊天地之化育，與天地參』，主體與客體是不可分的，所以詩人能作到虛實相涵，視自然爲有情，天地的生機與人的生機在詩中融合無間，而使人的精神藏修悠息其間，獲得安頓。」。許多現代詩人，包括瘂弦在內，對此傳統仍然十分執着。

2.時間：

深淵集中許多詩篇以時間命名。如：春日、秋歌、一九八〇年、早晨、戰時、酒巴的午後、苦苓林的一夜、下午、非策劃性的夜曲、夜曲、所以一到了晚上、復活節。雖然上述各詩中亦不全然以時間爲重心。有些並不以時間命名的詩篇，卻也以時間爲其脈絡，如「山神」四章，便以春、夏、秋、冬而展開。在這春去秋來，歲月流動中，詩人的意識呈現灰黑的色調。「歌」是一個證據：

誰在遠方哭泣呀
爲什麼那麼傷心呀
騎上金馬看看去
那是昔日

誰在遠方哭泣呀
爲什麼那麼傷心呀
騎上灰馬看看去
那是明日

誰在遠方哭泣呀
爲什麼那麼傷心呀
騎上白馬看看去
那是戀

誰在遠方哭泣呀
爲什麼那麼傷心呀
騎上黑馬看看去
那是死

騎上金馬看到的是昔日；而明日，是在灰馬上見到。騎上白馬看到的是戀；而死，是在黑馬上見到。

在「戰神」中，詩人再度肯定：

病鐘樓，死了的兩姊妹：時針和分針
僵冷的臂膀，畫着最後的V
V？只有死，黑色的勝利

時間，永遠是最後的勝利者！

但是，總會有個什麼留下來。就如「秋歌」中的暖暖：

　秋天，秋天什麼也沒留下

只留下一個暖暖

只留下一個暖暖

一切便都留下了

於是，永遠的懷念，從過去，經現在，以至未來。「紅玉米」首尾兩章如此歎息着：

吹着那串紅玉米

宣統那年的風吹着

猶似現在

我已老邁

在記憶的屋簷下

紅玉米掛着

一九五八年的風吹着

紅玉米掛着

值得提請注意的是，此詩寫於民國四十六年十二月十九日，那是一九五七年。在時光匆促、生命短暫的自覺中，詩人是不是企圖留下個值得永遠令人懷念的東西？就這一點而言，仍是十分傳統的意識。

3. 歷史：

李白「登金陵鳳凰臺」，一方面爲「吳宮花草埋幽徑；晉代衣冠成古邱」，歷史文物的湮滅而感到無限惋惜。另一方面，也爲「三山半落青天外，二水中分白鷺洲」，山川天地的悠悠而發出由衷贊歎。紅樓夢第八十九回，記述林黛玉新寫的對聯：「綠窗明月在，靑史古人空。」，更道出了傳統文人對歷史的典型感受。「深淵」集繼承了這種傳統意識，在「乞丐」一詩中，就有這麼一段：

誰在金幣上鑄上他自己的側面像
（依呀嗬！蓮花兒那個落）
誰把朝笏抛在塵埃上
（依呀嗬！小調兒那個唱）
酸棗樹，酸棗樹
大家的太陽照着，照着

酸棗那個樹

金幣鑄像和朝笏蒙塵已是強烈對比；再穿揷以蓮花落的小調兒，嚴肅的主題和滑稽的語調之間，那諷嘲的意味尤其明顯；最後用大家的太陽照着，照着酸棗那個樹來對照，英雄功績和帝王勳業的徒勞，就盡在不言中了。

對於機械文明的囂張，敏感的現代詩人有更多的感慨。「京城」一詩，有充分的表現：

指南車的轍痕，隨甲骨文一起迷茫了
京都喲，你底車輪如今是旋轉於
冷冷的鋼軌上
一種金屬的秩序，鋼鐵的生活
一種展開在工廠中的
新的歌宴
啊啊，振幅喲，速率喲，暴力喲
鋼的歌，鐵的話，和一切金屬的市聲喲
履帶和輪子的戀愛喲
陰螺絲和陽螺絲的結婚喲

新的熱疹，新的痙攣
京都喲，你底單純的蘇蔯花
再也不能用以讚美姊妹們
因加力騷舞而扭曲的顏面
當黃昏，黃昏七點鐘
整個民族底心，便開始淒淒地
淒淒地滴血，開始患着原子病
甚至在地下電纜下
在布丁和三明治的食盤中
都藏有
灰鼠色的
核分裂的焦慮

詩人坦白說出了自己對傳統文化破產的「迷茫」，以及對現代文明禍害的「焦慮」。這也正是存在主義諸大師指出的現代人類普遍的「存在的情態」。

「深淵」集卷之三「無譜之歌」之後，是卷之四「斷柱集」，從「瘂弦」「無譜之歌」一路聯想下來，「斷柱」可指「琴柱」的「折斷」，從而顯示詩人「彈不出來」的無可奈何。另一種可能的解釋當從「斷柱集」本身去發現。在錄詩十三首中，全部以地名詩。「羅馬」首章：

今年春天是多麼寂寞呀
斷柱上多了一些青苔
這是現代

這個「斷柱」當然象徵着殘存的古典。因此，「斷柱」一詞是相當巧妙的雙關語。

在「斷柱集」裏，詩人首先漫步「在中國街上」，抱怨「公用電話接不到女媧那裏去」，於是：

塵埃中黃帝喊
無軌電車使我們的鳳輦銹了
既然有煤汽燈、霓虹燈
我們的老太陽便不再借給他們使用
且回憶和蚩尤的那場鏖戰
且回憶嫘祖美麗的繅絲歌
且回憶詩人不穿燈草絨的衣服

並且驚訝地發現了：

沒有咖啡，李太白居然能寫詩，

惠特曼的集子竟不從敦煌來
曲阜縣的紫柏要作鐵路枕木
且陪繆斯吃鼎中煮熟的小麥

於迷茫、焦慮之餘，欲陪繆斯吃鼎中小麥（其實也應邀屈原吃鐵板牛排），一種「走向西方而回歸東方」（見「詩人手札」，深淵二四九頁。）的旅程，從此開始。

「巴比倫」何在？詩人在「大理石的廊廡」，見到昔日的女奴、士卒、祭司、轎夫，掉頭不顧。貧窮而憂鬱的「阿剌伯」，「一些釘棺廓的聲音」令人生厭。且去「耶路撒冷」，那個「每四草葉中住着基督」的地方。然後「一個希臘向我走來」，詩人在荷馬薦引下，會見海倫，順便還拜訪流落在愛琴海的維娜絲。「羅馬」是使人失望的，竟然「沒有發現一個古拉丁的女子」。「巴黎」已「進入一個猥瑣的屬於牀笫的年代」。「倫敦」，「躲在假髮下，等待黑奴的食盤／用辨士播種也可收穫麥子」。且轉向「芝加哥」，那兒「唯蝴蝶不是鋼鐵」。當再度來到義大利，「那不勒斯」石膏做成的女子，「整個前額陷在刺蘼與瓦礫之間」，已被戰爭破壞得不成樣子；而「佛羅稜斯」，一無所有，「甚至悲哀也是借來的」。你期盼着「西班牙」？不必了！那裏同樣的「而誰也不想回到昨天去」。只有「印度」，詩人尚能祈求：

讓他們在吠陀經上找到馬額馬啊
到象背去，去奏那牧笛，奏你光輝的昔日

讓他們在羅摩耶那的長卷中寫上馬額馬啊

就這樣，詩人省察了世界各地的歷史景觀，也結束了斷柱的旅程。

詩人對歷史的感受，無論其深度和廣度，確已超越所有的古人；此亦時代使然。

4.閒適：

所謂「閒適」，依據劉若愚在中國詩學上的解釋，不單指清閒無事，而且可以指脫離世俗的憂慮和欲念，本身心平氣和或者與自然和諧相安的一種心境。如王維登河北城樓作：「寂寥天地暮，心與廣川閒」之屬。假如用這種定義去衡量現代人的生活，閒適在現實世界上幾乎是不可能存在了。只有在想像中的未來的童話世界中，我們才發現閒適的存在。「一九八〇年」：

雲們
早晨從山坳裏漂泊出來
晚上又漂泊回去，
沒有什麼事好做。
我說你還趕做什麼衣裳呀，
留那麼多的明天做什麼哩？

這個二十世紀的桃花源，訴說着現代人對閒適的嚮往。

也許我們不必把閒適提升到哲學的層次，而將它當看類似「無聊」的一種漠然、慵懶的心境。就像馮延巳的「蝶戀花」：

誰道閒情拋棄久
每到春來惆悵還依舊
日日花前常病酒
敢辭鏡裏朱顏瘦
河畔青蕪堤上柳
爲問新愁何事年年有
獨立小橋風滿袖
平林新月人歸後

那麼，現代人有的是這種漠然、慵懶的無聊。上焉者如「給橋」所述：

下午總愛吟那闋「聲聲慢」
修着指甲，坐着飲茶
整整的一生是多麼長啊
在過去歲月的額上

在疲倦的語字間
整整一生是多麼長啊
在一支歌的擊打下
在悔恨裏

下焉者如「酒巴的午後」：

而我們大口喝着菊花茶
（不管那採菊的人是誰）
狂抽着廉價煙草的暈眩
說很多大家閨秀們的壞話
復殺死今大下午所有的蒼白
以及明天下午一部份的蒼白
是的，明天下午
鞋子勢必還把我們運到這裏

雖然不該抱怨我們被拋入到一個並非經由自己選擇的境遇，在疏離的現實中，飽受虛無的恐慌。但是也該承認：時代變遷太速，社會接觸之面的擴大和事的頻繁，使人際關係相對地趨於浮淺；而物質生活的追求與發展，總使精神生活顯得虛空貧乏。詩人就這樣的在這兒描繪出現代人這種浮淺貧乏的無聊。

5.懷鄉：

鄉愁原是交通困難的農業社會一種「安土重遷」觀念的產物，和儒家愼終追遠，重視家庭的思想有密切的關係。在現代主義矯健有力衝激下的工業社會，中年以下的人們，多不知鄉愁爲何物了。「深淵」集偶有一些懷鄉的句子，如「秋歌」三章：

馬蹄留下踏殘的落花
在南國小小的山逕
歌人留下破碎的琴韻
在北方幽幽的寺院

「山神」末章：

樵夫的斧子在深谷裏唱着
怯冷的狸花貓在荒村老嫗的衣袖間
當北風在煙囪上吹着口哨
穿烏拉的人在氷潭上打陀螺
多天，呵多天
我在古寺的裂鐘下同一個乞兒烤火

「紅玉米」二、三、四、五等章：

它就在屋簷下
掛着
好像整個北方
整個北方的憂鬱
都掛在那兒

猶似一些逃學的下午
雪使私塾先生的戒尺冷了
表姐的驢兒就拴在桑樹下面

猶似嗩吶吹起
道士們喃喃着
祖父的亡靈到京城去還沒有回來
猶似叫哥哥的葫蘆兒藏在棉袍裏

一點點淒涼，一點點溫暖
以及銅環滾過崗子
遙見外婆家的蕎麥田
便哭了

以及「懷人」首章和二章等等
……後來我們就哭泣了
當夕陽和錦葵花
一齊碎落在
北方古老的宅第

算命鑼盲目的漂泊着
向遠方

其中除「紅玉米」外，主題並不單純地落在「懷鄉」上。在「詩人手札」中，瘂弦宣言：「在歷史的縱方向線上，首先要擺脫本位積習禁錮，並從舊有的『城府』中大膽地走出來，承認事實並接受它的挑戰；而在國際的橫斷面上，我們希望有更多的現代文學藝術的朝香人，走向西方而回歸東方！」這應該就是深淵集中少有懷鄉之作，而多吟詠於巴比倫之廊廡和羅馬斷柱下的原因所在。

6.友愛：

深淵集卷之六「徒然草」，全爲懷人之作。其中「給橋」，一開始就是：「常喜歡你這樣子／坐着，散起頭髮」。寫作年代是民國五十二年。我想：那個年代還沒有留長髮的男性，至少在中國如此。因而可以假定「橋」是位女性。詩中的「橋」又「從朝至暮念着他」，而「他總吻在他喜歡吻的地方」，加上「整整的一生是多麼地、多麼地長啊」，以及「下午總愛吟那闋『聲聲慢』」所顯示的類似李清照與趙明誠般的愛情，似乎還可以進一步地推斷，詩中所描繪的，可能爲夫婦之愛。另「懷人」末章：

直到那夜我發現有人
在梧桐樹上
用小刀刻上我的名字
又刻上她的名字
在同一顆心裏
——原來就是去年夏天
在河邊遇見的那個濯足的女子
……後來我們哭泣了

當爲一種青梅竹馬之間純純的愛。此外、「給R·G」，「紀念T·H」，「焚寄T·H」，「唇——紀念Y·H」：似均爲悼亡之作（如判斷錯誤，那麼，我先在此致歉）；且所悼念者皆屬男性。其中有些句子，如：

我們將去吻你
雖然我們
很多人
並不認識你
我們將去吻你
寂寞的，個性的
　玫瑰一樣悲哀
　　悲哀的嘴唇啊

這種男性之間愈沉愈深的友情，不知在維多利亞以前的英國，是否有遭受公開起訴的危險。據劉若愚中國詩學：「在從前的中國，婚姻由父母安排，一個男人對同情、了解和愛慕的欲求，往往在另一個男人找到回答。」也許，男人之間的友情，爲中國詩中傳統主題之一，用不着「嚴重的難爲情」！至於「給超現實主義者——紀念與商禽在一起的日子」，則是詩友之間知人論詩之作，可以作爲作家研究的資料。

在其他諸卷中，如：「秋歌」詩等，亦爲懷友之作。又如：婦人、水手羅曼斯、酒巴的午後、苦荼林的一夜、所以一到了晚上：等詩，對愛慾都有露骨的描寫。玆自「深淵」篇舉其一章，以見一斑：

在三月裏我聽到櫻桃的吆喝。
很多舌頭，搖出了春天的墮落。而青蠅在啃她的臉，
旗袍又從某種小腿間擺蕩；且渴望人去讀她，
去進入她體內工作。而除了死與這個，
沒有什麼是一定的。生存是風，生存是打穀場的聲音，
生存是，向她們——愛被人隔肢的——
倒出整個夏季的慾望。

上文敍述深淵「意識的探求」，一開始卽引詩人手札所言：詩人不甘「囿於傳統之人道主義的羞怯和潔癖」。這些詩是有力的例證。而對色慾如此赤裸裸的托出，倒眞敎「就是耶穌那老頭子也沒話可說了」。(「水手羅曼斯」詩句，見深淵七三頁。) 這裏，我仍要問：詩人爲什麼作這種粗浮的描寫？「深淵」末章前六行也許能解答一部份：

這是深淵，在枕褥之間，輓聯般蒼白。
這是嫩臉蛋的姐兒們，這是窗，這是鏡，這是小小的粉盒。

這是笑，這是血，這是待人解開的絲帶！

那一夜壁上的瑪麗亞像賸下一個空框，她逃走，

找忘川的水去洗滌她聽到的羞辱。

而這是老故事，像走馬燈；官能，官能，官能！

原來，對七情六慾，詩人雖不「羞怯」於寫出；卻也憬悟瑪麗亞「羞辱」於聽到。「枕褥之間」，原是「深淵」；詩人三呼「官能」，也就是對人類的當頭棒喝了。而更多的解答，可求之於詩人手札。詩人一則曰：「新與藝術只會使人更加發狂。它發掘人類心中的魔鬼。」再則曰：「對於僅僅一首詩，我常常作着它本身原本無法承載的容量；要說出生存期間的一切，世界終極學，愛與死，追求與幻滅，生命的全部悸動、焦慮、空洞和悲哀！」文學本來就是批評生命的。

7. 醉酒：

依據劉若愚的意見，醉，「象徵着從這現世的痛苦和個人的感情中逃避」。「深淵」集中，雖然也有「酒巴的午後」之類有關於「酒」的詩，但是，那只爲「殺死今天下午所有的蒼白／以及明天下午一部份的蒼白」。於「船中之鼠」末章：「當然，我們用不着管明天的風信旗／今天能夠磨磨牙齒總是好的」，則顯示詩人對某些「卻把杭州當汴州」的生活形態的痛心。瘂弦似乎不曾寫過眞正「逃避」的詩。

8. 離愁：

瘂弦偶有幾首表示離愁的詩，都和懷鄉情緒絈結在一起。因此不再重覆。

9. **戰爭**：

戰爭從古就是詩篇的重要材料。詩經就有不少描繪戰爭的篇章。如小雅六月：

六月棲棲，戎車既飭。
四牡騤騤，載是常服。
玁狁孔熾，我是用急。
王于出征，以匡王國。

唐代詩人，如岑參、高適，號稱邊塞詩人，留下許多「半夜軍行戈相撥」「漢將辭家破殘賊」的詩句，不必說了。卽使以田園詩人著稱的王維，也有「老將行」等作品：

少年十五二十時，步行奪得胡馬騎。
射殺山中白額虎，肯數鄴下黃鬚兒。
一身轉戰三千里，一劍曾當百萬師。

瘂弦曾服役於海軍，自不免寫下些敍述戰爭的詩篇，如「戰神」「戰時」。詩人留下不少形容戰事的名句，如「在毛瑟槍慷慨的演說中」「當夜晚於地窖中，紡織着鋼鐵」……。而戰爭對生命的殺戮與損傷，如「戰時」所述：

春季之後

燒夷彈把大街舉起猶如一把扇子
在毀壞了的
紫檀木的椅子上
我母親底硬的微笑不斷上升遂成爲一種紀念

或如「上校」所繪：
在蕎麥田裏他們遇見最大的會戰
而他的一條腿訣別於一九四三年

以及戰爭對文物的毀壞，如「那不勒斯」：
被鋼鐵肢解了的，這城市中
一些石膏做成的女子
不知爲什麼，她們
總愛那樣
微笑
甚至整個前額陷在
刺蘼與瓦礫之間

詩人都有清楚的體認。

10 其他：

以上，我用劉若愚中國詩學所指出的「中國人的一些概念與思想感覺的方式」，來核對瘂弦「深淵」的意識。這種方法與我個人一向治學的習慣——由原始材料，作客觀的歸納和邏輯的演繹，以求正確結論——容或不甚相合。而當我據劉君所述九方面說完「深淵」的主要意識之後，竟然發覺「深淵」集裏未被敍及的詩篇已極少數。這使我不禁對劉君「中國詩學」內容之周延十分佩服。而「深淵」集所餘的意識，也就概括在這「其他」的子目下，作綜合的說明。

洛夫在「中國現代文學大系詩序」中指出：所謂「現代詩」，「乃是一種批評精神的追求，新人文主義的發揚和詩中純粹性的把握。因爲是批評的，它能藉知性的活動從生命消極的一面去瞭解生命積極的意義；因爲是新人文主義的，它能反映出個人在巨大的時代之流變中所遭遇的困境，以及他面對此一困境所顯示的力量；因爲是純粹的，它能突破以上兩項因素，不致使詩淪爲名教的附庸而達到直指人心的效果。」瘂弦在詩人手札中也早已宣稱：「現代詩已走進一個被那自覺性較少之十九世紀詩人們所疏漏的經驗世界。」追求「一種較之任何前輩詩人所發現或表現過的更原始的眞實」。認爲「當自己眞實地感覺自己的不幸，緊緊地握住自己的不幸，於是便得到了存在」。兩位詩人的意見是相當接近的。

在這種信念下，瘂弦努力於發現自己「原始的眞實」，及別人「原始的眞實」；緊握自己的「不幸」，也緊握別人的「不幸」。所寫詩篇，頗能「直指人心」，而不爲「名教的附庸」。

「從感覺出發」和「深淵」二詩特別值得注意。因爲詩人對詩的信念，在這兩首有最輝煌動人的表現。它寫出現代中國人在歷史上迷失的感受：

而臍帶隨處丟棄着（從感覺出發）

我們是遠遠地告別了久久痛恨的臍帶（深淵）

戰爭的感受：

穿過傷逝在風中的

重重疊疊的臉兒，穿過十字架上

那些姓名的白色（從感覺出發）

而我們爲去年的燈蛾立碑。我們活着。

我們用鐵絲網煮熟麥子。我們活着。（深淵）

官能的感受：

這是床單

床單上建設的戀愛（從感覺出發）

一種桃色的肉之翻譯，一種用吻拼成的

可怖的言語；（深淵）

這些，已在上面敍及詩人在「歷史」「戰爭」「愛情」等方面的意識時說過了。而尤其特殊的，是對靈肉之交戰，表裏之異樣，以及人類死亡本能的深刻呈露。

「深淵」一開始便是：

孩子們常在你鬆茨間迷失
春天最初的激流，藏在你荒蕪的瞳孔背後
一部份歲月呼喊着。肉體展開黑夜的節慶。
在有毒的月光中，在血的三角洲，
所有的靈魂蛇立起來，撲向一個垂在十字架上的
憔悴的額頭。

這當然是肉體和靈魂間的戰爭。

在低低的愛扯謊的星空下
在假的祈禱文編綴成的假的黃昏（從感覺出發）
去看，去假裝發愁，去聞時間的腐味
我們再也懶於知道，我們是誰。
工作，散步，向壞人致敬，微笑和不朽。
他們是握緊格言的人！（深淵）
哈里路亞！我仍活着。雙肩擡着頭、

擡着存在與不存在，
擡着一付穿褲子的臉。（深淵）

人的虛僞，這兒刻劃得最露骨了。對這種行爲，詩人旣感憤慨，又寄予無限諒解，詩人手札：「我們不應忘了詩人也是人，是血管中喧囂着慾望的人；他追求，他迷失，他疲憊，他憤怒。前一小時人們看見他低頭靜觀一株櫻草的茁長，後一小時他卻在下等酒巴的高脚杯裏泡他的鬍子。」所以，詩人在「所以一到了晚上」詩中會宣稱「活着是一件事情眞理是一件事情」。我們且慢責備詩人雙重人格的或然，也不必懷疑詩人精神分裂的與否。主要的，看看自已有沒有一張穿着褲子的臉，以及承認事實的勇氣！

了解了詩人對生命如此這般的看法，就容易領悟詩人在「側面」一卷中，爲什麼總是使用嘲弄或憐憫的語氣：嘲弄「雲的那邊早經證實什麼也沒有」的C教授；嘲弄「不朽」的只是「咳嗽藥刮臉刀上月房租」的上校；嘲弄「前額和崇高突然宣告崩潰」的故某省長；當然還有那「從煙囱裏爬出來的」赫魯雪夫。憐憫「把她小名連同一朶雛菊刺在臂上」的水夫；憐憫看到「康乃馨」（母親之花）便「心痛」（永遠不能爲人母的心痛）的修女；用「一種凄然的韻律」來寫「坤伶」；同情着「發酵的鼻子／第二面臉孔」的馬戲的小丑；「被花朶擊傷的」棄婦；「把赤裸分給相好與不相好的男子」的瘋婦。這亦是一種「悲天憫人」的情懷：悲痛人類天然稟賦的缺陷；憐憫人類欲掙脫此種缺陷約束的努力及其可能的失敗。

而詩人表現得最爲生動的，是人類的「死亡本能」。「死亡本能」是佛洛伊德提出的一個心理學名詞。指人類一種趨向毁滅和侵略的本能衝動。企圖在那個最後的休息裏，完全解除緊張和掙扎，以求眞正的平靜。

李商隱「無題」詩：「春蠶到死絲方盡，蠟炬成灰淚始乾。」。莎士比亞在「哈姆雷特」三幕一景借男角之口說出：「闔眼一睡，若是就能完結心頭的苦痛和肉體承受的萬千驚擾，——那眞是我們要去虔求的願望。」，都是對那旅客一去不返的異鄉之生動敍述。

瘂弦寫下一些有關死亡的詩：如殯儀館、死亡航行。戰神、戰時二詩，雖以戰爭爲主，也提到了死亡。而最具震撼力的作品，仍是「從感覺出發」：

這是回聲的日子。一面黑旗奮鬪出城廓
率領着斷顎的兵隊，復化爲病鼠
自幽冥的河谷竄落

……

噫死，你的名字，許是這沾血之美
這重重疊疊的臉兒，這斷了下顎的兵隊

噫死，你的名字，許是這沾血之美

這冷冷的蝴蝶的叫喊

這沉沉的長睡，我底淒涼的姊妹

詩人算是很能控制自己情感的人，此處竟把死亡描寫得如此冷靜，甚至近乎艷麗了。

二、意象的表現

意象，是作者主觀意識所組合的客觀形相。關於意象的表現，瘂弦在詩人手札提出「聯想之鎖」「意識之流」「時空交錯」「物象換位」。對於眞正的「理論家」，我猜想，這些手法不會使他們「感覺昏眩和迷亂」；甚至會覺得它們過於簡單些。劉若愚中國詩學論到「意象與象徵」。以爲「意象」可分單純意象與複合意象。複合意象又可細分爲並置、比擬、代替、轉移。而意象如被賦予較廣泛的意義，便成爲象徵了。拙著「修辭學」上篇「表意方法的調整」則列出辭格達二十種之多。這裏，我參考了瘂弦本人和劉君的理論，而以自己「修辭學」中有關意念表出諸辭格爲綱目，來說明「深淵」集意象表現的常用手法。

1. 用典：

這裏所說的「用典」，包括單純地引用前人的話言，典故的運用，以及由典故演繹而來的新意象。

瘂弦很喜歡在詩的標題下引用前人的話。如「巴黎」，引紀德語；「倫敦」，引勞倫斯語；「芝加哥」，引桑德堡語；「從感覺出發」，引奧登語；「深淵」，引沙特語：等等皆是。引用原是一種訴諸權威的修辭法。詩人藉此謙和地表示：不單單個人感覺如是。

尤其喜歡用典。如「斑鳩」一詩三、四兩章：

斑鳩在遠方唱着
訥伐爾的龍蝦擋住了我的去路
爲一條金髮女的藍腰帶
壞脾氣的拜倫和我決鬪

斑鳩在遠方唱着
鄧南遮在嗅一朵枯薔薇
樓船駛近莎孚墜海的地方
而我是一個背上帶鞭痕的搖槳奴

連用了四個典故。「野荸薺」一詩，也用了象徵主義大師馬拉爾美的典故；超現實派詩人高克多的典故；十九世紀匈牙利詩人裴多菲的典故。蘇其康在「評瘂弦的深淵」一文中指出：「瘂弦不曾把用典組織起來，爲什麼要那樣用又沒有在詩的結構裏交待，令人誤解他是忙不迭的堆砌出處和典故。」

我個人倒覺得深淵集中某些由典故演繹而來的意象，有脫胎換骨之妙。例如「秋歌」首章有：

荻花在湖沼的藍睛裏消失
七月的砧聲遠了

二句。令人想起了白居易的琵琶行：「潯陽江頭夜送客，楓葉荻花秋瑟瑟。」和沈佺期的獨不見：「九月寒砧催木葉，十年征戍憶遼陽。」而言「荻花」則曰「消失」，言「砧聲」則曰「遠了」。蕭瑟之象，尤勝原詩。

「早晨」詩有「把你給我的愛情像秋扇似的摺疊起來」，暗用班婕妤「秋扇見捐」的典故；「水夫」詩有「到晚上他把他想心事的頭／垂在甲板上有月光的地方」，自李白「靜夜思」脫化而出；「出發」詩中的「他們握緊自己苧蔴質的神經系統，而忘記了剪刀……」，則源於「快刀剪亂蔴」的諺語，都頗具匠心。

「耶路撒冷」：「每匹草葉中住着基督，在南方」。我想，這是新約馬太福音六章二十八至三十節：「何必爲衣裳憂慮呢？你想野地裏的百合花，怎麼長起來。他也不勞苦，也不紡線。然而我告訴你們，就是所羅門極榮華的時候，他所穿戴的，還不如這花一朵呢。你們這小信的人哪，野地裏的草，今天在，明天就丟在爐裏，上帝還給他這樣的妝飾，何況你們呢？」帶來的靈感。

2.譬喩：

譬喩是一種「借彼喩此」的修辭法。凡兩件或兩件以上的事物中有類似之點，說話作文時運用「那」有類似點的事物來比方說明「這」件事物的，就叫譬喩。它的理論架構，建立在心理學「類化作用」的基礎上——利用舊經驗引起新經驗。通常以易知說明難知；以具體說明抽象。使人在恍然大悟中驚佩作者設喩的巧妙，從而產生滿足與信服的快感㊀。

「深淵」中有不少巧妙的譬喩。如：「春日」中：「冬天像斷臂人的衣袖／空虛，黑暗而冗長」。冬天和斷臂人的衣袖，一爲時間單位，一爲空間現象，原屬不同的範疇。但是它們具有許多類似點：空虛、黑暗、冗長。詩人抓住這類似點，而用譬喩句把它們組合在一起，成爲一複合意象。

上面說過：譬喩通常以具體說明抽象。可是詩人有時卻反其道而行。如「印度」：

落下柿子自那柿子樹
落下蘋果自那蘋果樹
一如從你心中落下衆多的祝福
讓他們在吠陀經上找到馬額馬啊

這麼一來，詩境從「實」而「虛」，反而顯得空靈，而襯出「印度的大靈魂」之神妙。

偶而把喻體和喻依分別拆開，重加組合，亦別有新趣；如「蛇衣」：

我太太
像鷺鷥那樣的貪戀着
她小小的湖沼——鏡子。

喻體本是「我太太貪戀着她小小的鏡子」，喻依爲「鷺鷥貪戀着牠小小的湖沼。」拆散組合後，顯得更清新而耐咀嚼。

至於像「遠洋感覺」：

時間
鐘擺。鞦韆
木馬。搖籃
時間

看似「並置」，實是「譬喻」。不僅用「鞦韆」等比方鐘擺隨時間而擺動；實際上更指遠洋中輪船之搖幌。而鐘擺、鞦韆、木馬、搖籃，以時之近遠爲序，也許，這就是詩人所謂「聯想之鎖」「意識之流」吧！

3. 借代：

「譬喩」是「借彼喩此」；「借代」是「借彼代此」。放棄通常使用的本名或語句不用，而另找其他名稱或語句來代替。瘂弦常用的是：名實相代、因果相代，和抽象具體的相代㈢。

「坤伶」首句：「十六歲她的名字便流落在城裏」。我想，這是因爲坤伶十六歲已在這城而那城的流浪着，所以她的名字也被城裏的人數說着。事實上流落在城裏是坤伶本人，而非她的名字。此係名實相代。又如：「無譜之歌」：「讓裙子把所有的美學蕩起來！」「美學」是名，實指跳舞女郎美麗的雙腿。也是名實相代。附帶一提：「蕩」在此爲雙關語。

「戰時」：「而無論早晚你必得參與草之建設」。「死亡」是原因，以屍體作肥料以「參與草之建設」是結果，爲因果相代。「從感覺出發」：「那些永遠離開了鐘錶和月份牌的／長長的名單」意義及其修辭方法均同此。「酒巴的午後」：「明天下午／鞋子勢必還把我們運到這裏」，是人穿着鞋了來，而非鞋子運着人來，亦因果換位，顯示出人不能作自己的主人的悲哀。「坤伶」：「每個婦人咀咒她在每個城裏」，是果，原因是什麼？不說也明白。

「在中國街上」：「思想走着甲骨文的路」。用「甲骨文」代替「古老的中國文化」。「棄婦」：「被花朵擊傷的女子」。「花朵」代表「愛情」。「深淵」：「倒出整個夏季的慾望」。「夏季」代表「熾熱」，都是以具體代抽象的修辭法。

當然，瘂弦還使用其他的借代手法。如「早晨」；「在早晨／當地球使一朵中國菊／看見一片美洲的天空」。當地球不停自西向東旋轉，使中國的土地面對昨夕美洲的天空時，應不僅「一朶中國菊」而已。此爲部份與全體的相代。

詩人所謂「物象換位」，一部份是運用「借代」手法完成的。

4. **轉化**：

描述一件事物時，轉變其原來性質，化成另一種本質截然不同的事物，而加以形容敍述的，叫作「轉化」。包括擬物爲人的「人性化」；擬人爲物的「物性化」；以及擬虛爲實的「形象化」㊅。

人性化是訴諸人類情感的修辭法。把個人的生命外射，投注於外物之中，於是萬物皆成有情的世界。如「春日」：

令那些白色的精靈們

（他們爲山峯織了一冬天的絨帽子）

從溪，從澗

歸向他們湖沼的老家去吧

使得山峯和他上面的白雪，都栩栩如生，顯出親切的面目。又如「秋歌」：「雁子們也不在遼敻的秋空／寫牠們美麗的十四行了」。再如「京城」：「履帶和輪子的戀愛喲／陰螺絲和陽螺絲的結婚喲」。還有「馬戲班的小丑」：「而她仍盪在鞦韆上／在患盲腸炎的繩索下」。都是人性化的例子。

物性化是訴諸人類想像的修辭法。其基礎建立在聯想作用上，想像自己可變成任何事物，而仍然是自己，一如「西遊記」中的孫悟空。如「三色柱下」：

總是這樣的刈麥節
總是如此豐產的無穗的黑麥
總是於煙士披里純的土壤之上
收割，收割
南方的小徑通向耳朵

就這樣風趣的把頭皮想像成土壤，把頭髮想像成黑麥。又如「紅玉米」：「整個北方的憂鬱／都掛在那兒」。「水手．羅曼斯」：「快快狂飲這些愛情」。「佛羅稜斯」：「甚至悲哀也是借來的」。「深淵」：「當早晨我挽着滿籃子的罪惡沿街叫賣」。憂鬱可掛，愛情可飲，悲哀可借，罪惡可賣。這些原屬於人類的行爲，全部物性化了。

形象化訴諸人類官能，希望在讀者心眼中現出一種具體的境界，或是一幅新鮮的圖畫。它也許是把人的心理現象當作個體存在來敍述。如「斑鳩」：「我的夢坐在樺樹上」。也許是把抽象的事物當作具體的事物來描寫。如「芝加哥」：「當秋天所有的美麗被電解」。「懷人」：「當夕陽和錦葵花／一齊碎落在／北方古老的宅第」。而瘂弦最常使用的是：把時間當作空間來處理。所以，「水手．羅曼斯」中，「船長盜賣了我們很多春天」；「酒巴的午後」，「殺死整個下午的蒼白」；「給超現實主義者」，說「你的昨日與明日結婚／你有一個名字不叫今天的孩子」；「深淵」，要你「去聞時間的腐味」。

5. 映襯：

「轉化」是「以彼爲此」；「映襯」是「彼此對照」，通過相反的觀念與事實之並列，從而使語氣增強，使意義明顯的修辭法㊂。自「譬喩」以下四辭格，試跟劉若愚中國詩學所述四種複合意象相較：則譬喩略似劉君所謂「比擬」；借代略似劉君所謂「代替」；轉化略似劉君所謂「轉移」；映襯略似劉君所謂「並置」。

「憂鬱」一詩，是用「映襯」手法寫成的典型作品。詩人從「好像沒有什麼憂鬱」的「修女」，「桌子上狂舞」的「水手」，唱道「我快樂得快要死了」的「紅歌女」，「傍晚時候關門」的「主婦」，以及「四瓣接吻的唇」，發現了「憂鬱」。這些表象與事實之間的矛盾，並置映襯，形成詩人手札所謂的「張力」。「蛇衣」：「可也有這樣懶惰的丈夫／（那時我正上街買果醬）」，是另一個使人發噱的例子。

詩人有時刻意把兩件相反的事象並置在一起。如「芝加哥」：

有時候在黃昏

膽小的天使撲翅逡巡

但他們的嫩手終爲電纜折斷

在煙囪與煙囪之間

又如「上校」：

什麼是不朽呢
咳嗽藥刮臉刀上月房租如此等等
而在妻的縫紉機的零星戰鬥下
他覺得唯一能俘虜他的
便是太陽

或如「給超現實主義者」：

在．些汚穢的巷子裏
把聖經墊在一個風塵女子的枕下
摩西和橄欖山的故事遂忘懷了

嘲弄之意，再不必贅一詞。

而許多吷襯矛盾的句法，如「倫敦」：「我乃被你兇殘的溫柔所驚醒」。「下午」：「輝煌不起來的我等笑着發愁」。「獻給馬蒂斯」：「馬蒂斯是光榮的羞恥」「空氣在她股上／野蠻而溫柔」。也別有一番「反常合道」㊁的趣味。

至於如「故某省長」：

鐘鳴七句時他的前額和崇高突然宣告崩潰
　在由醫生那裏借來的夜中
　在他悲哀而富貴的皮膚底下——

　合唱終止。

用滑稽的語調敍述一件嚴肅的事情，爲一種「降格仿諷」。又如「瘋婦」：

我坐着。瑪麗亞走來認領我
跟她前去。我是正經的女子

我的眉爲古代而綳着
正經的綳着
我不是現在這個名字
父親因雅典戰死，留下那灰髮的女兒
是的，你們笑，該笑。我就是那女兒
我不是現在這個名字

卻用正經的語氣抒寫一位瘋婦的獨白，爲一種升格仿諷。兩者都由於內容和形式之間的不協調，常令人抑不住會心的微笑，或錐心的悲慟。

6. 象徵：

「深淵」集使用許多象徵。「土地祠」「從感覺出發」「深淵」諸詩，尤其如此。但是，由於某些象徵過份晦澀曖昧，或即詩人所謂「唯有自己解釋」者，因此，我未便冒昧。而某些意義顯明者，如「羅馬」：「斷柱上多了一些青苔」，其義自足，又毋需贅言。因此，這裏保留「象徵」一目，而義例兩缺。

附　註

㈡ 除「戰時」一首爲民國五十一年作外，其他皆爲四十五至四十八年所作。

㈢ 除「出發」「夜曲」「深淵」作於四十八年，其他皆爲五十二年以後的作品。

㈣ 參閱拙著修辭學第十二章「譬喻」。

㈤ 參閱拙著修辭學第十三章「借代」。

㈥ 參閱拙著修辭學第十四章「轉化」。

㈦ 此處「映襯」採廣義，相當拙著修辭學「映襯」「倒反」二者，參閱拙著修辭學十五、十七兩章。

㈧ 魏慶之詩人玉屑卷十「奇趣」條引蘇軾語。黃永武中國詩學設計篇有「反常合道與詩趣」一文，請參閱。

結語

綜上所述，我發現：

雖然「深淵」集中，仍有不少自然押韻的句子；但是，詩人顯然放棄了平仄、單雙、押韻等古老的方法。而運用：重疊、反復、頂針、回文、錯綜，以造成詩中廻旋往復，統一而有變化的節奏感。

詩中繪畫成份不多。偶有渲染，頗爲鮮活，尤能捕捉異國情調。有時把想像和現實混而爲一，情景交融，美妙而具境界。而有失眞實而嫌平淡的描寫，亦未能免。

詩人意識裏，一方面體認到自然和生命的一致；另一方面，又感覺到在宇宙大生命中，個人生命的渺小。而總希望在短暫人生中，留下永恆。對於世界，有遠較古人深廣的觀照；相對的，懷鄉作品也就不多了。對於古典文化的沒落與機械文明的囂張，顯示出焦慮、迷茫，而略帶矛盾的態度。憧憬着閒適的生活，以爲那只能存在於童話世界；在現實生活中，充其量只有浮淺而貧乏的「無聊」。朋友之情，感懷頗深。床第之愛，則有過份露骨的敍述，這正是人類官能構成的「深淵」。而三致意的，尤在人類靈肉之交戰，表裏的矛盾，和死亡之本能。

在意象表出方面，詩人大量使用西方的典故，雖有堆砌之嫌，晦澀之弊；但有些從中西典故演繹而來的意象，卻有脫胎換骨之妙。詩人倡言「聯想之鎖」「意識之流」「時空交錯」「物象換位」，強調詩之「張力」，大致上仍不出複合意象之並置（映襯）、比擬（譬喻）、代替（借代）、轉移（轉化）等手法，運用得十分巧妙圓熟。某些意象，含有相當廣泛的意義，讀者頗不易了解。

最後，我還要說說自己探測「深淵」之後的一些感想。

儘管某些詩人強調詩唯有自己解釋，而許多「學院派」人士也認定有些現代詩不可理喻；但是，我個人反覆把深淵集讀了十多遍，發現除了少數象徵的意義外，百分之九十以上的詩義，是可以領會的。文學，原就是作者將自己對宇宙人間相的卓越新穎的觀感及想像，通過文字的媒介，在廣大讀者的心頭再現。詩既爲文學作品之一，亦不應違背此一原則。所以，詩可以含蓄，而不可晦澀。這是每一位詩人必須體認的。而讀者讀詩，亦應養成反覆吟詠的習慣，來享受詩中逐漸透露的美感。

儘管詩人宣言最壞的詩評根據學問，而部分「學院派」人士也不屑一顧排除學問的現代詩；但是，我個人仔細閱讀了瘂弦的詩人手札，發現詩人學問的豐富。既然詩人可以根據學問以寫詩，爲什麼讀者不可以根據學問來評詩？任何一位文學家，包括詩人在內，從理智方面說，對於人類行爲、社會百相，必須有深而廣的觀照，與澈底的了解；這有賴卓越的觀察力和豐富的學識。從情感方面說，對於人心的複雜微妙，人類的悲歡離合，必須有眞摯深厚的同情；亦即所謂悲天憫人的胸懷。最後還必須具有優美的修辭能力。同情、敏感、學識、修辭，四者缺一不可。

而從事文學批評，亦務須兼顧感性和知性。菲薄學問，將使作品自絕於藝術領域之外；排斥知性，那是靈魂在傑作中冒險。

假如文學創作者是海明威筆下的老人「山蒂埃戈」㈤，那麼作品便是老人捕獲的那條大魚。文學批評者不必像聞鯹而來的鯊魚羣，把作品咬得只剩一付骨架。而文學創作者，也不必向批評者投以魚叉。善意、客觀、虛心、學習，對創作者和批評者是同樣需要的。

附註

㈤　海明威「老人與海」的主角。

滄海叢刊書目

國學類	
中國學術思想史論叢(一)～(八)	錢　穆　著
現代中國學術論衡	錢　穆　著
兩漢經學今古文平議	錢　穆　著
宋代理學三書隨劄	錢　穆　著
先秦諸子繫年	錢　穆　著
朱子學提綱	錢　穆　著
莊子纂箋	錢　穆　著
論語新解	錢　穆　著
哲學類	
文化哲學講錄(一)～(五)	鄔昆如　著
哲學十大問題	鄔昆如　著
哲學的智慧與歷史的聰明	何秀煌　著
文化、哲學與方法	何秀煌　著
哲學與思想	王曉波　著
內心悅樂之源泉	吳經熊　著
知識、理性與生命	孫寶琛　著
語言哲學	劉福增　著
哲學演講錄	吳　怡　著
後設倫理學之基本問題	黃慧英　著
日本近代哲學思想史	江日新　譯
比較哲學與文化(一)(二)	吳　森　著
從西方哲學到禪佛教——哲學與宗教一集	傅偉勳　著
批判的繼承與創造的發展——哲學與宗教二集	傅偉勳　著
「文化中國」與中國文化——哲學與宗教三集	傅偉勳　著
從創造的詮釋學到大乘佛學——哲學與宗教四集	傅偉勳　著
中國哲學與懷德海	東海大學哲學研究所主編
人生十論	錢　穆　著
湖上閒思錄	錢　穆　著
晚學盲言(上)(下)	錢　穆　著
愛的哲學	蘇昌美　著
是與非	張身華　譯
邁向未來的哲學思考	項退結　著

現代藝術哲學	孫　旗　譯
現代美學及其他	趙天儀　著
中國現代化的哲學省思	成中英　著
不以規矩不能成方圓	劉君燦　著
恕道與大同	張起鈞　著
現代存在思想家	項退結　著
中國思想通俗講話	錢　穆　著
中國哲學史話	吳怡、張起鈞　著
中國百位哲學家	黎建球　著
中國人的路	項退結　著
中國哲學之路	項退結　著
中國人性論	臺大哲學系主編
中國管理哲學	曾仕強　著
孔子學說探微	林義正　著
心學的現代詮釋	姜允明　著
中庸誠的哲學	吳　怡　著
中庸形上思想	高柏園　著
儒學的常與變	蔡仁厚　著
智慧的老子	張起鈞　著
老子的哲學	王邦雄　著
逍遙的莊子	吳　怡　著
莊子新注（內篇）	陳冠學　著
莊子的生命哲學	葉海煙　著
墨家的哲學方法	鐘友聯　著
韓非子析論	謝雲飛　著
韓非子的哲學	王邦雄　著
法家哲學	姚蒸民　著
中國法家哲學	王讚源　著
二程學管見	張永儁　著
王陽明——中國十六世紀的唯心主義哲學家	張君勱原著、江日新中譯
王船山人性史哲學之研究	林安梧　著
西洋百位哲學家	鄔昆如　著
西洋哲學十二講	鄔昆如　著
希臘哲學趣談	鄔昆如　著
近代哲學趣談	鄔昆如　著
現代哲學述評(一)	傅佩榮編譯

當代西方哲學與方法論	臺大哲學系主編
人性尊嚴的存在背景	項退結編著
理解的命運	殷鼎著
馬克斯・謝勒三論	阿弗德・休慈原著、江日新譯
懷海德哲學	楊士毅著
洛克悟性哲學	蔡信安著
伽利略・波柏・科學說明	林正弘著
宗教類	
天人之際	李杏邨著
佛學研究	周中一著
佛學思想新論	楊惠南著
現代佛學原理	鄭金德著
絕對與圓融——佛教思想論集	霍韜晦著
佛學研究指南	關世謙譯
當代學人談佛教	楊惠南編著
從傳統到現代——佛教倫理與現代社會	傅偉勳主編
簡明佛學概論	于凌波著
圓滿生命的實現（布施波羅密）	陳柏達著
薝蔔林・外集	陳慧劍著
維摩詰經今譯	陳慧劍譯註
龍樹與中觀哲學	楊惠南著
公案禪語	吳怡著
禪學講話	芝峯法師譯
禪骨詩心集	巴壺天著
中國禪宗史	關世謙著
魏晉南北朝時期的道教	湯一介著
社會科學類	
憲法論叢	鄭彥棻著
憲法論衡	荊知仁著
國家論	薩孟武譯
中國歷代政治得失	錢穆著
先秦政治思想史	梁啟超原著、賈馥茗標點
當代中國與民主	周陽山著
釣魚政治學	鄭赤琰著
政治與文化	吳俊才著
中國現代軍事史	劉馥著、梅寅生譯
世界局勢與中國文化	錢穆著

中華文化十二講	錢　穆　著
民族與文化	錢　穆　著
楚文化研究	文崇一　著
中國古文化	文崇一　著
社會、文化和知識分子	葉啟政　著
儒學傳統與文化創新	黄俊傑　著
歷史轉捩點上的反思	韋政通　著
中國人的價值觀	文崇一　著
紅樓夢與中國舊家庭	薩孟武　著
社會學與中國研究	蔡文輝　著
比較社會學	蔡文輝　著
我國社會的變遷與發展	朱岑樓主編
三十年來我國人文社會科學之回顧與展望	賴澤涵　編
社會學的滋味	蕭新煌　著
臺灣的社區權力結構	文崇一　著
臺灣居民的休閒生活	文崇一　著
臺灣的工業化與社會變遷	文崇一　著
臺灣社會的變遷與秩序(政治篇)(社會文化篇)	文崇一　著
臺灣的社會發展	席汝楫　著
透視大陸	政治大學新聞研究所主編
海峽兩岸社會之比較	蔡文輝　著
印度文化十八篇	糜文開　著
美國的公民教育	陳光輝　譯
美國社會與美國華僑	蔡文輝　著
文化與教育	錢　穆　著
開放社會的教育	葉學志　著
經營力的時代	青野豐作著、白龍芽　譯
大眾傳播的挑戰	石永貴　著
傳播研究補白	彭家發　著
「時代」的經驗	汪琪、彭家發　著
書法心理學	高尚仁　著
史地類	
古史地理論叢	錢　穆　著
歷史與文化論叢	錢　穆　著
中國史學發微	錢　穆　著
中國歷史研究法	錢　穆　著
中國歷史精神	錢　穆　著

國史新論	錢　穆著
秦漢史	錢　穆著
秦漢史論稿	邢義田著
與西方史家論中國史學	杜維運著
中西古代史學比較	杜維運著
中國人的故事	夏雨人著
明朝酒文化	王春瑜著
共產國際與中國革命	郭恒鈺著
抗日戰史論集	劉鳳翰著
盧溝橋事變	李雲漢著
老臺灣	陳冠學著
臺灣史與臺灣人	王曉波著
變調的馬賽曲	蔡百銓譯
黃帝	錢　穆著
孔子傳	錢　穆著
唐玄奘三藏傳史彙編	釋光中編
一顆永不殞落的巨星	釋光中著
當代佛門人物	陳慧劍編著
弘一大師傳	陳慧劍著
杜魚庵學佛荒史	陳慧劍著
蘇曼殊大師新傳	劉心皇著
近代中國人物漫譚・續集	王覺源著
魯迅這個人	劉心皇著
三十年代作家論・續集	姜　穆著
沈從文傳	凌　宇著
當代臺灣作家論	何　欣著
師友風義	鄭彥棻著
見賢集	鄭彥棻著
懷聖集	鄭彥棻著
我是依然苦鬥人	毛振翔著
八十憶雙親、師友雜憶（合刊）	錢　穆著
新亞遺鐸	錢　穆著
困勉強狷八十年	陶百川著
我的創造・倡建與服務	陳立夫著
我生之旅	方　治著
語文類	
中國文字學	潘重規著

中國聲韻學	潘重規、陳紹棠 著
訓詁通論	吳孟復 著
翻譯新語	黃文範 著
詩經研讀指導	裴普賢 著
陶淵明評論	李辰冬 著
鍾嶸詩歌美學	羅立乾 著
杜甫作品繫年	李辰冬 著
杜詩品評	楊慧傑 著
詩中的李白	楊慧傑 著
司空圖新論	王潤華 著
詩情與幽境——唐代文人的園林生活	侯迺慧 著
唐宋詩詞選——詩選之部	巴壺天 編
唐宋詩詞選——詞選之部	巴壺天 編
四說論叢	羅盤 著
紅樓夢與中華文化	周汝昌 著
中國文學論叢	錢穆 著
品詩吟詩	邱燮友 著
談詩錄	方祖桑 著
情趣詩話	楊光治 著
歌鼓湘靈——楚詩詞藝術欣賞	李元洛 著
中國文學鑑賞舉隅	黃慶萱、許家鶯 著
中國文學縱橫論	黃維樑 著
蘇忍尼辛選集	劉安雲 譯
1984	GEORGE ORWELL原著、劉紹銘 譯
文學原理	趙滋蕃 著
文學欣賞的靈魂	劉述先 著
小說創作論	羅盤 著
借鏡與類比	何冠驥 著
鏡花水月	陳國球 著
文學因緣	鄭樹森 著
中西文學關係研究	王潤華 著
從比較神話到文學	古添洪、陳慧樺 主編
神話卽文學	陳炳良等 譯
現代散文新風貌	楊昌年 著
現代散文欣賞	鄭明娳 著
世界短篇文學名著欣賞	蕭傳文 著
細讀現代小說	張素貞 著

向末來交卷　葉海煙 著
不拿耳朵當眼睛　王讚源 著
古厝懷思　張文貫 著
關心茶——中國哲學的心　吳怡 著
放眼天下　陳新雄 著
生活健康　卜鍾元 著

美術類

樂圃長春　黃友棣 著
樂苑春回　黃友棣 著
樂風泱泱　黃友棣 著
談音論樂　林聲翕 著
戲劇編寫法　方寸 著
戲劇藝術之發展及其原理　趙如琳譯著
與當代藝術家的對話　葉維廉 著
藝術的興味　吳道文 著
根源之美　莊申 著
中國扇史　莊申 著
立體造型基本設計　張長傑 著
工藝材料　李鈞棫 著
裝飾工藝　張長傑 著
人體工學與安全　劉其偉 著
現代工藝概論　張長傑 著
色彩基礎　何耀宗 著
都市計畫概論　王紀鯤 著
建築基本畫　陳榮美、楊麗黛 著
建築鋼屋架結構設計　王萬雄 著
室內環境設計　李琬琬 著
雕塑技法　何恆雄 著
生命的倒影　侯淑姿 著
文物之美——與專業攝影技術　林傑人 著